STEVE HELY

Steve Hely est écrivain et producteur. Il écrit régulièrement dans la revue *The Believer*. *Comment je suis devenu un écrivain célèbre* (Sonatine, 2011) est son premier roman. Les droits d'adaptation du livre ont été achetés par John August, scénariste attitré de Tim Burton.

My 9ème

COMMENT JE SUIS DEVENU UN ÉCRIVAIN CÉLÈBRE

STEVE HELY

COMMENT JE SUIS DEVENU UN ÉCRIVAIN CÉLÈBRE

Traduit de l'anglais (États-Unis)
par Héloïse Esquié

SONATINE ÉDITIONS

Titre original :
HOW I BECAME A FAMOUS NOVELIST

MIXTE
Papier issu de sources responsables
FSC® C003309

Pocket, une marque d'Univers Poche, est un éditeur qui s'engage pour la préservation de son environnement et qui utilise du papier fabriqué à partir de bois provenant de forêts gérées de manière responsable.

ISBN : 978-2-266-21674-6

PREMIÈRE PARTIE

UNE ASCENSION FULGURANTE

1

Bannières éparpillées qui s'étendaient sur le sol tels les cotillons d'une foire d'antan, les rayons séraphiques du soleil déclinant luisaient sur le capot de la vieille Ford, enrubannant l'acier de la tendre teinte orangée d'une tomate de juin qui alourdit son pied. Sur le siège arrière, portière ouverte, ses doigts agiles se mouvaient sur la guitare comme ceux d'un tisserand sur le métier. Elle tissait une chanson. L'étoffe qu'elle tissait était un pleur d'accords américains, de gazouillis oniriques conçus pour parcourir des miles de route solitaire. Tandis que leurs accents se perdaient dans le crépuscule, Silas reposa la tête sur l'asphalte comme pour contempler leur dérive dans la brume de l'Arkansas.

Plus loin, à l'autre bout du champ de blé dur coupé ras, ils devinaient la silhouette d'Évangeline, qui se dessinait telle une ombre sur le ciel de la nationale, tremblante.

C'est ça qui compte dans une chanson, non ? dit-elle. La façon dont elle frémit dans notre cœur. Comme l'aile d'un petit oiseau.

Dans une histoire aussi. Il prononça ces mots avec une douceur qui lui fit réaliser comme ils étaient près l'un de l'autre. C'est ce qui compte dans une histoire. Elle change notre cœur en oiseau.

Extrait de *Cendres dans la tornade*,
de Pete Tarslaw (moi)

Vous devez comprendre dans quelle situation calamiteuse je me trouvais à l'époque. Je laissais mon radio-réveil réglé au volume maximum à l'extrémité du cadran des ondes AM, de sorte que chaque matin à 7 heures et demie j'étais réveillé par un bruit de friture sur lequel se détachait la voix d'un pasteur enragé sifflant ses imprécations en créole haïtien : cette bouillie sonore a le mérite de vous mettre sur pied en moins de deux. Quand l'alarme se déclenchait, je n'avais pas d'autre choix que de m'éjecter de mon lit, haletant, furieux, tremblant de partout. Il fallait absolument que je pisse.

Une ou deux canettes de bière remplies d'urine traînaient à côté de mon lit. J'avais coutume de boire cinq ou six bières avant de me coucher, mais je suis bien trop fainéant pour aller aux toilettes en pleine nuit. Mon colocataire, Hobart, qui était étudiant en médecine, n'a questionné qu'une seule fois les implications de cet arrangement en termes de santé publique. Pour ma part, ce que j'en pensais, c'était que s'il avait envie d'y faire quelque chose, il avait ma bénédiction.

Parfois, je me réveillais encore en jean. Je portais quotidiennement des jeans, car le jean a l'avantage de pouvoir servir également d'essuie-mains en toutes circonstances, et il m'arrivait d'ailleurs de m'endormir sans prendre la peine de l'enlever. Ainsi, à mon réveil, il m'arrivait souvent d'être couvert d'une pellicule de sueur malsaine. En un sens, c'était une bénédiction, car ça me forçait à prendre une douche tous les jours, ce dont je me serais sans doute dispensé sans cela.

Je me dirigeais vers la cuisine et plongeais la main dans un sachet froissé de chips aux oignons et à la ciboulette. Deux poignées constituaient mon petit déjeuner. Dans l'esprit, cela n'était pas si éloigné que ça d'une saine assiette campagnarde de patates sautées. Juste après, j'ouvrais une bouteille de soixante-quinze centilitres de bière Mountain Dew.

La confection du café est un processus pour lequel je n'avais plus la patience suffisante depuis la fois où nous étions tombés à court de filtres et où j'avais pensé pouvoir utiliser un vieux tee-shirt. Il est impossible d'utiliser un vieux tee-shirt pour faire du café. Conséquences déplorables pour le sol, le café, le tee-shirt, et le jean que je portais ce jour-là.

Ce nouveau régime, d'ailleurs, avait ses avantages, car il ne nécessitait aucune vaisselle. Dans le roman *L'Assemblée des cafards*, il y a une scène géniale où Proudfoot fait sa vaisselle en la mettant à l'arrière d'un pick-up avant de passer entre les balais d'une station de lavage automatique. Parfois, j'aurais voulu avoir un pick-up pour pouvoir en faire autant.

La Mountain Dew montait plus vite parce que j'optimisais mon temps en buvant sous la douche, et des gouttes de savon et de shampooing se glissaient dans la bouteille. C'est ce qu'on appelle corser l'ordinaire.

Une fois habillé, je montais dans ma Camry, avec laquelle j'entretenais une relation abusive et codépendante. En sortant de l'allée, j'enfonçais un peu le parechocs contre les poutres de bois qui soutenaient le garage. Elle le méritait bien. Mais elle savait que je l'aimais, cette bagnole.

Au volant, j'écoutais Donnie Vebber. Vous savez, ce présentateur radio fasciste à moitié cinglé qui milite, entre autres, pour déporter tous les immigrés illégaux en Iran – on verra si ça leur plaît, à ces Islamoporcs, de voir ces dos mouillés vendre des burritos et pousser leurs douze mioches dans des chariots de supermarché par les rues de Téhéran. Il préconise également une première frappe nucléaire contre la Chine. Je ne partage pas ses idées, je tiens à le souligner. Si j'écoutais Donnie Vebber, c'était dans l'espoir qu'il suscite chez moi quelque fugace éclair d'émotion ou d'indignation. Mais j'ai vite été blasé. À l'époque comme maintenant, j'avais envers la politique l'indifférence d'un coroner grisonnant devant le cadavre d'une prostituée assassinée.

Je prenais une sortie au sud de Boston, suivais la I-93 et dépassais les containers de pétrole près du port, jusqu'à l'endroit où palourdes et moules meurent d'infections débilitantes inconnues. Puis je bifurquais dans Old Town Road jusqu'au lycée Saint Agnes High : je me postais devant le presbytère pour mater la fille à demi asiatique aux nichons monstrueux et sa copine Yeux Tristes extraire des cigarettes de plis insoupçonnés de leur uniforme. En les regardant fumer, je réglais la radio sur la station « classic rock », sauf de novembre à janvier, car les chants de Noël squattaient les ondes.

Le mardi, les filles avaient catéchisme ou je ne sais quoi, alors j'allais directement au boulot.

L'Alexander Hamilton Building n'avait pas grand-chose à voir avec celui qui lui avait légué son nom – sauf si Alexander Hamilton était un géant de brique planté près d'un marais. L'Hamilton se situait à l'une des extrémités de la Zone d'activité des pères fondateurs, où, dans des immeubles baptisés Washington ou

Jefferson, des individus géraient des entreprises de vente d'articles sportifs par correspondance, enquêtaient sur des fraudes à l'assurance ou planifiaient des voyages organisés à Maui.

Dans le hall de l'Hamilton Building, il y avait un bassin de carpes koï. J'adorais ce bassin. J'étais jaloux de ces poissons. Gras, rebondis, béats. Leur temps leur appartenait, ils pouvaient en faire ce que bon leur semblait : ouvrir et fermer la bouche, se laisser dériver, sucer les algues des cailloux. Peut-être aurais-je usé différemment de ma liberté. Mais la vie des koï ressemblait beaucoup à celle que je désirais.

Je sortais de l'ascenseur au deuxième étage et passais devant le bureau de Lisa, une monumentale femme noire qui faisait la réceptionniste pour une équipe d'avocats en contentieux. Au début, je trouvais sa présence gaie et agréable. À cause de ma sous-nutrition apparente, elle me proposait fréquemment de m'emmener chez elle pour « mettre un peu de viande sur ce squelette ». Je trouvais ça mignon, charmant : je faisais un grand sourire et je répondais : « Quand tu veux ! »

Mais peu à peu elle s'était mise à ajouter qu'une fois qu'elle m'aurait emmené chez elle, elle allait aussi me donner le bain. « Je vais te frotter comme il faut. Je vais te frotter la crasse que t'as dans les cheveux. » À chaque fois venaient s'ajouter de nouveaux détails – quelles parties de mon anatomie elle allait nettoyer, comment, avec quel type de savon. J'ai pris l'habitude de passer devant elle à toute allure en faisant semblant de lire le journal.

En y repensant aujourd'hui, c'était à peu près le seul élément de chaleur humaine dans ma vie de l'époque, et je l'appréciais sincèrement, je crois. Ce jour-là, Lisa était au téléphone, mais elle m'a regardé avec insistance en mimant un vigoureux mouvement de brossage. J'ai pressé le pas, les yeux rivés sur la moquette.

C'était un vendredi. La journée ne se présentait pas trop mal. J'avais piqué à Hobart son *New York Times* du dimanche précédent, et j'aurais tout le temps pour aller sur Internet, regarder des photos de pandas, des clips de filles danoises faisant du karaoké, de chats sur des électrophones, de gamins de l'Indiana se catapultant à l'aide d'engins de leur propre fabrication sur YouTube. (Rappelez-vous, c'était il y a quelques années – Internet était beaucoup moins sophistiqué qu'aujourd'hui.)

Ma seule tâche, c'était M. Hoshi Tanaka. Je devais rédiger sa lettre de motivation pour une école de commerce.

La compagnie qui m'employait s'appelait EssayAides. Dans ses brochures élégantes, EssayAides affirmait que son but était « de relier les esprits et d'élargir les possibilités éducatives dans le monde entier. Nos plus de deux cents collaborateurs, formés dans les meilleures facultés et universités américaines, offrent un consulting du plus haut niveau dans le domaine de la constitution de dossiers de candidature ».

Ce que cela signifiait « concrètement », comme Jon Sturges aimait à le dire, c'était qu'un gamin pété de thune nous envoyait un galimatias incompréhensible, et nous le transformions en lettre de motivation léchée pour une université ou une école supérieure de son choix.

Cela soulève des problèmes éthiques, si l'on a envie de s'embarrasser avec ça. Je travaillais à la compagnie depuis trois ans. Ce n'est pas ma faute si le monde est un nexus d'arrangements corrompus grâce auxquels les privilégiés cantonnent le pouvoir et les ressources dans des boucles complexes qui ne servent qu'eux-mêmes. Il fallait bien que je finance ma Mountain Dew.

Beaucoup de nos clients étaient de jeunes Américains fortunés. Pour appuyer leur candidature à Middlebury, Pomona ou assimilé, ils vous envoyaient un papier sur la façon dont *Anchorman*[1] ou l'équipe de golf locale avait changé leur vie. Je lissais le tout, remplaçais Will Ferrell par Toni Morrison, et le golf par l'apprentissage de l'ébénisterie auprès d'un réfugié du Darfour.

Je n'avais *pas* de problème de conscience. Au contraire, je retirais une certaine fierté de mon travail. Parfois, un étudiant qui était déjà à l'université nous commandait un devoir. Pour un deuxième année à Trinity d'une bêtise ineffable, j'avais décroché un A – en « Roman postmoderne » grâce à une série de dissertations dont il devrait être très fier, s'il les lit un jour.

Bien vite, Jon Sturges, l'âme de l'entreprise, a su que j'avais un don. Il m'a promu au poste de directeur adjoint. Là, j'ai appris que ce qui rapportait vraiment, c'était l'Asie, où les aspirants candidats payaient davantage sans jamais soulever de pénibles questions d'« exactitude ». Je rédigeais moi-même les dissertations les plus ardues et déléguais le reste du travail à des employés à temps partiel recrutés dans la classe des crève-la-faim surdiplômés.

EssayAides n'avait qu'une autre employée à plein-temps. Ce jour-là, quand je me suis installé à mon ordinateur, elle s'est postée sur le seuil de mon bureau.

« Salut. »

Alice devait peser quarante-cinq kilos toute mouillée. Elle aurait dû avoir une voix criarde de souris de

1. Comédie avec Will Ferrel. *(N.d.T).*

dessin animé. Au lieu de ça, sa voix était d'une troublante gravité. Elle est restée plantée là pendant un moment interminable.

« Tu fais quoi ?

— Un Japonais qui pose sa candidature à Wharton. Et toi ?

— Bof, je relis des trucs que j'avais délégués. Mes rédacteurs ont souvent tendance à les faire paraître trop brillants. J'ai refilé une lettre de motivation pour l'université du Colorado à un mec de Polo Alto, il a placé deux citations de Walter Benjamin.

— Oups. Faut couper ça. »

Jon nous faisait toujours la leçon : il ne fallait pas faire des dissertations trop subtiles, sans quoi les facs allaient finir par flairer la combine.

Alice a décroisé les bras et brandi un livre. La couverture s'ornait d'un dessin au crayon et à l'encre d'un essaim d'oiseaux en vol. *Le Langage des oiseaux*, de Preston Brooks.

« Je suis en train de lire ça.

— Oh. C'est comment ?

— *Époustouflant.* »

Je le connaissais, ce Preston Brooks. Il est un peu à la littérature ce que les chants de Noël à la sauce country and western sont à la *Messe en si mineur* de Bach ou la margarine allégée au beurre de baratte. Mais j'aimais bien Alice, alors je me suis contenté de hocher la tête. Elle n'était pas dénuée d'étrangeté, loin de là. Deux ans plus tôt, sa grand-mère était morte en lui léguant tous ses vêtements, des pulls des années 1970 mangés aux mites avec de grands cols cheminées. Et c'était la seule chose que portait Alice – une espèce d'hommage, j'imagine. À l'époque, cela dit, je portais des pantalons qui me tenaient lieu d'essuie-mains et des baskets pourries, et ma chevelure était constellée de croûtes mystérieuses, du coup à côté de moi, putain, Alice, c'était une icône mode à la Donna Karan. Elle avait passé ses diplômes dans une université pour femmes de Nova Scotia, ou quelque chose comme ça, et je ne sais pas du tout comment Jon Sturges l'avait dénichée.

Notre présence au bureau était, d'un point de vue macro-économique, sans objet, car personne n'appelait ni ne passait jamais. Simplement, Jon Sturges aimait avoir quelques humains dans un bureau : ça lui donnait la sensation de diriger une entreprise légitime. Il nous payait davantage pour que nous venions observer dans ses murs des horaires de bureau *grosso modo* ordinaires.

Mon bureau était dépourvu de décorations, à l'exception d'une affiche encadrée représentant un aqueduc romain. La philosophie commerciale de Jon Sturges se fondait sur un livre intitulé *César, P-DG : Les secrets du business à la romaine*. Il établissait constamment des parallèles avec la Rome antique, animé par une conviction erronée que le fait de connaître l'existence d'un truc intelligent l'empêchait d'être un imbécile. Il surnommait La Faculté vive, l'entreprise rivale, « Carthage ». C'est vrai qu'ils semblaient menacer notre empire : cette année-là, les Hoshi Tanaka se faisaient de moins en moins nombreux. La concurrence se faisait de plus en plus rude dans le business de « consultants » en lettres de motivation. Mais Jon Sturges possédait d'autres affaires, dans des zones tout aussi grises de la morale. D'ailleurs, il n'était guère capable de se concentrer sur une chose plus d'une heure d'affilée. « Un empire doit s'agrandir », disait-il. Il était prodigue en déclarations d'une grandiosité hors de propos.

Sur mon ordinateur, j'ai ouvert la dissertation d'Hoshi Tanaka. Sujet : « Comment pensez-vous qu'une maîtrise de gestion à Wharton vous aide à accomplir vos objectifs professionnels, et pourquoi maintenant ? »

Hoshi avait répondu :

> Wharton School of Business est tenu dans la première catégorie. À ce moment de ma vie professionnelle, c'est passer l'étape suivante d'aller dans une école de commerce pour étudier. Quand ce que je peux l'offrir, l'expérience.
>
> Warren Buffet a ce mot : « Partenariat ». C'est réaliste. Les nombreux cas de flétrir les compagnies furent des cas où il n'a pas partenariat. Pendant un an j'ai travaillé à la gestion des ventes. Ici, je me suis immergé de la méthode de commerce japonaise : loyauté, c'est-à-dire sacrifice de soi, c'est-à-dire adhérence au groupe, c'est-à-dire effort récompensé. Ceci maintient la forte entreprise, le flou de toutes les sections est très qualifié. Mais j'ai aussi appris « partenariat ». On peut le voir dans la partie d'une voiture. Elles font l'expérience du partenariat ou la voiture écheque.
>
> Mais « mondialisation » signifie changements dans la turbulence. La compagnie et le leader dont le marché entier fait partie du succès maintient toujours la nécessité d'ajuster l'environnement. Quand l'école de commerce, « l'état actuel » et les graves problèmes qui font face à l'entrepreneur sont mis en jeu dans le lancement de la science.
>
> C'est comme dans la mécanique d'une voiture. Un nouveau leader se prépare. C'est que j'espère sincèrement.

C'est là que commençait la partie de la journée où je regardais par la fenêtre en repensant à la façon dont j'en étais arrivé là.

Au début de la chaîne, il y avait ma mère : elle était intraitable sur la télé. C'était l'époque où les mères pouvaient encore faire passer ce genre de trucs. Si j'étais né dix ans plus tard, elle n'aurait sans doute pas eu son mot à dire. Mais on n'avait même pas le câble.

Les livres, à l'inverse, étaient autorisés. Les livres, ce n'est pas aussi bien que la télé, mais comme je n'avais rien de mieux à faire, j'ai beaucoup lu. À l'âge de 12 ans, j'avais avalé l'œuvre intégrale de Nick Boyle, de *La Griffe du faucon d'acier* à *La Foudre fatale est lâchée*. À la bibliothèque, je prenais tous les livres avec une épée, un revolver ou un hors-bord sur la couverture. Cela m'a doté d'une culture apocryphe intéressante, comme la fois où j'ai lu *La Concubine du centurion*. Sachant ce qu'était un centurion, j'ai supposé qu'une concubine était un type d'épée.

Privé de télé pour le remplir, mon cerveau spongieux absorbait tout. Un jour, maman a pris une bouchée de tarte à la noix de pécan et elle a déclaré qu'elle était très bonne. Alors je lui ai demandé si ça faisait « frémir d'anticipation enflammée son minuscule muscle de passion ». C'était une phrase de *La Concubine du centurion*, sortie de son contexte.

Mais toutes ces lectures m'ont appris à savoir tourner les phrases. Bien vite, maman s'est mise à me payer pour écrire des mots de remerciements de sa part, un dollar pièce. Et ils étaient excellents, avec ça – « J'ai été touchée au plus profond de mon âme par la gratitude », etc.

Du coup, j'ai traversé les années lycée en touriste.

En terminale, un prof d'anglais surnommé Barbu Biscornu m'a recommandé son *alma mater*, Grandby College, « un peu comme une université de l'Ivy League en petit ». La brochure qu'il m'a donnée montrait une femme aux cheveux couleur paille en jupe, à demi allongée à côté d'une batte de hockey sur gazon, écoutant un type à lunettes qui lui lisait un livre. La morale était limpide : les types à lunettes qui lisent des livres pouvaient s'en sortir à merveille là-bas. Alors c'est là que j'ai atterri.

Soudain, je me suis retrouvé transporté dans un paradis séculier. Une vallée verte et luxuriante où personne n'attendait rien de personne. Je pouvais faire ce qui me chantait, à savoir, somme toute, pas grand-chose et picoler. Je jouais au caps, au bière-pong, au tir aux crapauds[1]. Je mangeais des frites au fromage et des pizzas rassies à même le plateau dans la cafét tandis que des filles rentraient à pas de loup dans leurs vêtements de la veille. Des tracts me demandaient de libérer le Tibet et de prendre des cours de guitare. Je dormais sur des futons, je petit-déjeunais de pancakes, je tambourinais sur le plexiglas pendant les matchs de hockey, je faisais des analyses sémiotiques des Simpsons, je perdais des paris, je jetais des frisbees. J'allais dans des restaurants de fruits de mer avec les pères mal à l'aise de mes camarades.

Le fumeur d'herbe qui n'arrêtait pas de la ramener sur Radiohead, le type qui essayait d'avoir la classe en fumant une pipe en épi de maïs et m'avait prêté son exemplaire corné de *La Révolte d'Atlas*[2], l'étudiant en médecine qui s'endormait avec son marqueur dans la bouche, le mec à la panse déjà énorme qui citait *Rudy*[3] en commandant des *chicken wings* – je les aimais tous. Je connaissais le goût de la bière Busch Light quand le soleil se lève après une virée à la plage.

Mais ce qu'il y avait de mieux, c'était ma petite amie. La première fois que la sublime Polly a couché avec

1. Jeux à boire.

2. Roman de la philosophe et écrivaine Ayn Rand qui eut une portée considérable aux États-Unis.

3. Film de 1993 sur un jeune garçon trop petit pour jouer au football américain.

moi, c'est parce que c'était plus facile que de marcher jusqu'à sa chambre. Nous nous adonnions à des séances de pelotage languissantes qui s'achevaient en siestes. Elle portait des sweat-shirts délavés et des joggings sur sa charmante silhouette, et ses cheveux lâchés sentaient le shampooing à la mûre.

Les cours proprement dits étaient absurdes. J'avais pris anglais comme matière principale, mais les professeurs étaient d'assommants gnomes blafards qui déclamaient des inepties sur « le texte et le contretexte » et la « fiction comme continuation d'une illusion partagée ». Au lieu d'aimer des livres impeccables comme *Moby Dick*, où un putain de cachalot dévore tout le monde, ces connards mettaient un point d'honneur à faire semblant d'apprécier des pensums comme *Middlemarch* l'Assommante ou *Ulysse* la Branlette. Ils appartenaient à une race exsangue et sans humour et passaient leurs heures à décortiquer des sonnets du XVIIIe siècle ou des vieilles nouvelles du *New Yorker* en quête de traces codées d'homosexualité. N'empêche, j'ai pigé leur jargon. J'étais capable de torcher des papiers sur : « *Moby Dick* : Une vivisection du capitalisme » ou ce genre de conneries en deux heures et de décrocher un A –.

Pour échapper aux partiels, Polly avait une stratégie habile.

LA MÉTHODE PAWSON. Frottez-vous des petits morceaux de piment ou de fleurs écrasées sous les yeux. Vos yeux deviendront rouges et gonflés. Allez voir votre professeur pendant sa permanence. Il (ou elle, mais Polly était particulièrement efficace sur les mâles) sera épaté de vous voir parce que personne ne se rend jamais à la permanence. Dans son enthousiasme, il se mettra à pérorer sur la Renaissance dans le nord de l'Europe, un truc comme ça. Prenez un air distrait. Regardez par la fenêtre, promenez vos yeux sur le bureau, prenez un livre ou quelque chose. Puis sanglotez – une seule fois, pas fort. Prenez votre visage entre vos mains jusqu'à ce qu'il cesse de parler. Il vous demandera ce qui ne va pas. Dites : « J'ai… J'ai besoin de rentrer un moment. » NE DONNEZ AUCUNE PRÉCISION. Le professeur, rappelez-vous, n'est rien de plus qu'un ancien étudiant empoté, à l'âge adulte. S'il était doué pour les rapports humains, il ferait quelque chose de plus cool que de débiter des laïus sur la Renaissance dans le nord de l'Europe à des jeunes de 20 ans en proie aux affres de la gueule de bois. Il aura honte d'avoir dégoisé comme ça. Dites : « Je ne crois pas pouvoir passer l'examen pour l'instant. » N'oubliez pas que ces universitaires sont formés pour être attentifs à la dépression, la schizophrénie, etc. Il envisagera des scénarios-catastrophes où vous vous suicidez et où, après une enquête et un procès, on lui refuse sa titularisation. Il acceptera tout. Levez-vous et donnez-lui l'accolade. Serrez-le quelques secondes de trop, pour renforcer la gêne.

Polly était géniale.

Si j'avais pu rester à la fac pour toujours, tout se serait passé à merveille. Parfois, les après-midi d'ennui, je m'évadais à la Talbot Reading Room, une salle lambrissée de la bibliothèque remplie de voluptueux fauteuils en cuir. Je sortais *Stackpool de Grandby College*, un livre pour garçonnets du XIXe siècle qui se passait précisément dans mon institution. Il raconte l'histoire de Stackpool qui, après quelques faux pas, décroche la grande victoire pour les onze de Grandby, entre quelques bringues innocentes et une poignée de visites galantes à la fille d'un fermier de la région. Voici le jugement de Stackpool sur sa vie d'étudiant :

Bénie, la bienheureuse idylle ! Bénis, la pipe fidèle, et le fauteuil bas à l'usure confortable. Bénies, les soirées parmi ces compagnons vigoureux, à lire les antiques volumes et à se remplir la cervelle de merveilles. Bénis, les jours de liberté à gambader dans l'aimable joie de l'étudiant, avant que les soucis et travaux du monde viennent peser sur le front. Bénis, ces jours avant que les obligations de l'âge d'homme exigent une réponse, quand l'on peut encore s'attarder le temps d'une heure vite effacée tel un enfant sans inquiétude.

C'était tout à fait ça. Je m'endormais et je rêvais de Polly.

Stackpool termine sa carrière d'étudiant sur les épaules de ses camarades qui le portent en triomphe sur le terrain. Je n'ai pas eu cette chance.

J'aurais dû m'en douter. Les signes étaient partout. Une fois, j'ai même trouvé un livre de préparation au concours dans sa chambre. Elle m'a juré qu'il appartenait à sa coloc. Et j'imagine que j'avais simplement envie de la croire.

Polly Pawson me trompait. Avec le Code pénal. Pendant toute cette période, elle bûchait secrètement sa candidature à la fac de droit. Ces fois où elle me disait qu'elle allait faire une deuxième sieste – une deuxième sieste ! Vous imaginez combien je l'aimais ! – elle travaillait.

Elle m'a caché son admission en fac de droit jusqu'au jour de la remise des diplômes. Puis elle m'a plaqué. J'ai protesté. Je lui ai parlé des projets que j'avais pour nous (arnaquer une riche douairière) et elle a répliqué qu'ils n'étaient pas « réalistes ». Ça a été terrible. Il y a eu crise de nerfs, et j'aurais été encore plus loin dans cette voie si je n'avais pas eu une telle gueule de bois. Je l'ai insultée avant de vomir sur les marches de granit de Prendit Hall.

C'est comme ça que j'ai été jeté, couvert de sang, dans l'âge adulte.

Mon amie Lucy m'a conseillé de prendre un boulot comme le sien. Elle est devenue assistante chez Ortolan Press à Manhattan. Mais je savais qu'ils me colleraient à une tâche ingrate, relire des livres de fac, par exemple. La dernière chose dont j'avais besoin, c'est que l'univers me fasse le coup du dénouement ironique comme dans la *Quatrième dimension*.

En tout cas, cet été-là j'ai décidé d'arrêter de lire, à cause du pire bouquin que j'aie jamais lu.

LE PIRE BOUQUIN QUE J'AIE JAMAIS LU

Pendant la période sombre, juste après la remise des diplômes, j'ai glandé sur le campus de Grandby ; je dormais sur le futon d'un copain et travaillais dans une sandwicherie nommée Stackers. Si vous avez mangé chez Stackers cet été-là, je dois vous avertir que je me lavais rarement les mains.

Inquiète de mon état, ma mère m'a rendu visite. Elle m'a offert un exemplaire des *Chroniques d'Esteban*, un livre que sa sœur lesbienne lui avait décrit comme « riche d'enseignements ». « Un conte émouvant et consolateur d'amour, de douleur et de guérison », disait la couverture. Juste ce dont j'avais besoin, à première vue.

Tout faux. L'intrigue des *Chroniques d'Esteban* est la suivante : tandis que sa fille de 10 ans repose dans son lit d'hôpital, mourante, Douglas la divertit en lui racontant une histoire de son invention. C'est l'histoire d'Esteban, un marin de l'Armada espagnole dont le navire a fait naufrage et qui est échoué en Irlande.

L'état de l'enfant s'aggrave. Pendant ce temps, Douglas poursuit l'histoire, dans laquelle Esteban tombe malade. Dans ses tourments, le marin se fait aider par des esprits amicaux et des pêcheurs imprégnés de dictons populaires. Il sillonne l'Irlande en quête d'une source mystique qui a été bénie soit par saint Patrick, soit par un quelconque leprechaun, les avis divergent. Tous les personnages de Douglas parlent dans un dialecte irlandais grotesque, mais ils s'accordent tous sur le fait qu'il existe quelque part une source aux vertus guérisseuses.

Voici le dernier paragraphe des *Chroniques d'Esteban*. C'est Douglas qui parle à sa fille :

> *« Là, près des eaux fraîches, limpides et obscures, près des eaux placides, Esteban leva une main. Tremblante. Il l'avança vers la fine couche de rosée comme s'il pouvait la capturer dans sa paume tel un papillon. » Douglas marqua une pause. Et il sut, dans le silence, que la respiration oppressée et timide qui avait été pour lui un second battement de cœur, que ce rêve ténu et capricieux d'amour et de vie s'était enfui. Le clair de lune illuminait l'acier sans merci du respirateur et jetait sa pâle lueur en travers du lit. Mais Douglas ne voulait pas regarder, il savait qu'il ne pouvait pas regarder, pas avant d'avoir terminé son histoire. Et donc il poursuivit, mobilisant tout ce qu'il avait en lui. Les souvenirs, les mains, la présence d'un rire, il les appelait maintenant, pour garder une voix ferme. Ainsi put-il finir son histoire, dans l'air immobile. « Esteban s'inclina devant les eaux, les eaux bénites qu'il avait vues dans ses visions. Les eaux qui promettaient la guérison. La réparation. Le don. Il plongea son visage, fermant les yeux tandis que ses lèvres touchaient la surface. Et il but. »*

Quand j'ai lu ce dernier passage, j'étais en train d'ajouter du bacon à un double Burger Stackers. Dans mon incrédulité rageuse, j'ai failli laisser tomber le bouquin dans le pot de sauce tex-mex.

« Oh, pitié ! » j'ai crié, alarmant plusieurs clients.

Ça ne m'a pas fait tant d'effet que ça à l'époque. J'ai arrêté de lire. La belle affaire. Ça faisait déjà un moment que le cours de la vie m'avait orienté vers la télé.

*

* *

À la fin de l'été, j'ai trouvé le boulot chez EssayAides sur Monster.com. Jon Sturges a été impressionné par mon diplôme de Grandby et mon érudition creuse mais convaincante. Lors du test pratique, j'ai transformé le charabia obtus d'une lycéenne coréenne en cinq paragraphes impeccables, expliquant comment son escargot domestique lui avait appris à aimer la biologie.

Et maintenant, c'était le tour d'Hoshi Tanaka. Un fond d'authenticité court dans les quatre paragraphes du texte de Tanaka. On voit bien qu'il pense ce qu'il dit, même si le sens n'est pas très clair.

Hoshi arrivait, ainsi, à faire passer l'idée qu'il avait travaillé dans l'industrie automobile et que ça lui avait appris quelque chose – quoi ? Alors j'ai inventé une histoire dans laquelle Tanaka apprenait l'importance des voitures de la bouche d'un mécanicien vieillissant. Le mécanicien l'emmenait à l'atelier et lui montrait comment les pièces détachées devaient s'emboîter les unes dans les autres au millimètre près. C'était un joli moment, qui se terminait par une poignée de main graisseuse. Cet épisode, faisais-je conclure à Hoshi, constituait une bonne image de la gestion d'une entreprise.

Il y avait là tous les éléments d'une bonne lettre de candidature pour école de commerce : une vague métaphore, une notion de respect, une figure de mentor, un exemple prouvant que le candidat ne pensait pas qu'à l'argent, et de l'inventivité (mais pas trop). Ça pouvait raisonnablement passer pour japonais. Content de moi, j'ai décidé de prendre ma pause.

Pour le déjeuner, j'aimais aller chez Sree's USA Nepal Food Fun, un snack du centre commercial situé de l'autre côté de la quatre-voies. Traverser sans me faire tuer constituait l'exercice le plus tonique de ma journée. C'était en janvier, et par-dessus le marché, des tas de neige fondue corsaient la difficulté. Le frisson du danger rendait Sree's encore plus relaxant : comme s'asseoir sur la plage d'une île déserte entourée de requins.

Les murs étaient ornés d'affiches népalaises du film *SOS Fantômes*. Sree adorait *SOS Fantômes*, et il m'adorait. Autrement dit, c'était un mec digne de confiance.

« Bonjour, Pete !

— Salut, Sree.

— T'as vu l'émission de Conan O'Brien hier soir ?

— Non. »

Sree a été agité de rires sans bruit.

« Oh, il a fait un sketch sur les cuisses des femmes. Oh ! »

Ce n'est peut-être pas la conversation que nous avons eue ce jour-là, mais c'était le genre de propos que nous échangions. En réalité, je crois que, ce jour-là, il était au fond, en train d'installer des pièges pour une quelconque bestiole. J'ai passé commande auprès de sa femme, qui avait la silhouette d'une citrouille. J'ai pris la friture de poisson à la népalaise, à savoir des bâtonnets de poissons couverts d'une espèce de sauce à l'ananas, 3,99 dollars.

Le seul autre habitué était là. C'était un vieux type de traviole aux lèvres parcheminées qui portait systématiquement une parka des New England Patriots, mangeait un hamburger au curry et buvait une Bud Light. Quand il avait fini de manger, il me rejoignait paresseusement. Il me parlait de sa fille, qui vivait en Arizona, et me racontait que, petite, elle chantait comme Judy Garland. Puis il se mettait à évoquer à mots couverts les atrocités qu'il avait commises quand il était marine en Corée.

L'écouter, c'était l'acte qui se rapprochait le plus de la charité dans ma vie mais, ce jour-là, je n'avais pas envie de me le coltiner. Pour le tenir à distance, j'avais apporté le *New York Times* d'Hobart. J'ai mangé, le nez dans mon journal. J'ai regardé les petites annonces immobilières, de gigantesques châteaux gothiques dans des lieux baptisés Bass Harbour et Elm Neck, et je me suis demandé comment j'allais me procurer les trois millions et demi de dollars qui me manquaient. Puis j'ai parcouru un article sur la nouvelle génération de décorateurs de cuisine.

Quand j'ai tourné la page, une photo pleine page en noir et blanc a capté mon attention.

Voilà ce qu'elle montrait : devant la vitrine brisée d'un magasin d'électronique discount, la romancière Pamela McLaughlin, la reine du crime, était accroupie, un carnet à la main. Elle se penchait sur la silhouette d'un cadavre dessinée à la craie. Le poids d'un revolver dans son holster d'épaule tendait son bustier sur sa poitrine opulente, et elle fixait l'appareil d'un regard sévère. À côté de la silhouette à la craie, il y avait un livre. On ne voyait pas très bien de quel livre il s'agissait, mais on n'avait pas besoin d'être la reporter free-lance mi-vietnamienne mi-cubaine Trang Martinez, avec sa volonté d'acier et son corps ferme, pour réaliser que c'était un indice important.

C'était un reportage photographique comme ils en font parfois. Celui-ci s'intitulait « Best-sellers », et se constituait entièrement de portraits d'écrivains figurant sur la liste des best-sellers.

La photo de Pamela McLaughlin suggérait un message éditorial : « En Amérique les véritables victimes sont les lecteurs », quelque chose comme ça. On peut en convenir, si on lit le dernier bouquin de Pamela, *Fashion Victims*, dans lequel Trang infiltre l'industrie de la lingerie dans le but d'arrêter un *serial killer* qui prend pour cible les fabricants de vêtements nuptiaux. Pendant un regrettable chapitre, Trang se déguise en travesti pour séduire un magnat du cuir dépravé et l'entraîner à lâcher des aveux involontaires. Sur la version poche, l'accroche disait : *Le sang est le nouveau rose*.

J'ai pris une bouchée de poisson et, la bouche pleine de sauce à la saccharine, j'ai reporté mon attention sur la page opposée : les lunettes noires de Nick Boyle, mon auteur adoré de thrillers d'action, réfléchissaient la lumière. Nick Boyle portait un coupe-vent et une casquette de base-ball estampillée « USS Hornet – CV-12. » Cadré sur fond de ciel, avec l'océan qui écumait derrière lui, il était à la barre d'une gigantesque barge de débarquement amphibie de la Seconde Guerre mondiale. Les vrais fans de Nick Boyle n'appelleraient pas ça une barge de débarquement, bien sûr. Ils l'identifieraient comme un LCT Mk-5, un truc dans le genre, car il est impossible de s'y retrouver dans ses bouquins si l'on n'est pas fichu de mémoriser différents articles de quincaillerie militaire.

Nick Boyle avait un visage plissé de crapaud. Si on

avait étiré la peau de ses joues, on aurait obtenu un mètre de visage normal. J'ai compté vingt-six plis de chair faciale, et huit excroissances isolées. Mais il grimaçait avec une colère vindicative 100 % américaine. Et ça lui allait bien. Il avait l'air prêt à commencer à rétablir le bien avec le bon bout d'une mitraillette 20 mm.

Les yeux de Nick Boyle, celui qui m'avait procuré tant de plaisir dans le domaine des armes, m'accusaient de faiblesse civique. Il me regardait avec dégoût, sachant que je n'étais pas digne d'avancer à ses côtés dans le fracas de la bataille. Il me toisait comme si la meilleure chose que je pouvais faire, c'était de dégager de son champ de vision, de sorte qu'il puisse lancer des mortiers et conquérir la liberté pour des morveux qui ne savaient pas quoi en faire. Plus tard, dans un quelconque bar de marins où étaient accrochés des drapeaux, lui et ses camarades marmonneraient d'un ton sinistre au-dessus d'un bourbon, saluant d'un hochement de tête connaisseur leurs tee-shirts tachés de sang.

J'ai bu une gorgée de soda népalais à la noisette et j'ai tourné la page.

Josh Holt Cready était le suivant. Sa photo était travaillée comme un ferrotype de la guerre civile. Bien vu, sauf que ça ressemblait à ces portraits à l'ancienne que les familles de ringards se font tirer dans les parcs d'attraction. Josh Holt Cready était l'auteur précoce de *Manassas*, un roman au sujet d'un auteur précoce du nom de Josh Holt Cready qui retrace l'histoire de son ancêtre, lequel s'est battu pour l'Union et est mort à Cold Harbor. Écrire un roman sur la guerre civile, c'est de la paresse. Les luttes fratricides, les batailles dans des vergers de pêchers et des champs de blé, la pléthore de noms bibliques, la géographie poignante. L'ombre d'Abe Lincoln et de l'esclavage sur tous les événements. Il y a tellement de pathos, intrinsèquement, que ça s'écrit tout seul.

Mais étant moi-même paresseux, je ne pouvais pas jeter la pierre à Josh Holt Cready pour sa supercherie. Je ne l'ai donc pas haï. Pas même quand son livre est entré pour la première fois dans la liste des best-sellers. Ou quand des portraits habités du prodige « frais émoulu de Yale » ont commencé à se découper partout. Je ne l'ai absolument pas haï lorsque *Entertainment Weekly* a fait passer un reportage de trois pages qui expliquait en gros qu'il fallait être une espèce de nihiliste cinglé pour manquer d'être époustouflé par son génie. Je ne l'ai pas haï lorsque ses grands yeux prétentieux ont détaillé la plastique d'Ann Curry[1] pendant que j'essayais de finir mon bol de Fruit Loops. Et je ne l'ai pas haï quand il a été brièvement à la colle avec Scarlett Johansson. Ni quand Sean Penn a signé pour jouer le rôle de Grant dans *Manassas*, le film, réalisé par Tim Robbins.

Dans une bouffée de non-haine, j'ai tourné la page tellement vite que je me suis coupé le doigt.

Tim Drew, l'homme de *L'Énigme Darwin*, posait, les bras croisés, devant un modèle de phrénologie victorien dans un muséum d'histoire naturelle.

En tournant de nouveau la page, j'ai dû appréhender l'image d'un homme d'une soixantaine d'années. À l'inverse de Nick Boyle, il avait le visage tendu comme une peau de tambour. Deux fins traits de barbe se réunissaient en pointe sur son menton de renard. Il était assis sur un banc, dans un parc, la photo était prise par temps gris, lourd et maussade. Sur ses bras et ses jambes étaient perchés des oiseaux de toutes sortes et

1. Présentatrice de l'émission matinale de NBC.

de toutes tailles. L'un d'eux avait fait son nid entre les genoux de son pantalon en velours.

La photo, comme toutes celles de la série best-sellers, était seulement identifiée par le nom de l'auteur et le titre de son succès du moment : « Preston Brooks, *Le Langage des oiseaux*. » C'était juste trop, ce vieux salopard assis là avec des oiseaux sur les bras. J'ai étalé de la panure de poisson sur son visage, je l'ai jeté dans la poubelle et j'ai dit au revoir à Sree.

Il est probable que je n'aurais jamais repensé à Preston Brooks s'il n'y avait eu cet e-mail, découvert en retournant à mon bureau.

2

De pollypizzazz@gmail.com
À : [undisclosed recipients]
RE : annonce…

Bonjour à tous…

Désolée pour le mail groupé, mais je ne sais pas quand je verrai certains d'entre vous, et je tenais à vous annoncer la nouvelle. Ça fait un an et demi que j'ai rencontré James. À l'époque, je pensais qu'il était le seul atout de Washington ☺. Le week-end dernier, nous sommes allés à Shenandoah Valley, couvertures, chocolat chaud, adorable chambre d'hôte. James m'a joué une chanson au piano (je sais, presque trop romantique, non ?) – vous avez compris la suite – NOUS ALLONS NOUS MARIER ! C'est hyper bizarre, mais j'ai le tournis rien que de l'écrire.

OK, alors c'est le moment de réserver la date, les amis – le mariage aura lieu en avril dans un an. Je sais que c'est dans longtemps, mais maintenant vous êtes pris ! C'est le seul moment où on peut faire venir d'Australie tout le clan de James. Et il y aura les cerisiers en fleur, le printemps virginien – la totale ! Et vous venez tous ! BIEN SÛR que vous venez tous. Faites une croix dans le calendrier. Grosse cuite, groupe ringard, parents cinglés, tout est prévu.

En tout cas, écrivez-moi un mot, donnez-moi de vos nouvelles. J'occupe toujours mes fonctions chez Mintz Cohen (en fuyant les conflits internes !). J'aurai sans doute l'occasion de voir un peu les New-Yorkais au printemps prochain, et espère aussi retourner à Grandby pour montrer à James tous les endroits où j'ai gerbé. Les potes, vous devez TOUS m'appeler pour me donner des news.

Bises,
Polly P.

Polly Pawson
Associée
Mintz Cohen Condon Keane
Washington, D.C.

Mail envoyé à Pete Tarslaw.

Attention, je ne suis pas en train de dire que je suis innocent dans cette affaire – loin de là. Mais lisez un peu ce mail. Commencez par l'adresse – je m'en fiche si pollypawson, ppawson et pawsonpolly étaient pris –, « pollypizzazz », c'est inacceptable.

Imaginez lire ce mail comme je l'ai fait, après tout ce que je viens de vous raconter. Et je pense que je n'aurais plus l'air tout à fait aussi mauvais.

En soi, ce n'était pas une surprise. Elle avait mentionné ce « James » lors de nos rares conversations embarrassées. Perdre Polly ne m'inquiétait pas. Si cette catin surcapitalisante au cœur fourbe avait envie de se marier avec un quelconque flibustier de l'Arc pacifique, grand bien lui fasse.

Le problème, c'était le mariage.

Je voyais ça d'ici. Moi, assis à une table avec l'écœurante variété d'apprentis adultes avec laquelle Polly faisait désormais cause commune. Des types costauds avec fossette au menton, pantalon de toile et chemise bleue oxford, avec des rires faussement désinvoltes et des épaules qui appellent la claque virile. Des mecs qu'on croirait à peine sortis de l'élite sportive de la fac pour gravir un à un les échelons du succès dans leur job d'analyste financier adjoint chez Bain. Des hommes déjà habitués à faire passer leurs BlackBerry et leurs ordinateurs portables sur les tapis de sécurité en rentrant de Denver ou Dallas.

Si je donne l'impression de décrire quelqu'un en particulier, au fait, c'est que c'est le cas – un mec du nom de Chad Cooley, qui était à Grandby avec nous, un type de la gueule duquel on se foutait quand on le voyait faire son jogging, qui était dorénavant Copain d'avant avec Polly (c'était avant la révolution Facebook). Je m'empiffrerais d'amuse-gueule à l'artichaut pendant que cette fourmi insipide régurgiterait des articles de magazine en les pimentant de citations de film déformées et de comparaisons sportives à côté de la plaque.

Au mariage, il y aurait également des femmes, qui s'extasieraient sur la beauté de Polly. Secrètement bien sûr, elles seraient toutes remplies de la jalousie primaire qui jaillit entre les femmes à l'occasion des mariages. Leurs cerveaux féminins emballés leur souffleraient qu'elles feraient bien de se manier si elles voulaient éviter une vie de célibat stérile.

Il faudrait composer avec tout ça.

Et par-dessus le marché, le mariage de Polly serait plein d'Australiens. Des hommes qui tuaient des serpents à coups de fourche dans le désert calciné, qui faisaient sauter les yeux de dingos avec des vieux fusils ANZAC, et surfaient entre des gueules de requins béantes, le tout en s'enfilant des canettes de soixante centilitres de Victoria Bitter[1]. Des hommes entraînés par leurs années sabbatiques passées à arpenter la Thaïlande et l'Inde dans une brume éthylique au grand dam de la police locale. Ces hommes, les amis du marié, se lanceraient des défis d'alcoolisation athlétique. L'un

1. Bière australienne. *(N.d.T.)*.

d'entre eux, celui qu'on surnommerait Bourrin, ou Rhino, tomberait de sa chaise, au bord du coma, tandis que ses camarades hululeraient triomphalement.

Prêtes à tout, les femmes, les demoiselles d'honneur en particulier, fondraient sur ces marsupiaux et, amollies par l'ambiance nuptiale, elles se verraient offrir des accouplements vigoureux sur le sol du vestiaire.

À ma table, un chauve bardé de bonnes intentions, le boss de Polly, ou un truc équivalent, se tournerait vers moi et me demanderait : « Alors Pete, vous faites quoi ? »

Je répondrais : « Je rédige de fausses candidatures pour des étudiants étrangers. »

Mon voisin me regarderait avec suffisamment de honte pour deux. Puis, à la première occasion, il dirigerait son fauteuil vers le bar – je ne sais pas pourquoi, je me représentais ce type en fauteuil roulant.

Une rumeur ayant trait à l'ex-petit ami dont la présence pathétique jetait une ombre sur la réception se mettrait à se répandre dans l'assistance. Elle arriverait aux oreilles des tantes, des cousines et du pasteur. Tandis que je me dirigerais vers les toilettes d'un pas branlant, Polly, rayonnante et radieuse, s'accrocherait au bras ferme de son nouveau mari, et me montrerait du doigt en lui murmurant quelque chose sur le pauvre misérable avec qui elle avait badiné dans ses jeunes années. Puis ils s'embrasseraient, à pleine bouche, sous les applaudissements de l'assemblée.

Au final, je me ferais escorter à ma chambre par mes deux derniers potes de fac, Lucy et Derek. Ils me traîneraient au Marriott et moi je passerais le trajet à les supplier de s'arrêter pour manger des pancakes et à tomber dans les vapes.

Polly aurait gagné. Tout l'événement, depuis la lecture de la Première Épître aux Corinthiens jusqu'aux adorables tartelettes au chocolat fourrées à la framboise en passant par le vieux mec flippant qui danse avec les petits enfants, tout cela ne serait pas un simple mariage. Ce serait une célébration de la défaite que Polly m'avait infligée.

C'est comme ça que je voyais les choses à l'époque.

Maintenant, vous pourriez rétorquer que j'aurais pu me contenter de décliner l'invitation de Polly. Mais ça serait revenu à reconnaître ma défaite. J'ai beau être paresseux, je ne suis pas du genre à baisser les bras. Je n'allais pas lui laisser la satisfaction de confier à ses amis : « Je regrette que Pete ne soit pas venu » et de m'envoyer par la suite un mot disant combien c'était « dommage » que je n'aie « pas pu venir ».

Une fois de plus, je ne suis pas fier d'avoir pris la chose comme ça. J'essaie simplement de vous expliquer ma façon de penser du moment.

Après le boulot, en rentrant à Somerville, je me suis arrêté chez un caviste pour acheter une caisse d'Upstream Ale[1]. Je n'aime même pas l'Upstream Ale. Elle pique, comme si elle était brassée à partir d'une mixture d'eau de Seltz et de purée de maïs.

Mais sur l'étiquette est dessiné un saumon qui se fend la poire. Il se jette en l'air dans un torrent rocailleux. Il sourit comme s'il appréciait le challenge. C'était l'état d'esprit dont j'avais besoin.

Quelques heures plus tard, assis sur le canapé de mon appartement, je regardais la télé, sept bouteilles vides d'Upstream Ale à mes pieds, en grignotant des

1. Bière maltée à fort taux d'alcool. *(N.d.T.)*

amandes grillées que j'avais dénichées dans les entrailles d'un placard.

À côté de moi, mon coloc, Hobart, mangeait de la purée lyophilisée à même la casserole. Il ne mangeait jamais autre chose.

Les cheveux d'Hobart ressemblaient à un nid fait par un oiseau incompétent. Visiblement il ne savait pas se raser, il lui restait toujours des touffes de poil sur les joues.

Mais dans la vie, il faut bien dire qu'il me distançait. Hobart était en second cycle à Harvard, où il préparait un doctorat conjoint de médecine, de chimie et d'économie. Les seuls livres sur son étagère étaient des ouvrages médicaux de référence et un mince manuel intitulé : *Le Code du gentleman : l'étiquette de l'homme du XXIe siècle*. Celui-ci était produit par « McAllisters, fabricant de spiritueux haut de gamme depuis 1818 ». Hobart l'avait eu en cadeau avec une bouteille de whisky qu'il avait achetée un soir après une conversation douloureuse avec sa copine restée au nord de l'État de New York. Au moins la moitié de ses conversations avec cette femme étaient suivies d'heures de sanglots déchirants. En tant que colocataire, c'était son principal défaut. Le bon côté, c'est qu'il était rarement à la maison. Quand il n'étudiait pas, il travaillait comme assistant de laboratoire à Lascar Pharmaceuticals, une boîte qui produit des médicaments pour lutter contre les troubles de l'attention.

Hobart et moi, nous étions assis sur un canapé d'occase beige affaissé et bosselé comme les seins d'une vieille dame. Nous regardions notre télé un peu verdâtre depuis un incident survenu trois mois plus tôt, au cours duquel j'avais balancé ma chaussure sur la bande-annonce d'un film avec Zach Braff. J'avais tapé en plein dans le mille.

J'aimerais que le lecteur réalise vraiment ici à quel point notre appartement était pitoyable. C'est important, pour l'histoire. Sachez simplement qu'il y avait une moquette grise râpeuse constellée de taches style Rorschach, des boulons qui traînaient partout, des clous et autres machins indéterminés plantés dans les murs, et des fissures profondes dans le plâtre. Il n'y avait pas d'affiches. Je n'ai jamais possédé une affiche dont je n'ai pas rougi par la suite, alors pourquoi m'embarrasser ? Des cagettes contenaient mes vieux poches. Un service de presse de *Pékin*, un roman que Lucy m'avait envoyé, trônait sur la table basse depuis des mois. Il faisait office de sous bock.

Je me suis ouvert une autre bière.

Hobart n'avait qu'un seul vice, et il était présentement en train de s'y adonner. Il s'agissait d'une émission intitulée *Colonie de vacances*, sur CBS. Si vous ne l'avez jamais vue, c'était un reality-show – un plagiat de *Survivor*, en gros – où quatre équipes de « campeurs » s'affrontaient au canoë et à la confection de guimauve grillée avec, mettons, Mario Batali comme juge. Mais le « pitch » incroyablement flippant, c'était que chaque équipe était composée à moitié d'adultes et à moitié d'enfants de 6 à 8 ans.

Là, évidemment, si je commence à disserter sur le caractère tordu de ce programme, à démontrer que c'est un signe du complet effondrement post-postmoderne de la civilisation occidentale, je pourrais écrire tout un livre, aussi me contenterai-je de souligner un truc dingue, à savoir que les gamins sont toujours nettement plus futés que les adultes – il faut dire aussi que c'étaient tous des enfants du show-biz précoces et déglingués dont le cerveau était tellement perverti qu'ils savaient sourire sur commande et ainsi de suite.

Hobart regardait cette émission tous les vendredis,

sans faute. Quel obscur renfoncement de son cerveau le contraignait à faire une chose pareille, je l'ignore, mais je ne me plaignais pas. Ce soir-là, une certaine Brooke, âgée de 6 ans, rivalisait de hurlements avec un comptable divorcé au sujet d'un concours de cueillette pour lequel on les avait mis dans la même équipe.

Ça m'a permis d'oublier un instant le mariage de Polly.

L'émission a laissé la place aux pubs, et Hobart a zappé, passant de vidéos de flics à des images de foot.

D'une certaine manière, on peut dire que tous les événements qui ont suivi ont été le résultat d'un coup de télécommande. Hobart a de nouveau changé de chaîne mais, à la vue de la silhouette rassurante de Tinsley Honig, il s'est arrêté.

Hobart et moi, nous étions d'accord là-dessus : Tinsley était notre présentatrice préférée. À plusieurs reprises, nous avions regardé ses tresses auburn flotter autour de son visage de poupée de porcelaine tandis qu'elle interviewait une nonne qui faisait les meilleurs bonbons au caramel d'Amérique, un jeune autiste incollable sur les Pères fondateurs, ou encore un prof qui avait ramené la paix dans un collège turbulent en apprenant le Scrabble à ses élèves.

Ce soir-là, Tinsley était assise sous un porche campagnard, sur un banc en bois artisanal, à côté d'un homme mûr, bâti comme un fût de bière, avec une fine barbe méphistophélique. La caméra les filmait en plan éloigné, de manière à englober les pignons de l'énorme maison et les montagnes hérissées de pin au loin. C'était le genre de maison de campagne opulente qu'habitent les gens dans les catalogues, sur les images où l'on voit la femme qui présente les modèles des tricots du Pin marin apporter du thé glacé à l'homme qui présente les modèles des nappes en lin lavables en machine.

Tinsley arborait la posture d'écoute dont elle faisait son fonds de commerce, la tête inclinée de quinze degrés sur la gauche, un doigt fin sur le menton. Le mastodonte parlait. Il parlait comme si, pour des raisons médicales, il était obligé de garder les lèvres aussi serrées que possible. Sa voix faisait le son du papier de soie qu'on chiffonne.

« Il y a des gens qui prétendent que le roman est mort. Eh bien, il y en a aussi qui prétendent que le diable est mort. Je ne suis pas de cet avis, disait-il. L'écriture est un gourdin que je brandis pour chasser les brigands qui voudraient réduire en cendres les trésors du cœur humain. Aujourd'hui, nous sommes submergés par les images, il y a des écrans vidéo partout. On voit des filles à peine sorties du jardin d'enfants se trémousser comme des traînées dans un bordel turc. Mais les mots *comptent* encore. Les mots brisent et apaisent encore des cœurs. »

« Change pas de chaîne ! » me suis-je écrié, avec difficulté parce que, au même moment, j'essayais de voir pendant combien de temps je pouvais garder dans ma bouche huit capsules de Upstream Ale. Je venais de reconnaître l'homme à la fine barbe et à la voix de papier froissé. C'était l'épouvantable romancier Preston Brooks.

L'émission s'est poursuivie sur un plan de Tinsley et Preston en train de marcher près des roseaux au bord d'un ruisseau. En voix off, Tinsley commentait : « Ici, pas de sorcier adolescent, ni de codes cachés dans un tableau. *Le Langage des oiseaux*, une histoire sans fracas qui parle de l'amour, de la famille et du pouvoir de l'espérance, a touché des lecteurs à travers tout le pays avant d'entrer dans la liste des best-sellers. Je me suis rendue au ranch de Preston Brooks en Virginie occidentale pour parler à un écrivain qui se décrit comme un vieux chien » – là sa voix montait légèrement – « qui a appris quelques nouveaux tours. »

Vif comme un cobra, j'ai tendu le bras pour confisquer la télécommande à Hobart.

« Gamin, j'étais stupide, imbécile, alors j'ai abandonné l'école pour m'enrôler dans l'aviation, poursuivait Preston. On peut reprocher beaucoup de choses aux militaires, encore plus maintenant qu'à l'époque. Mais ils savent comment s'occuper d'un jeune imbécile. Ils m'ont affecté à un poste radar sur la ligne DEW en Alaska. Pendant trois ans, mon boulot, ça a été ça – *écouter*. Je ne le savais pas à l'époque, mais c'est la formation idéale pour un écrivain. En Arctique, j'écoutais les anciens du peuple Gwich'in. Ils vivent là-bas depuis des milliers d'années. Ils ont eu le temps d'apprendre un ou deux trucs. Nous nous porterions tous bien mieux si mes petits-enfants écoutaient un vieux Gwich'in pendant un petit moment, à la place de Lindsay Loohoo et Dee-Jay Tête de Con, ou je ne sais quel rappeur au surnom ridicule. »

Preston tendait le bras pour stopper Tinsley. Il s'accroupissait et ramassait quelque chose par terre. La caméra s'approchait et montrait un triton ou une salamandre, un truc comme ça. Une variété quelconque de lézard terrifié, tremblant sur la paume de Preston.

Après un instant de contemplation, Preston reposait l'animal. Le triton restait secoué pendant une seconde, mais réalisait vite qu'il s'en était tiré à bon compte et piquait un sprint vers les roseaux.

« Heu, Pete ? »

Hobart me regardait fixement.

« On va louper la causerie au coin du feu. »

J'aimerais à penser que j'ai dit quelque chose d'apaisant, mais je crois que je me suis contenté de fouetter l'air de la main. En tout cas, j'ai loupé la question suivante de Tinsley.

« … Four Roses, Old Charter, Mud River, Jim Beams, Crooked Chinaman, Colonel's Daughter, disait Preston, j'ai bu tous les élixirs d'oubli qu'on peut trouver dans une bouteille. J'ai enchaîné les petits boulots. À une période, j'ai travaillé dans une mine de granit. Dans une équipe de bûcherons. Un été, j'ai essayé d'extraire de l'uranium. J'ai passé un moment à éviscérer des poissons dans une usine à Tacoma. Y a mieux, pour gagner sa croûte.

« Puis un matin je me suis réveillé dans une ruelle de Minot, dans le Dakota du Nord, dans la neige. J'ai fouillé une poubelle dans l'espoir de dénicher un vieux manteau. Et j'ai trouvé un exemplaire corné de *Des souris et des hommes*. Peut-être est-ce un ange qui l'avait déposé là. Peut-être était-ce juste un collégien paresseux. Mais je l'ai lu. Et John Steinbeck m'a montré qu'il y a plus fort que le whisky. »

Je me suis levé d'un bond et j'ai balancé la télécommande contre le mur ; elle s'est écrasée, et les petites piles ont roulé par terre. Premièrement, c'était de toute évidence un collégien paresseux. Je suis sûr à 100 % que ce n'est pas un ange qui avait déposé là un exemplaire corné de *Des souris et des hommes*.

Deuxièmement, *Des souris et des hommes* ? Ce ridicule petit classique pour élèves de troisième sur le débile mental qui aime les lapins ? Tu veux me faire gober que c'est ça qui t'a fait arrêter le whisky ? !

Hobart contemplait la télécommande brisée.

« Peut-être qu'on peut changer de chaîne à la main ? »

Dans le plan suivant, Preston Brooks guidait Tinsley dans un bureau clair et spacieux garni de rayonnages de livres avec des portes-fenêtres donnant sur un lac paisible.

« J'appelle cette pièce la salle de bal. C'est ici que les personnages vont apparaître, se présenter et m'inviter pour une danse. C'est toujours le personnage qui conduit. Je m'incline, j'accepte, et je fais quelques pas de danse. »

Tinsley hochait la tête avec componction, comme si c'était la chose la plus sage, la plus vraie qu'on ait jamais énoncée. Puis elle désignait une machine à écrire à l'ancienne.

« Et vous écrivez toujours à la machine ?

— Mes filles me disent de me mettre à l'ordinateur. Mais elles m'avaient également dit que Jimmy Carter serait réélu, et qu'on verrait apparaître des voitures aimant. Alors qu'est-ce qu'elles en savent ? Je déteste ces machins. Faulkner se contentait d'une machine à écrire, je peux m'en contenter aussi. »

« Non mais pitié ! » j'ai crié à la télé. Hobart était accroupi au-dessus de la télécommande cassée.

Preston fourrait la joue contre la langue d'un cheval penché par-dessus une clôture.

« Un cheval peut tolérer n'importe quoi, sauf un menteur. Les chevaux savent reconnaître les menteurs. Les lecteurs savent reconnaître les menteurs, eux aussi. Si je mets un mot de chiqué, un *mensonge* sur la page, les lecteurs vont me jeter à bas aussi vite qu'un cheval désarçonne un imbécile. »

Après quoi Tinsley entreprenait de raconter l'intrigue du *Langage des oiseaux*. C'est l'histoire d'un taulard nommé Gabriel qui trouve la rédemption pendant l'ouragan Katrina. L'accompagnement vidéo montrait Preston en train de jouer du washboard dans un groupe de zydeco. Apparemment, il avait passé du temps en Louisiane « à aider les victimes de l'ouragan, à écouter leurs histoires et à apprendre le rythme de leur langage ».

Tinsley expliquait que Preston dirigeait le programme de création littéraire de l'université de Shenandoah. Et on le voyait déclamer des extraits de son livre devant un amphithéâtre bondé.

« Y a-t'y d'la chicorée dans c'café ? » brailla-t-elle d'une voix fatiguée qui claquait encore comme un coup de tonnerre, une voix à appeler les chiens.

« Non, m'dame », lui beugla en retour Gabriel, reprenant son équilibre contre le flanc du canoë Firebird oscillant dans les eaux boueuses qui enflaient et retombaient comme le sein d'une mère endormie. « Y a pas de chicorée, mais vous êtes bien une Cajun, pas d'doute, à réclamer de la chicorée alors que vous êtes coincée sur un toit en goudron rafistolé et que la flotte va encore monter, à c'qu'y paraît. Maintenant donnez-moi la main, m'ame Deveroux. »

Et lentement, ses doigts, à la texture riche comme un plaid en tricot, se glissèrent dans la paume de Gabriel, tachée d'huile de moteur et de graisse de bacon. Et ils se regardèrent et sentirent ce contact, de l'un à l'autre, jusqu'à ce que l'un aide l'autre et apaise l'autre, et où commençait l'un et où finissait l'autre, cela leur échappait à tous deux en cet instant.

On pourrait passer des heures à faire l'analyse grammaticale de cet écheveau complexe de rogatons littéraires : le dialecte du bayou caricatural, les détails « réalistes », l'imagerie populaire laborieuse, les touches vagues de spiritualité et de transcendance, suffisamment prémâchées pour être comprises par le premier pékin venu. Je n'ai pas pris cette peine. Au lieu de ça, je me suis concentré sur l'auditoire de Preston.

Peut-être aurait-il fallu que vous voyiez cet auditoire

pour comprendre la révélation que j'ai eue. Et des enjeux un peu tordus par rapport à Polly entraient en ligne de compte – je ne vais pas faire ma psychanalyse, non plus. Je veux simplement vous expliquer ce que j'ai vu.

Dans les rangées de l'amphithéâtre, tout ouïe, le dos penché en avant et les yeux grands ouverts, s'alignaient des rangées d'étudiantes. Des jeunes femmes en petit pull et en jean serré, impressionnables et en manque d'attention. Des filles qui s'appelaient Sara, Katie et Chrissy, qui, de toute évidence, avaient lu les *Chroniques d'Esteban* et *Le Langage des oiseaux* recroquevillées sur leur canapé en soutien-gorge et en bas de pyjama, s'abandonnant corps et âme à ce magicien des mots. Des filles nourries au maïs, venues de petites villes où les filles sont encore gracieuses et féminines. Des filles qui avaient gagné des concours de beauté, qui jouaient au foot européen, des pseudo-poétesses en pâmoison. Des filles mignonnes, la tête bien faite, et terriblement passionnées, qui avaient fait le voyage depuis le Connecticut et la Californie afin de voir Preston Brooks à l'université de Shenandoah. Elles languissaient visiblement d'un désir indéfinissable, et imploraient Preston de les guider et de les emplir de vérités qui dérangent.

À ce moment, tout s'est mis en place dans mon esprit. C'est pour ça que je dis toujours que Preston Brooks a été mon inspiration. Parce que, en cet instant précis, j'ai vu clair dans son jeu. J'ai réalisé quel salopard magnifique et ridicule il était.

Dans sa mine d'uranium, ou dans son usine de transformation de poissons, il avait pigé que le travail, c'est pour les gogos. Et un jour, il avait mis la main sur *Des souris et des hommes*. Il s'était dit : « Hé, moi aussi je peux le faire ! »

Il avait eu une vision. Il avait vu que la vie d'écrivain célèbre signifierait glander et jouer avec ses chevaux dans un ranch somptueux. Alors il avait pondu quelques romans à l'eau de rose et les avait fourgués à des milliers de cruches bibliophiles. Il s'était installé en Virginie occidentale. Une défense imparable, car quel éditeur de Manhattan oserait prétendre qu'un gars de Virginie occidentale n'est pas authentique ? Dans les maisons d'édition et les rédactions, on le prenait pour un sage campagnard. Tout le monde gobait son personnage de vieil oncle averti capable d'offrir quelque chose d'authentique. Il ne s'exprimait que par platitudes dégoulinantes de sucs « littéraires » et Tinsley Honig venait se prosterner à ses pieds tandis qu'il pondait en série des détails « réalistes » sur sa machine à écrire pourrie en échange de la fortune.

Et le pompon, c'est que des étudiantes, des femmes au sommet de leur nubilité, capables de tout, étaient prêtes à payer pour lui cirer les pompes. En fin d'après-midi, dans son bureau, elles lui apportaient leurs nouvelles merdiques d'une main tremblante, et il leur alignait des platitudes de sa voix de papier froissé.

« À une époque où des zélotes seraient prêts à nous faire tous sauter, je riposte avec une chose plus explosive que n'importe quelle bombe, déclarait Preston. Les mots. Seuls les mots ont le pouvoir de réparer les cœurs », finissait-il en repliant son texte.

Les lèvres de Katie et Sara frémissaient d'extase.

On voyait de nouveau Preston et Tinsley qui marchaient côte à côte, au soleil couchant cette fois.

« Laissez-moi vous raconter une histoire. C'est mon métier, après tout. Je suis un raconteur d'histoires. Celle-ci s'est produite en 1653, alors que l'Angleterre traversait une très mauvaise passe. » Tinsley se penchait vers lui. « Les églises se faisaient prendre d'assaut et saccager. Mais dans une petite ville, une petite ville du nom de Staunton Harold, un homme a construit une église. J'y suis allé. J'ai vu l'église, j'y ai prié. Il y a une plaque sur le mur. Elle dit : "En l'année 1653, tandis que dans tout le pays toutes choses sacrées étaient détruites ou profanées, cette église a été édifiée par Robert Shirley, dont le mérite exceptionnel est d'avoir fait le meilleur au pire moment, et d'avoir espéré en des temps calamiteux." »

Si vous essayez de vous représenter la scène, imaginez une espèce de second couteau hyper théâtral dans le rôle d'un prêtre solennel. Cela faisait partie du génie de Preston. Je le voyais à présent. C'était un acteur, et il s'était écrit un rôle excellent. Je me suis demandé dans quel bulletin paroissial ou dans quel recueil d'anecdotes à l'intention des hommes d'Église il avait été pêché cette historiette, mais je lui tirais mon chapeau – c'était de la bonne came.

Preston s'arrêtait, et Tinsley faisait halte à côté de lui.

« Pour faire le meilleur au pire moment et espérer en des temps calamiteux. C'est pour ça que j'écris. »

La télé montrait alors une présentatrice à New York. Après une pause soigneusement calculée, elle déclarait, avec un demi-sourire : « C'est puissant », avant d'enchaîner sur le portrait d'un chauffeur de taxi qui s'était fait écraser la jambe par un bus et faisait désormais un spectacle de stand-up sur son accident.

Hobart s'est retiré dans sa chambre pour aller consulter le forum de *Colonie de vacances* et je suis resté à faire les cent pas dans le salon, enflammé par la bière et par mon épiphanie. Preston Brooks est un génie, ai-je tranché. C'est le plus grand escroc du monde.

Il est difficile de décrire le sentiment que l'on éprouve lorsqu'on fait ce genre de découvertes. J'imagine que la métaphore qui s'en rapproche le plus, c'est la résolution d'une énigme d'une stupidité agaçante sur laquelle vous vous cassez la tête depuis des jours.

J'ai repensé aux photos que j'avais vues au déjeuner, les portraits de Pamela McLaughlin, Nick Boyle et Josh Holt Cready. Bien sûr ! C'étaient tous des escrocs ! Ils me regardaient comme des filous regardent un compère ! Les costumes, les déguisements de la guerre civile, les fausses scènes de crime, les voitures blindées – tout cela faisait partie du numéro ! Si vous étiez capables d'écrire un livre et d'agir comme si vous pensiez vraiment ce que vous aviez écrit, la récompense, c'était maisons de campagne et étudiantes dociles.

J'avais besoin de parler à quelqu'un. J'ai pris mon téléphone et composé le numéro de Lucy à New York.

« Pete ? Comment ça va ?

— Lucy, salut, comment ça va, c'est Pete. »

(J'étais déjà un peu saoul.)

« Tu es au courant pour le mariage de Polly ? Tu es content ? »

Lucy est une de ces filles du Midwest qui s'extasient pour tout et n'importe quoi.

« Ouais, super nouvelle. Écoute, parlons un peu bouquins.

— Ah, tu as commencé *Pékin* ?

— Pas encore. Écoute, Preston Brooks, ça représente quoi ?

— Le type du *Langage des oiseaux* ? Tu m'appelles à 11 heures du soir pour me poser des questions sur Preston Brooks ?

— Ouais, enfin non, je voulais juste te parler.

— Heu, on ne le publie pas, mais tout le monde…

— Dis-moi, combien tu crois que gagne un type comme ça ?

— Eh bien, je ne me rends pas vraiment compte. Il y a – tu sais – les droits en poche, et…

— En gros ?

— Eh bien, j'ai justement vu aujourd'hui que les droits d'adaptation cinéma se sont vendus. Je dirais *pas loin de dix millions*. »

J'ai reposé le téléphone. J'entendais encore le pépiement de Lucy dans le haut-parleur. Mais j'étais occupé à me représenter le mariage de Polly.

Je ferais mon entrée dans un costume acheté par quelqu'un que j'aurais payé pour le choisir. Au bar, je commanderais une boisson d'écrivain, un scotch qu'ils n'auraient pas, peut-être. Mes contemporains, les hommes américains – ces béotiens –, ne me reconnaîtraient peut-être pas, parce que la publicité de mon livre n'aurait pas encore pénétré la boucle CNN/SportsCenter.com dans laquelle ils sont enfermés. Mais la réaction des femmes, qui chuchoteraient entre elles, ne laisserait pas place au doute. Les tantes et les cousines seraient plus courageuses : elles viendraient me voir pour me serrer le bras et me dire combien elles avaient adoré mon roman, elles voudraient savoir où j'allais chercher mes idées et quel avait été mon point de départ. Les jeunes filles tendraient le cou pour ne pas en manquer une miette. Est-ce que je venais de dire « Elijah » ? Car à ce stade, sans aucun doute, elles auraient vu dans le portrait publié par *Entertainment Weekly* qu'Elijah Wood allait jouer dans l'adaptation cinématographique de mon livre. Ron Howard ferait partie du projet. James et ses abrutis d'Australiens feraient la gueule : le nez dans leur bière, ils se donneraient des bourrades maussades. Et Polly se ferait enlever, à d'innombrables reprises, par des demoiselles d'honneur demandant à être présentées à Peter Tarslaw. À la tombée du jour, je tiendrais sous mon charme la plus jolie, la plus gironde, à qui je débiterais de paisibles sentences sur la façon dont « l'écrivain se fait un devoir d'être la sage-femme et l'accoucheur de l'idée qui vient à naître ». Puis je l'emmènerais, avec une discrétion relative, mais elle retirerait intérieurement un vif plaisir de savoir que tout le monde la regardait à la dérobée être choisie par l'écrivain Pete Tarslaw. Polly, de son côté, jetterait ses fleurs sur la table dans une crise de rage, après s'être fait piquer la vedette à son propre mariage. Vaincue.

J'ai décidé de devenir un écrivain célèbre.

New York Times Book Review

Best-sellers

Cette semaine	FICTION	La semaine dernière	Nb de semaines
1	*Casse-tête* de Pamela McLaughlin. (Warner, 24,95 $). Trang Martinez soupçonne son prof de Pilates d'être aussi un redoutable *serial killer*.		1
2	*Les chevaliers de la corne brune* de Gerry Bannion. (Morrow, 26,95 $). Astrid Veinâme tente de reprendre le trône à l'affreux clan de la Balafre. Quinzième volume de la série des « Royaumes de Sang ».	1	3
3	*La Tablette de Balthazar* de Tim Drew (Doubleday, 24,95 $). Le meurtre d'un cardinal conduit un professeur de Yale et un mannequin de lingerie au Moyen-Orient, où ils découvrent les indices d'une conspiration tenue secrète par les Shriners.	3	58
4	*Un poisson d'exception* de Liz Martin (Simon & Schuster, 23,95 $). L'histoire biblique de Jonas, racontée du point de vue de la baleine.	5	18
5	*Section spéciale Électrochoc de Nick Boyle : La Cheville ouvrière* de Simon Moskowitz (Bradman & Holman, 24,99 $). Après un coup d'État de l'amiral Chao menaçant l'Internet, l'équipe Électrochoc est forcée de s'allier avec ses rivaux chinois.		1
6	*Le Langage des oiseaux*, de Preston Brooks.(Penguin Press, 25,95 $). Lors d'un périple à travers le Midwest, Gabriel, un ouvrier licencié pour raisons économiques, bouleverse la vie de plusieurs individus blessés par la vie.	2	4
7	*Amour, vichy et pecorino* de Jennifer Austin-Meyers (Osprey, 19,95 $). Dans une villa plantée au sommet d'une colline sicilienne, une divorcée américaine retrouve l'amour avec un fabricant de fromage de la région impliqué dans une vendetta.	6	11
8	*Pousse-au-crime* de Vic Chaster (Putnam, 24,95 $). Un procureur est la cible d'une enquête lancée par la fille d'un assassin international qu'il a paralysé lors d'un accident de golf.	11	3
9	*Note de frais pour le Burberry* d'Eve Spoot (Simon & Schuster, 23,95 $). À Manhattan, une jeune femme passe ses journées à tester des produits de luxe et ses soirées à faire la fête et à se lamenter sur son sort.		1
10	*Secrets d'avant notre ère* de T. Addison Rich (Morrow, 26,95 $). Dans un futur postatomique peuplé par des cafards intelligents, le lieutenant Cccyxx découvre qu'il existait autrefois une race d'humains doués de raison.	7	6
11	*Chat-perché au paradis* de Gary Reed (Hyperion, 19,95 $). Un vieil homme grincheux découvre que la vie après la vie ressemble beaucoup à la colonie de vacances qu'il a tenté de faire fermer.	12	112
12	*La Tresse de lavande* de Thomas Quinn (Viking, 24,95 $). Sur l'île de Nantucket, une belle nonne qui a renoncé à l'amour se découvre attirée par un médium qui pourrait bien être également un dangereux pyromane.	8	12
13	*Manassas* de Josh Holt Cready (ReganBooks/HarperCollins, 26,95 $). Accompagné par le fantôme d'Ulysses Grant, un jeune écrivain part en quête de son ancêtre, un soldat de la guerre civile homosexuel.	14	28
14	*Le Club Jane Austen des détectives en jupons* de Loretta Nyer (Saint Martin, 24,95 $) Des mères de famille inspirées par la romancière du XIXe enquêtent sur un meurtre mystérieux dans leur tranquille banlieue résidentielle.		1
15	*Des balances mortelles* de Kent Clear (Delacorte, 20 $). À l'enterrement d'un producteur, le chef d'une brigade antiterroriste secrète doit protéger une pop star sexy d'une tentative d'assassinat.	9	14

Cette semaine	DOCUMENTS	La semaine dernière	Nb de semaines
1	*Fêlé comme une dent* de Dexter Eagan (Morrow, 25,95 $). Une histoire vraie de petite délinquance, de rixes d'ivrognes, et de guérison par un auteur qui était accro aux solvants à l'âge de 9 ans.		1
2	*Des empenadas à Worcester* de James Wirzbicki (Farar, Straus & Giroux, 27,50 $). Dans ses voyages entre Khartoum, Madras et Rhode Island, un commentateur de CNN suggère que la mondialisation aboutit au XXIe à un univers plus étranger mais plus amical.		26
3	*Tout faux : le plan des « libéraux » pour confisquer votre vie et pervertir vos enfants* de Katie Crispin (ReganBooks/HarperCollins, 25,95 $). La présentatrice de l'émission de télé « Coup de gueule » s'en prend aux « violeurs de conscience hollywoodiens », aux « djihadistes des médias », aux enseignants de l'école publique et autres.		1
4	*Peut mieux faire dans tous les domaines* de Margot Kilby et Sean Boyland (ReganBooks/HarperCollins, 29,95 $). Une charge contre le président George W. Bush, par son ancienne institutrice.	3	4
5	*Les jock-straps, ça ne se mange pas* de J. D. Preggerdon (Saint Martin, 29,95 $). L'ancien entraîneur du Mississippi dispense conseils et anecdotes sur le football et la vie.	7	2
6	*Des liens scellés dans la liberté* de Lawrence Dubbin (Knopf, 30 $). Un récit de la signature de la Déclaration d'indépendance, qui se concentre sur l'amitié partagée par Washington, Jefferson et un orphelin de Philadelphie peu connu.	5	19
7	*Gémis fort et sois convaincante : manuel de vie d'une star du porno* de Natasha Tates (Fireside/Simon & Schuster, 21,95 $). Autobiographie exhaustive de l'actrice connue sous le sobriquet de « la Reine du Q en bonnets D ».	4	31
8	*Jenna contre Chelsea* de David Fenner et Josh Decherd (ReganBooks/HarperCollins, 21,95 $). S'appuyant sur les tendances actuelles, deux analystes politiques livrent leurs pronostics pour la présidentielle de 2032.		1
9	*Sur – les trous* de Lewis I. Talbert (University of Chicago Press, 19,95 $). Un moraliste nous livre ses spéculations intellectuelles sur la question de savoir si la société a une place pour « ceux qui se montrent odieux avec régularité ».	9	18
10	*Cumin : l'épice qui a sauvé le monde* d'Arthur Grunberg (Walker & Company, 19,95 $). Le rôle central joué dans l'histoire de l'Occident par une épice rarement utilisée.	12	9
11	*Le Capitaine Jay et nous* de Matt McKenna (Osprey, 22,95 $). Un éditorialiste et sa fille prennent les leçons d'un écureuil facétieux.	8	40
12	*Devine* d'Hayden Callister (Little Vrown, 25,95 $). Un économiste analyse l'importance des choix aléatoires dans tous les domaines de notre existence, des investissements financiers au choix des sushis en passant par le rodéo professionnel.		1
13	*Abandonne les vodkas orange* de William Su-Choi Cappo (Little, Brown, 24,95 $). Des articles humoristiques sur la famille et l'enfance, par l'auteur de *Quel chien signifie que je suis viré !*	10	12
14	*Les Mots de l'au-delà* d'Elsa Shane et Tom Deering (Dutton, 24,95 $). Une femme qui se dit « paramédium » raconte ses conversations avec les morts.	15	6
15	*Le Vol de l'aigle* d'Alan Jost (Penguin Press, 25,95 $). Récit de l'entraînement et de la mission d'un commando d'élite envoyé pour arracher le bulldog de Winston Churchill aux mains des nazis pendant la Seconde Guerre mondiale.	11	4

Les classements reflètent les ventes de près de 4 000 librairies et grossistes fournissant 50 000 points de vente supplémentaires, sélectionnés statistiquement pour représenter tous leurs équivalents dans le pays. Une astérisque (*) indique que les ventes d'un livre sont à peine discernables de celles de celui qui le précède. Une croix (†) indique que certains libraires signalent avoir reçu des commandes en gros. Les classements complets sont disponibles sur le site du *New York Times* à l'adresse : mytimes. com/books.

3

Le métier de l'écrivain, c'est de dire la vérité.

Ernest HEMINGWAY

L'écrivain lutte pour exprimer une vérité universelle.

William FAULKNER

Si vous voulez écrire, et que vos écrits aient du sens pour quelqu'un, avant toutes choses, ils doivent être vrais.

Preston BROOKS

Quel gros tas de foutaises. Depuis quand les gens veulent-ils savoir la vérité ? Les gens détestent la vérité. Littéralement, c'est le truc qu'ils aiment le moins dans l'univers entier. Les gens iront gober un millier de mensonges à la file plutôt que d'affronter l'ombre d'une vérité. Ce qu'ils aiment, les gens, c'est l'amour éternel, les lieux de travail agréables, les pères à côté de la plaque qui sauvent l'ambiance à Noël, les batailles d'épées laser, les mégères pleurnichardes qui épousent de séduisants Italiens, et les flics classe. Mais essayez de dire une seule vérité sur l'expérience humaine à quelqu'un et il allumera la télé ou mettra à jour ses téléchargements sur Netflix pendant que vous crevez d'inanition sous la pluie. Les gens ne vont pas chez

Barnes & Noble dans le but de payer 24,95 dollars pour la vérité.

Je veux bien fermer les yeux pour Faulkner et Hemingway. Mais lorsque Preston « Mon écriture est mon gourdin » Brooks se fend de tirades sur la vérité, il ment.

Règle 1 : Abandonner la vérité.

C'est la première règle que je me suis fixée pour mon roman. Le samedi à 6 heures du soir, j'avais tracé les grandes lignes de *Cendres dans la tornade.* Voici comment je m'y suis pris.

Le lendemain du soir où j'avais décidé de devenir un écrivain célèbre, ma tête bourdonnait plus qu'il n'est souhaitable. Mais l'image de Preston Brooks avec son harem d'étudiantes me guidait comme le flambeau guide l'alpiniste. Et telle une horde de sherpas armés de bâtons pointus, l'image du mariage de Polly Pawson avec son Australien dégénéré me poussait par-derrière.

La première étape consistait à dresser la liste de mes buts.

BUTS EN TANT QU'ÉCRIVAIN

1. LA CÉLÉBRITÉ – dans des proportions réalistes. Suffisamment pour ouvrir de nouvelles possibilités sur le plan sexuel. Une assistante personnelle pour lire mon courrier, faire mes courses et ainsi de suite.

2. L'AISANCE FINANCIÈRE – Ne plus jamais travailler. Prendre ma retraite. Passer le restant de ma vie à me prélasser en me consacrant à des hobbies (le bateau ? le ball-trap ?).

3. UN MANOIR AU BORD DE L'OCÉAN (OU D'UN LAC PITTORESQUE) – bibliothèque spacieuse, baies vitrées, bar équipé. TV HD, placée discrètement. Canapé confortable.

4. HUMILIER POLLY À SON MARIAGE.

Ensuite, les règles. C'est en tapant « règles de l'écriture » sur Google que j'ai découvert le fameux sophisme sur la vérité. Une autre citation de Brooks, fréquemment reprise sur la Toile : « En général, un écrivain serait mieux loti à trimballer des sacs de goudron ou à assommer des veaux dans un abattoir. L'écriture vraie, l'écriture honnête, elle vous arrache les tripes. »

À ce stade, j'étais béat d'admiration pour ce type. Il était prêt à employer les ficelles les plus énormes pour cacher son imposture. On ne pouvait pas faire confiance aux écrivains. J'allais devoir découvrir par moi-même les véritables règles de l'écriture de romans à succès.

Il y avait des romanciers que j'admirais, mais ils ne m'étaient pas d'un grand secours.

Prenez Whit Kerner. Il a écrit *La Chronique interdite du monde*, un bouquin excellent, hilarant, sur une confrérie de sorcières qui règne secrètement sur l'univers. À l'heure actuelle, la rumeur qui circulait parmi les rares individus qui s'intéressaient à lui, c'est que Whit Kerner avait pris tant d'héroïne qu'il avait perdu ses mains et qu'il était coincé dans une cabane quelque part en Colombie-Britannique, incapable de composer un numéro de téléphone. Autant dire qu'il n'avait atteint aucun de mes trois premiers buts.

L'été avant la fac, *L'Assemblée des cafards* m'avait fait délirer. J'ai suivi Proudfoot qui arpentait les cimetières au fil des pages, puis, une fois terminé, je l'ai repris au début. Mais Jim Dinwiddle, l'homme qui avait inventé tout ça, a été trouvé mort dans une décharge par la police de Memphis en 1978, un sac en plastique scotché autour de la tête. Encore une fois, zéro sur trois.

Après l'extraordinaire *Bien éduquée*, Helen Eisenstadt s'est transformée en affreuse mégère d'extrême gauche dont les essais sur la « pétrolocratie » paraissaient dans les journaux alternatifs les plus violents. J'ignore ce qu'il est advenu de Kim Szydlowsky (*Ta gueule, salopard*) ou de T. T. Hauser (*Tempête dans les égouts*), mais ils ne sont jamais passés à la télé, donc tout porte à croire qu'un destin funeste les a frappés eux aussi.

Le succès financier d'un auteur est inversement proportionnel à la qualité littéraire de son ouvrage. Prenez les auteurs de la Bible. Ces andouilles qui passaient leur temps à déchirer leurs vêtements, à manger de la merde de cafards dans des grottes du désert de Gaza et à griffonner des révélations torturées sur du papyrus avant de se faire lapider jusqu'à ce que mort s'ensuive ou de succomber à des épidémies. Prenez Herman Melville, qui parvint péniblement à échapper à ses dettes en fixant les droits de douane sur des caisses de laine d'importation dans le port de New York pendant vingt ans. Pendant ce temps, Pamela McLaughlin, dont les livres se lisent et s'oublient dans le temps qu'il faut pour que le traiteur chinois apporte votre commande, se rend en hélicoptère privé dans une île des Caraïbes qu'elle possède. Elle l'a baptisée – et ce n'est pas une blague, je l'ai lu dans *Vanity Fair* – « Le Havre Bellissima ».

Règle 2 : Écrire un livre populaire. Ne pas gaspiller d'énergie à en faire un bon livre.

J'ai décidé d'aller faire un tour dans les grandes librairies du centre de Boston. C'était le lieu idéal pour étudier le comportement des acheteurs de livres. J'ai pris dans ma chambre un *New York Times Book Review* vieux de deux semaines appartenant à Hobart et je suis descendu.

En attendant le métro, j'ai repéré une femme avec des lunettes papillon qui lisait *Fêlé comme une dent* de Dexter Eagan, le livre que lisaient les femmes à lunettes papillon à cette époque. Malheureusement, écrire mes mémoires n'était pas envisageable : j'avais eu une jeunesse tragiquement heureuse. Ma mère n'avait jamais eu la présence d'esprit de me frapper, de m'orienter vers la petite délinquance ni de nous enrôler dans une secte survivaliste. Je n'étais même pas du Sud, ce qui aurait fourni quelques dizaines de pages. Mentir ne marcherait pas ; de nos jours, on dirait que sévit une police de l'autobiographie résolue à vérifier que vous en avez réellement bavé des ronds de chapeau. Et la barre est placée haut – les critiques n'ont aucune patience pour les alcooliques ordinaires et le tout-venant des femmes battues.

J'ai passé le trajet de métro à fouiller ma mémoire en quête d'un angle d'attaque. Un jour, une guêpe était rentrée sous mon pantalon et m'avait piqué plusieurs fois. Parfois, quand j'étais petit, une version « rigolote » de ma mère apparaissait, qui chantait du Patsy Cline et réclamait des câlins – j'avais appris par la suite qu'il s'agissait en fait de la version bourrée de ma mère. Une fois, j'avais passé mes vacances de février dans une ferme végétarienne du Vermont à faire du ski de fond avec ma tante lesbienne, Evelyn, et ses copines. Elles m'avaient fait rédiger une prière à la terre mère sur du papier de sorgho biodégradable pour la laisser dans une fissure de rocher. Mais enfin, ça ne pesait pas bien lourd, tout ça.

Règle 3 : N'inclure aucun élément de ma propre vie.

Mes expériences étaient ennuyeuses. Si je menais une vie intéressante, je serais contrebandier, homme à tout faire dans un ranch ou reporter d'investigation pénétrant les arcanes du monde sinistre des *yakuzas* tokyoïtes.

Je suis descendu du métro à Downtown Crossings, j'ai longé Washington Street et je suis entré dans Borders Livres & Musique.

La table surmontée de piles bien rangées était placée comme un autel que ne pouvaient éviter les clients entrants : BEST-SELLERS. Preston était là, et Pamela, et Nick Boyle. Le plus fascinant, c'était *Les Chevaliers de la corne brune* de Gerry Banion. La couverture ressemblait au gribouillis d'un gamin de 10 ans asocial en cours de géométrie : un roi au corps carré brandissait de ses bras courtauds une épée grossièrement dessinée sur un cheval à l'allure de paralytique. L'homme et la bête semblaient plus noueux que nature – la jambe gauche du roi était dotée d'un deuxième genou.

J'ai passé le doigt sur les couvertures lisses. Ce n'étaient pas des romans que l'on froisse à force de les relire, que l'on passe avec ferveur à ses amis de confiance et dont on trimballe partout une édition de poche toute cornée. C'étaient des romans présentés proprement, comme des bonbons, que l'on emballait et que l'on offrait en cadeau, qui passaient des étagères de la librairie aux étagères de salons particuliers puis aux vide-greniers sans avoir jamais été lus, tandis que l'argent affluait dans les poches de l'auteur. Tel était le gros gâteau lucratif dont je voulais une part.

Au premier étage, j'ai commandé un café qu'on m'a servi dans une tasse grosse comme une tête de chien. Puis j'ai ouvert le supplément littéraire à la liste des best-sellers et je me suis mis au boulot. Le temps de finir de sucrer mon breuvage, j'avais édicté une nouvelle règle.

Règle 4 : Nécessité d'inclure un meurtre.

Soixante pour cent des romans qui figuraient dans les meilleures ventes de la semaine comprenaient un meurtre. En jetant un coup d'œil à la librairie autour de moi, j'ai estimé à cinquante mille le nombre des personnages de fiction qui se font assassiner chaque année. Ne pas mettre de meurtre dans un livre, c'est comme s'entêter à jouer au tennis avec une raquette en bois. Noble, peut-être, dans le genre obstiné, mais pourquoi s'imposer un handicap ?

De nombreux sous-genres de best-sellers devaient être éliminés d'emblée. Les thrillers, les romans à énigmes, l'heroic fantasy et la science-fiction exigent tous une construction complexe et un travail de recherche considérable. Je n'avais aucune intention de passer mes nuits à faire la ronde avec des flics de la brigade criminelle, ni d'établir le plan d'empires magiques afin de les peupler d'orques.

Écrire une version remise au goût du jour d'une histoire passée dans le domaine public semblait une voie royale pour le succès littéraire. Une intrigue toute faite me permettrait de réduire mon effort mental au minimum. Il s'agirait simplement d'actualiser les petits classiques, en somme. Dans mon carnet, j'ai noté quelques idées : *Oliver Twist* dans une enclave résidentielle sélect de San Diego ? *Huckleberry Finn* avec un aéroglisseur ? *Hamlet* en fan de sudoku ? *L'Iliade* parmi des surfeuses hawaïennes ? Mais toutes ces amorces semblaient difficiles à tenir passées les cent premières pages.

Les impressions éparses glanées dans la liste des best-sellers ont pris tournure d'un coup, dans un flash, lorsque j'ai levé les yeux et repéré l'Éventreuse folle de muffins.

Règle 5 (règle de l'Éventreuse de muffins) : Nécessité d'inclure un club, des secrets/missions mystérieuses, des personnages timides, des personnages dont la vie est changée soudainement, des histoires d'amour surprenantes, des femmes qui ont renoncé à l'amour mais se révèlent splendides.

La seule autre cliente du café était une femme d'une cinquantaine d'années aux cheveux électriques. Si je devais jouer aux devinettes, je dirais qu'elle travaillait sans doute dans un magasin de fournitures d'art. Plutôt dans l'arrière-boutique. Elle déchirait un muffin cranberry/raisin avec une violence frénétique. Des miettes jonchaient son exemplaire ouvert du *Club Jane Austen des détectives en jupon*.

Et cette femme, ai-je décidé, qui s'installe dans une librairie pour lire en agressant des muffins, était mon lectorat-cible.

Bien sûr qu'une femme comme elle serait enchantée par l'idée d'un club. Tous les solitaires rêvent d'appartenir à un club cool. Moi, en tout cas, j'adorerais – on porterait des vestes qui en jettent, on aurait des surnoms. C'est pourquoi les lecteurs sont les individus d'Amérique qui fondent le plus de clubs.

Bien sûr qu'elle aimerait les secrets et les missions mystérieuses. Pour les âmes esseulées, le fin du fin, après l'appartenance à un club, c'est de protéger un terrible secret ou une mission, qui fait de la timidité une nécessité héroïque. Peut-être possédait-elle son propre terrible secret – une maison pleine de cadavres de chats empilés comme des bûches, par exemple.

Bien sûr qu'elle aimerait les histoires d'amour soudaines. L'Éventreuse de muffins ne passait pas ses jeudis soir à rembarrer des mecs à la soirée Margarita du pub José McIntyre. Pour qu'une histoire d'amour lui paraisse plausible, il fallait qu'elle soit soudaine, et l'homme devait être chargé d'une dose supplémentaire de terribles secrets, pour expliquer ce qui lui avait pris si longtemps. La liste des best-sellers fourmille toujours de divorcées et de femmes blessées qui, sur des îles battues par le vent ou des collines d'Italie, découvrent à leur grande surprise que des hommes à la peau olivâtre veulent leur faire artistement l'amour à la cambrienne.

Si c'était ça qu'elle voulait, j'allais le lui donner.

Levant ma tasse à la femme qui m'avait enflammé l'esprit, trépidant de créativité et de caféine, j'ai replié ma revue et me suis dirigé vers les rayons.

Je n'avais pas l'arrogance de penser que mon premier effort resterait dans la liste des best-sellers. Pas plus d'une semaine ou deux. J'avais un objectif plus réaliste : me faire embaucher comme professeur d'écriture dans une prestigieuse université. Williams, ou Princeton, un endroit un peu loin de tout, comme ça, semblait tentant. J'avais lu assez de romans qui se passaient sur des campus pour m'attendre à une profusion de batifolages sexuels et à une charge de travail minimale.

Mais pour devenir professeur, il me fallait produire un genre particulier de livre, un livre « littéraire ». Ces livres se reconnaissent de deux façons. Un : à la fin d'une œuvre de fiction littéraire, vous êtes censé ressentir une tristesse indéfinissable, peut-être même pleurer, mais sans raison évidente.

Règle 6 : Évoquer une troublante tristesse à la fin.

Deux : le mot « lyrique » apparaît sur la quatrième de couverture d'un livre de fiction littéraire.

Règle 7 : La prose doit être lyrique.

Puisque la définition de « lyrique » est « qui ressemble à de la mauvaise poésie », je pouvais m'en débrouiller. Juste pour l'exercice, j'ai essayé d'imaginer une description de ce que l'Éventreuse de muffins était en train de faire. *« Le dos arqué comme un machaon perché, elle abaissa la main avec un tremblement distingué pour cueillir un raisin tombé sur le sol blanc de craie. Elle le porta à ses lèvres, avec lenteur, comme une hostie, et un nuage de farine poussiéreuse voltigea au bas de son menton. »* Pas mal.

Maintenant que j'avais commencé à déchiffrer le code du roman, les intuitions semblaient me fondre dessus comme des pétards tombés des étagères. Dans le rayon des livres audio, j'ai réalisé qu'il y avait là tout un marché négligé par les écrivains ordinaires. Il y a tout un tas de gens qui écoutent des livres dans leur bagnole.

Règle 8 : Les romans doivent comporter des scènes sur des routes de campagne, pour donner à l'acte de conduire un caractère poétique et magique.

Ensuite, je suis tombé dans le rayon cuisine, un mur écrasant qui vous en mettait plein les yeux d'images de pâtes, de ragoûts de viande fumant et de gratins, à côté de piles de biscuits noyés dans la sauce. J'ai décidé d'aller déjeuner. Le cerveau humain se laisse facilement piéger par la nourriture. Et les gens sont gros de nos jours, ils pensent à la bouffe en permanence.

Règle 9 : Dans les passages ennuyeux, insérer des descriptions de repas délicieux.

En contournant la pile, j'ai fait tomber par terre plusieurs énormes volumes de *L'Art du cochon*. Un employé de la librairie qui était en train de regarnir les étagères a levé les yeux avec une expression morne. Clients comme employés, les librairies sont pleines de gens qui détestent leur boulot.

Règle 10 : Le personnage principal est miraculeusement libéré d'un boulot minable.

Je me suis éloigné en le laissant ramasser les livres.

Règle 11 : Inclure un maximum de scènes se déroulant dans des villes pleines de lecteurs.

Sur le chemin de la sortie, je suis passé devant le rayon « Histoire locale », juste à côté des caisses. On y trouvait des livres de photographies anciennes de Boston, un recueil de poèmes par et sur les Red Sox, une histoire de Newbury Street, et quelques romans qui se passent à Boston, comme *Meurtre au Clam-Chowder* et *Bud Light, taches de rousseur et gel pour les cheveux : Une histoire d'amour à South Boston.*

J'ai réalisé qu'il y avait sur ces étagères un espace à exploiter. Il faudrait que mon roman puisse être classé dans les rayons « Histoire locale » de tout le pays. Mon héros ferait halte pour prendre une bière ou des frites au chili dans des bars en vogue d'Ann Arbor, d'Austin et de Portland dont je trouverais les noms en ligne. Impressionnés par mon authenticité, les autochtones chroniqueraient mon roman dans la presse locale indépendante. Et j'aurais droit à des repas offerts par les propriétaires reconnaissants lors de ma tournée de signature.

Chacarero, me voilà ! On sert ces savoureux sandwiches chiliens dans un kiosque près de Filene's, et à l'heure du déjeuner la queue va jusqu'au coin de la rue, suivant la piste de la fumée odorante du steak grillé et du poulet épicé. C'était l'une de ces journées d'hiver d'une douceur inquiétante, et bien qu'on soit samedi, la queue était encore pleine de rats de bureau en pause, les bras croisés, avec leurs badges nominatifs qui pendouillaient sur la poitrine.

J'ai donné un boulot à mon personnage. Il fallait qu'il ressemble à ces types soucieux qui déjeunent sur le pouce. Employé de bureau, mais avec un titre vague, car je ne sais pas comment fonctionne une vraie entreprise. « Relations humaines » , cela semblait sans risque. Mais il fallait aussi qu'il soit tout à fait épatant. Un athlète agile et un amant passionné, avec la sagesse d'un mystique et les abdos d'un escaladeur. Il fallait qu'il possède une série de talents hors du commun – la spéléologie sous-marine, par exemple. Les écoliers qui ont fait de J. K. Rowling une milliardaire sont la preuve ultime de la règle suivante.

Règle 12 : Offrir aux lecteurs un reflet d'eux-mêmes dans lequel on aura insufflé une dose supplémentaire de classe internationale.

Les héros classieux coincés dans une vie médiocre sont irrésistibles, car ils laissent entendre qu'avoir une vie médiocre n'est pas forcément votre faute.

En un sens, ceci n'est d'ailleurs qu'un sous-ensemble d'une règle que tous les auteurs devraient mémoriser.

Règle 13 : Viser les tranches de populations clefs.

Idéalement, mon protagoniste serait, d'une manière ou d'une autre, « pluriculturel ». Des origines raciales hors du commun suscitent au moins un semblant d'intérêt chez tous les lecteurs. Mais en tant que mâle blanc tout ce qu'il y a de plus banal, je n'avais pas grand-chose à offrir. Il y avait certes un Noir que je connaissais bien – mon camarade de chambre à la fac, Derek. Mais personne ne veut lire l'histoire d'un Noir qui fait ses études à Exeter, et qui passe tout son temps à jouer à World of Warcraft en maillot de bain et tee-shirt *La Guerre des étoiles*. Il n'existe qu'une seule histoire intéressante sur Derek.

La seule histoire intéressante sur Derek

En licence, il a résolu de perdre sa virginité : il a pris un bus jusqu'au campus exclusivement féminin de Mount Holyoke, en faisant le vœu de ne pas rentrer avant d'être parvenu à ses fins. Au bout d'une semaine à dormir dans un arbre pour tâcher d'éviter la sécurité, il a acquis une espèce de statut de légende populaire et une femme « non dénuée de charmes », selon ses dires, l'a pris en pitié avec l'approbation et les félicitations de toutes.

Tout cela pour dire que mon héros ne pouvait être que blanc.

Je l'ai baptisé Silos Quilter. *Silas* avait des connotations littéraires qui donneraient au lecteur l'impression d'être intelligent. *Quilter* était le nom de l'auteur d'un livre sur la numismatique que j'avais repéré sur l'étagère des promotions. Vague – beaucoup de groupes ethniques peuvent se retrouver dans un tel nom.

Quand j'ai enfin eu mon sandwich, je l'avais bien mérité – mérité la galette savoureuse, le bœuf assaisonné, le fromage fondu, les tomates, les poivrons rouges rôtis et les haricots verts, le tout baigné dans la sauce épicée et le guacamole –, j'ai remercié le peuple chilien en silence à chaque bouchée parfumée en entrant dans le Barnes & Noble juste à côté.

Règle 14 : Mettez de la musique.

Les haut-parleurs déversaient un rock FM gentillet avec une guitare vaguement folk et un banjo en sourdine. La musique préférée du public qui écoute la radio publique et lit des livres : des chansons parées d'un vernis de branchitude par un élément « authentique », mais délestées des émotions embarrassantes de la country ou de la dissonance agaçante de la world music. C'était donc ce que j'allais mettre dans mon livre. Ça ferait bien dans la B.O., lorsqu'on l'adapterait au cinéma.

Dans le rayon « Voyages », j'ai sélectionné quatre volumes du Lonely Planet : *La Corse, la Sardaigne et les îles Baléares, Le Pérou du Nord, Les Villes perchées de Tunisie* et *La Côte slovène*.

Règle 15 : Évoquer absolument des destinations exotiques peu connues.

Les Américains font confiance au savoir acquis à l'étranger. Les Méditerranéens, en particulier, exercent sur eux un attrait solaire et puissant, leur amour pour Andrea Boccelli et les restos Olive Garden[1] en est la preuve. Même les gamins aiment les raviolis en boîte Chef Boyardee. Mais comme dans toutes les formes de pornographie, les lecteurs ont besoin d'augmenter les doses de bizarrerie et de perversité. La Toscane et la Côte d'Azur ne font plus fantasmer personne. Certes, ma destination la plus exotique avait été Epcot Center, le parc Disney à Miami, mais combien de lecteurs allaient-ils savoir que je racontais des salades sur les marchés foisonnants de Sartène ou l'odeur du carapulcra à Trujillo ?

1. Chaîne de restaurants italiens de bas de gamme. *(N.d.T.)*

Règle 16 : Inclure des noms de plantes.

J'ai également acheté une *Flore illustrée des arbres, arbustes et plantes en Amérique*. Autour de 1970, les écrivains ont décidé qu'il était crucial d'inclure dans leurs productions des noms savants de plantes. Prenons cet exemple, tiré de *Manassas*, de Cready : « Bivouaqué parmi les caryas tomenteux et les oxydendrons tandis que le soleil fondait sur le Rappahanock, Ézekiel sentait encore les fumets lointains du mouron blanc piétiné, déchiré par la cavalerie lorsque le vieux Jeb Stuart était passé à cheval au mois d'avril. »

Il était 3 heures et quart. J'avais ramené l'art du roman à seize règles faciles à suivre. J'ai décidé de rentrer regarder la télé.

Mais, dans le métro, une peur s'est emparée de moi : la peur de l'échec. Arriver au mariage Pawson dans la peau d'un auteur renommé serait splendide. Mais la perspective de finir dans celle d'un écrivain raté, cette créature d'un pathétique achevé, me faisait trembler. Je me suis vu en train de dire aux invités le titre de mon roman et de les voir me gratifier en retour d'un regard éteint assorti d'un « J'y jetterai un coup d'œil » avant d'enchaîner brutalement sur une conversation sur les gougères à la crevette et au gruyère AOC. J'ai imaginé les mails encourageants que m'enverraient Polly, Lucy et Derek (« j'ai adoré, mon pote ! c'est hyper vivant ! et maintenant tu es dans l'édition, finalement ! »... « je n'en reviens pas, tu es PUBLIÉ ! ») tout en échangeant des textos pour compatir et s'inquiéter de ma santé mentale. J'ai imaginé Brooks en personne, avec sa barbe, tomber par hasard sur mes efforts et lâcher un rire franc en considérant ma piteuse tentative d'entrer dans son walhalla de charlatan.

Peut-être ne m'étais-je pas assez lâché en énonçant mes règles.

Comme celui d'un soldat à la veille de la bataille, mon instinct me soufflait de bourrer mes poches de munitions supplémentaires. Prenez le chacarero. Avec simplement le steak grillé et le fromage fondu, il obtiendrait un certain succès modeste, en tant que sandwich. Mais la recette ne s'arrêtait pas là. On ajoutait des tomates et des poivrons rôtis. Plus qu'assez. Pourtant, on ajoutait encore des haricots verts – des haricots verts, dans un sandwich ! – et *deux* sortes de sauce. C'était l'excès qui faisait le succès. C'était pour lui que se perpétuait la queue jusqu'au coin de la rue. C'était par lui que vous placiez votre roman sur la table sacrée.

J'ai sorti la liste des best-sellers pliée de ma poche, cette fois pour examiner les « documents ». Tous les sujets qui pouvaient bien plaire aux gens. La Seconde Guerre mondiale. Le football. L'Amérique. La vie après la mort. Les leçons de la vie. La nourriture, encore. Le sexe.

Il m'en fallait davantage. Peut-être les lecteurs ne représentaient-ils pas un échantillon suffisamment varié de la population. Qu'est-ce que les gens regardaient à la télé ? Faits divers/polars. Individus accusés de crimes qu'ils n'ont pas commis. Poursuites. Las Vegas. Catastrophes naturelles – tremblements de terre, tornades, etc. Familles. Humour bon enfant.

J'ai jeté un coup d'œil au wagon du métro. Une fille en face de moi était étalée sur sa banquette, faisant une esquisse du fleuve pendant que nous passions sur le pont. *Art.* À côté d'elle, un couple de personnes âgées. Qu'est-ce qu'aiment les vieux ? *Les vieux.* Je suis revenu en arrière et j'ai rayé *Le sexe* et ajouté *Raconter des histoires.* À la station Charles/MGH, deux femmes d'une quarantaine d'années sont montées avec chacune un sac Old Navy[1]. *Les bonnes affaires*.

Quel genre de personnages veulent les gens ? *Des hoboes*. Les sans-abri sont populaires depuis l'invention des bandes dessinées. Récemment, leur actualité a connu une recrudescence très second degré. *Les chasseurs de prime*. Toujours fascinants.

Je me suis rappelé un truc que j'avais lu sur l'énorme pourcentage de livres qui étaient offerts en cadeau. *Noël*.

Mon esprit bouillonnait si furieusement que j'ai loupé ma station. Je suis descendu à la suivante et j'ai marché un kilomètre et demi pour rentrer, les yeux fixés sur le trottoir, essayant de mettre tous les éléments en place. Quand j'ai passé ma porte, j'y étais.

1. Chaîne de magasins de prêt-à-porter bon marché.

4

Synopsis

Après un meurtre à l'hôtel de Las Vegas où il travaille, Silas Quilter est accusé d'un crime qu'il n'a pas commis et forcé de se tourner vers la seule personne qu'il lui reste – sa grand-mère. Elle conclut un marché avec lui – elle l'aidera à échapper à la justice s'il l'aide dans une mission mystérieuse pour escorter une âme à la vie après la mort. Ensemble ils s'embarquent dans une quête sur les routes d'Amérique, entraînés par les mélopées entêtantes d'une superbe chanteuse de country. Tandis qu'ils esquivent les chasseurs de prime, nous entendons l'histoire qui les a réunis, une histoire d'amour perdu qui commence dans les camps de hoboes durant la grande dépression et sur des terrains de football universitaires crottés de boue, pour se poursuivre jusque dans la fureur de la France pendant la Seconde Guerre mondiale, les îles de la Méditerranée et les cuisines et vignes du Pérou, une saga dont la fin qui bouleverse mais réchauffe le cœur ne peut intervenir que dans les volutes d'une tornade, qui balaie les dents-de-lion et les gardabelles dans la prairie par un matin de Noël.

Entrée fracassante en littérature, contée dans une prose lyrique teintée d'humour tendre, avec un vrai regard d'artiste, Cendres dans la tornade *est un roman pour tous ceux qui ont connu l'amour ou l'ont perdu, ceux à qui la vie a enseigné une leçon de sagesse ou un terrible secret, ceux qui ont senti la magie de l'histoire que raconte l'Amérique.*

Synopsis de *Cendres dans la tornade*,
de Pete Tarslaw

Mon problème, c'est que je ne savais pas comment on fait pour écrire un roman. Je savais que les écrivains boivent du whisky et traînent dans les bars, alors j'ai fourré un carnet dans ma poche et je me suis rendu au Colonial Boy, un pub à thème révolutionnaire foireux sur Massachusetts Avenue.

J'ai choisi cet endroit parce que je savais qu'il n'y aurait personne – je ne risquais pas d'entendre des conversations qui pourraient me troubler pendant que j'essayais de pondre de la prose lyrique. J'ai commandé un Jameson à la serveuse indifférente et je me suis installé à une table sous une gravure représentant le Massacre de Boston, qui se trouvait en face d'une photo de Carlton Fisk.

Mon plan de base pour le grand œuvre : Silas et sa grand-mère traversent le pays en voiture pour échapper à une bande de chasseurs de prime. Sur la route, ils embarquent une chanteuse de country sublime, Genevieve (un nom littéraire ou je ne m'y connais pas). Genevieve et Silas tombent amoureux. Tandis que les trois compagnons avalent du kilomètre, la grand-mère raconte à Silas l'histoire de son amant de jadis, un homme nommé Luke (biblique, mais toujours cool). À chaque fois que je le souhaitais, je pouvais insérer les aventures extraordinaires de Luke pendant la Seconde

Guerre mondiale, en France, au Pérou ou en Sardaigne. Ça empêcherait le lecteur de s'ennuyer.

IDÉES

- Grand-Mère doit parler comme une de ces vieilles dames sages qui s'amusent de tout. Elle doit avoir plein d'épreuves à raconter. Faisait son propre savon ? A dû couper le cou de son poulet préféré ?
- Utiliser pour décrire les vieilles dames des termes qui donnent l'impression qu'elles sont belles (gracieuse, majestueuse, etc.).
- Silas doit être le genre de mec qui remarque la beauté de la lumière qui filtre à travers une bouteille de bière.
- Quand Silas et Grand-Mère tombent sur Genevieve, elle est en train de jouer devant un public dissipé qui n'apprécie pas son lyrisme subtil.
- Pour un maximum d'exactitude dans les détails sur les années trente et la Seconde Guerre mondiale, ajouter des vieux films à ma liste de téléchargements sur Netflix.
- Luke pendant la Seconde Guerre mondiale : se cache dans une balle de foin. Couche avec la fille d'un paysan en Hollande. Voit quelque chose qui le divertit de la guerre (des nonnes ? des enfants qui jouent ?). A l'occasion de tuer un Allemand, mais ne le fait pas car le type a visiblement le mal du pays. Luke jette son pistolet dans l'océan (symbolique).
- Au lycée, Luke était une star du football, mais il lisait aussi de la poésie à Grand-Mère sous les gradins.
- Enfin, Grand-Mère a promis à Luke qu'à sa mort

elle jetterait ses cendres dans une tornade. Ils partent donc à la poursuite d'une tornade.

POSSIBLES MÉTAPHORES/ SCÈNES ÉMOUVANTES

- Une femme dit des choses qui se parent d'une signification supplémentaire lorsqu'il est révélé qu'elle est en chaise roulante.
- Ils s'arrêtent devant une prison et voient des prisonniers qui travaillent à la ferme. Un des prisonniers soulève son chapeau.
- Jouer/prendre un pari (sur l'amour ? un cheval baptisé ironiquement comme ça ? « il a peur, mais c'est le genre de cheval qui met tout son cœur dans la course, comme s'il n'avait rien à perdre. »).
- Conversations entendues par hasard dans des restos routiers (authenticité prolétarienne).
- Ils reprennent tous en chœur une chanson (Patsy Cline ? qui passe à la radio). Elle leur rappelle tous un truc différent (premier baiser, veille du départ de Luke pour la guerre, etc.).
- Ils croisent des jeunes qui se rendent au bal de prom. Genevieve raconte qu'elle n'a jamais eu droit à son bal de prom, et Silas danse avec elle dans un champ de maïs.

C'était formidable, tout ça, mais je ne savais pas par quel bout commencer. Est-ce qu'il suffisait de se mettre à écrire des phrases ? Ça semblait un peu irréfléchi.

À présent, le whisky me rendait somnolent. Je me suis levé pour commander des beignets de poulet frit à la sauce piquante.

Au bout du bar traînait un petit tas de vieux journaux,

dont un supplément sport vieux d'une semaine orné d'une photo de Tom Brady[1] avec des brûlures de cigarette à la place des yeux et un canard de petites annonces ouvert à la page des amplis pour guitares. Mais en dessous, j'ai déniché une brochure du centre de formation pour adultes de la municipalité de Boston. Ma réponse était là, entre « Économiser sur vos billets d'avion » et « Vous et votre travail « Écrire votre roman : de l'idée à la publication ».

Tout le monde porte un livre en lui – même vous ! Bénéficiez des conseils avisés d'un auteur publié sur la meilleure méthode pour faire passer votre idée du cerveau à la page. Apprenez les techniques, les styles, et recevez des recommandations sur tous les aspects de l'écriture : découvrez comment créer des personnages, construire un suspense, rendre votre œuvre commercialement viable et vaincre l'angoisse de la page blanche. Réunion les lundis à 20 heures.

Le lendemain, au boulot, j'étais de meilleure humeur qu'à l'accoutumée. Je me suis attardé avec les koï juste assez longtemps pour voir mon préféré, Bouboule, s'enfiler un morceau de beignet glacé au sirop d'érable que j'avais pris chez Dunkin'Donuts. Quand je me suis approché, Lisa avait l'air absorbé par ses dossiers mais, à mon passage, elle a quand même lancé que des patates allaient me pousser derrière les oreilles si je ne me faisais pas décrasser un bon coup.

Ce jour-là, Alice portait un pull orné d'une silhouette de Rudolphe, le rêne du Père Noël, en poils de lapin, ou un truc dans le genre, avec une perle en guise de

1. Célèbre joueur de football américain, quarterback des New England Patriots.

truffe. Ceci en dépit du fait que Noël était passé depuis longtemps. Elle faisait mine de soupeser deux entités invisibles.

« OK. D'un côté, nous avons un jeune homme de Manhattan très niais. Sa lettre raconte comment il s'est ouvert aux autres cultures quand le portier de son immeuble l'a emmené voir un combat de coqs.

De l'autre, nous avons une jeune Russe. Sa lettre parle de son désir d'entrer à Brown. Elle croit à tort que Madonna a fait ses études là-bas. Jon Sturges dit que c'est une mission prioritaire, car son père est dans le pétrole, ou je ne sais quoi. »

Nous avons tiré à pile ou face, Alice est partie retaper les combats de coqs, et je me suis cogné la fille du magnat du pétrole. Comme elle ne faisait pas confiance à son anglais, elle avait écrit sa lettre en russe et elle avait utilisé un logiciel de traduction automatique :

> Madonna, pour elle est convaincue féminité, a inspiré sa l'individualité artistique, et ses courageux d'éclairs sur les problèmes politiques, les femmes sur toute le sol. Parce que cause son exemple je voulais visiter l'université Brown.

C'était assez simple à reprendre. En cherchant Brown sur Wikipédia, j'ai appris que Kathryn S. Fuller, ancienne présidente du World Wildlife Fund, y avait fait ses études. J'ai pondu quelques phrases creuses sur la façon dont « cette femme formidable offre un exemple percutant du genre de leadership dynamique que je compte moi-même apporter un jour, à l'heure où mon propre pays, la Russie, poursuit sa transition ardue vers la démocratie et affronte ses propres défis environnementaux ».

À 11 heures, c'était torché. J'ai meublé le reste de ma journée en essayant de dessiner un portrait de moi dans le style de celui que le *New Yorker* ferait passer à côté de sa critique dithyrambique. J'ai imaginé des femmes de 45 ans, en train de boire du café et de débattre passionnément de la relation de Silas et Genevieve, et de la scène où Luke se fait offrir un couteau de cérémonie par son hôte dans une hutte perchée sur les falaises de la côte tunisienne. Je me suis imaginé en train de donner une interview à Tinsley Honig au son des vagues de l'Atlantique qui s'abattraient sous la terrasse de ma villa d'un goût exquis. Ses yeux bleus boiraient mes mots. Puis, plus tard, lorsque l'équipe de cameramen serait partie, je lui ferais tendrement l'amour dans ma chambre aux plafonds de cathédrale qui donnerait sur l'arrière de ma propriété, où une piscine se jetterait dans une autre par une minichute d'eau. L'idée, c'était que, pendant ce temps-là, Polly serait coincée dans un quelconque appartement à Washington : des bigoudis dans les cheveux, elle engueulerait son mari aux testicules racornis parce qu'il avait oublié de remettre la bouilloire sur son socle.

Mais environ trois cents pages me séparaient encore de cet avenir radieux.

Ce soir-là, je suis donc allé à l'école Saint Joseph. Les escaliers qui menaient au sous-sol m'ont fait penser au goût des parts de pizzas carrées et des pots de compote. J'ai trouvé la salle, 12B. Une bouffée de nostalgie m'a empli les narines en sentant le solvant de nettoyage industriel que les concierges répandent sur les sols en linoléum.

Le seul autre étudiant présent était un gros type avec un tee-shirt portant l'inscription « Quelque chose mijote… dans le Tennessee ». Il s'était courageusement calé dans un des blocs bureau-chaise tordus qui étaient disposés en demi-cercle sous une carte écornée des

« États-Unis pendant la guerre civile ». Il jouait à des jeux sur son téléphone portable.

La prof était à son bureau, farfouillant dans ses papiers. Pour des raisons de commodité et d'exactitude, je l'appellerai Face de hamster aux cheveux-spaghetti. Elle a sursauté en me voyant. Elle puait la clope à deux mètres.

« Excusez-moi – vous êtes dans cette classe ? »

J'avais prévu le coup.

« Oh, je pensais que Janine vous avait prévenue.

— Janine ? Non. »

Puis elle a agité les mains comme des colibris.

« OK. »

J'ai pris place.

J'avais trouvé le nom de Janine Figero à la dernière page de la brochure du Centre de formation pour adultes de la municipalité de Boston, où elle était qualifiée de « directrice des programmes ». J'ai joué sur le fait que les cours du soir pour adultes étant épouvantablement désorganisés, si je citais le nom de Janine avec aplomb, personne n'allait me chercher des crosses sous prétexte que j'arrivais à mi-programme sans avoir payé les droits d'inscription.

Mes camarades de classe sont arrivés au compte-gouttes, jusqu'à ce que nous soyons sept. Une petite dame à lunettes, qui avait l'air du genre de grand-mère qui écrit de longues lettres, s'est assise à côté de moi et s'est versé une tasse de café de son thermos.

Puis Face de hamster a soulevé un livre de poche usé de son bureau. Il était orné de hideuses stries de pastel bleu et orange, et le titre était *Gages solaires*. La reliure semblait de mauvaise qualité.

« OK, au travail », a-t-elle fait d'une voix hargneuse. Elle a ouvert une canette de Coca light dont elle a bu une lampée peu distinguée.

« Nous parlions donc de la façon de créer cette impression de vie, de planter des scènes qui semblent vivantes. Également, l'aspect intérieur, saisir les sentiments et les pensées du personnage et les traduire en mots. Ceux d'entre vous qui sont déjà venus m'ont entendue lire des extraits des nouvelles que j'ai tirées de mon expérience au Nouveau-Mexique – voici un passage qui illustre selon moi le sujet de notre discussion. »

Juste au moment où elle s'apprêtait à commencer, Alice est entrée dans la salle.

C'était une charmante surprise. Ma collègue pressait un cahier Clairefontaine contre le Rudolphe brodé sur son vieux pull. Elle ne m'a pas vu tout de suite. Face de hamster lui a jeté un regard noir à cause de son retard, et Alice s'est hâtée vers un bureau à l'opposé du mien. En s'asseyant, elle m'a vu et je lui ai souri – c'était la seule chose à faire, franchement. Elle a écarquillé les yeux comme une actrice de film muet tandis que Face de hamster ouvrait *Gages solaires* et commençait à déclamer :

« Pour moi, lut-elle, *l'amour sous le porche du bungalow était frénésie, dents, morsures, cheveux entre les dents, poings aveugles contre la peau, genoux et coudes emmêlés, coups d'ongle et empoignades, doigts qui s'étiraient dans la bouche tandis qu'on s'écrasait contre les planches en bois de santal, nœuds d'orteils emmêlés dans un labyrinthe de chair. Des faims anciennes et animales sortaient en faisant des bulles noires comme goudron des fêlures de notre humanité. Nous nous heurtions l'un à l'autre comme des bisons qui luttent par une aube de printemps…* »

Une des nombreuses sources d'émerveillement dans tout ça, c'est le nombre d'étudiants qui prenaient des notes.

Alice fixait sur moi un regard perplexe, comme si j'étais une grille de mots cachés.

Face de hamster a continué pendant quelques minutes. À sa façon de lire, on aurait cru que son propre brio l'ennuyait presque.

« Nos accouplements étaient un mensonge, mais ils étaient un mensonge honnête. Et c'était suffisant. »

Elle a fermé le livre et l'a rangé derrière elle.

« Des réflexions ? »

Personne n'a rien dit. Puis la grand-mère à côté de moi a bruyamment avalé une gorgée de café et déclaré : « Très vivant. J'avais une question. Quand la personne qui parle, la narratrice, dit que son amant a » – elle a jeté un coup d'œil à ses notes – « des cuisses de babouin. Qu'entend-elle par là ? S'agit-il d'un compliment ? »

Face de hamster a repris une lampée de Coca light.

« Oui, mais un compliment *nuancé*. Ce serait une bonne chose de travailler ce genre de nuance dans vos dialogues. »

Plusieurs étudiants ont pris note.

« Bon, passons à la lecture. Le sujet, c'était les *épiphanies*. Est-ce que vous avez trouvé ça difficile ? »

La grand-mère a hoché la tête avec emphase. Alice fixait son crayon en évitant mon regard.

« Faisons un tour de table pour que tout le monde puisse lire un passage de sa scène d'épiphanie. »

La première en lice était une élégante femme en tailleur-pantalon qui avait passé la soirée à interroger discrètement son BlackBerry. Elle a lu un extrait de son thriller financier : *Amelia, abasourdie, fit pivoter sa chaise pour faire face à Tom : « Confitrade gère peut-être des portefeuilles d'investissement en ligne dans le marché des obligations convertibles, mais ce n'est pas avec les estimations de croissance qu'ils se font de l'argent, Tom. C'est avec la cocaïne.* »

Un jeune homme au teint de plâtre humide, qui devait peser dans les quarante kilos tout mouillé, a lu un extrait de son récit de la vie d'un dauphin en mal d'amour : *Eniok resta dans le coin de la piscine lorsqu'il entendit l'Homme faire son cri d'humain à l'intention d'Ongtak. Il ne pouvait rien y faire. Il ne rêvait que d'être libre dans le Grand Trou, où les poissons ne puaient pas l'homme. Il décida de s'échapper.*

À mesure que le tour de table se poursuivait, de mystères sans queue ni tête en histoires d'amour étranglées d'adverbes, je voyais qu'Alice devenait nerveuse. Elle jetait des coups d'œil nerveux autour d'elle ; comme si elle allait tenter une fuite. Finalement, on est arrivé au type avec le tee-shirt « Quelque chose mijote… dans le Tennessee. » Il a expliqué qu'il travaillait sur un texte qui « n'était pas de la SF, à proprement parler, mais une espèce de fiction scientifico-historique, une version alterna-fiction de la légende de Pocahontas. » Sa lecture se terminait sur cette phrase : *Les gémissements que provoquait la douleur infligée par les vrilles énergétiques étaient assourdis par la gaine plastique de son costume bionique.*

Puis est venu le tour d'Alice.

Dieu la bénisse : elle n'a pas tiré au flanc.

Comme une femme marin qui s'efforce de garder la tête hors de l'eau dans une tempête déchaînée, Xenia essayait de tenir séparés son esprit et son corps, elle essayait de garder sa vivacité et sa conscience, tandis qu'elle sentait les délices de chaque nouvelle caresse des mains du Capitaine, qui jouaient à présent la gamme brûlante du désir. Et bien que novice dans l'art de faire l'amour en mer, elle ne s'effaroucha pas, n'ayant rien d'une vierge tremblante. Au lieu de ça, elle se sentit comme mue par une main invisible, précipitée vers lui, avec une vigueur et une sauvagerie animale qui auraient terrassé un tigre de Mongolie. Son membre frémissant froissait son jupon contre ses cuisses avides.

Personne n'a bronché. Avec une expression neutre, j'ai gardé les yeux fixés au sol quand Face de hamster a dit quelque chose sur « le choix des images » qui était « bon ».

Puis nous avons terminé. Alice a filé sans m'adresser un regard et tous les autres l'ont suivie.

Sur le chemin du retour, j'ai réfléchi à ce que j'avais appris – sur l'écriture, pas sur Alice.

L'essentiel, c'était la confiance en soi. Mes camarades de classe ne l'avaient pas compris. Ils avaient tous une vision personnelle riche qu'ils peinaient à transcrire en mots. Ils essayaient de résoudre toutes sortes de problèmes, d'idées et de traumatismes intimes. Ils s'étranglaient à essayer de mettre tout ça dans leur prose.

Mais ce n'était pas ça, le jeu. Ce n'était pas ça, le tour de passe-passe de Preston Brooks. La clef, c'était simplement d'avoir *l'air* profond. De distraire l'œil. Si vous vous mettiez en tête d'inclure des émotions vraies, ou des trucs qui vous tenaient à cœur, vous ne faisiez qu'embourber votre roman. Écrire, c'était comme un tour de magie. Mais au lieu de se concentrer sur l'illusion, le spectacle, les étudiants perdaient leur temps à essayer de convoquer une magie réelle. À part Alice, qui semblait avoir un authentique don pour le porno soft.

Tous autant qu'ils étaient, ils allaient chercher midi à quatorze heures.

5

- Sous la voûte aiguë de l'air du désert, le son d'un coup de feu voyage sur des kilomètres.
- Dans l'air du désert, un coup de feu s'entend à des kilomètres.
- Lorsque Silas entendit le son, sa première pensée fut : *je n'ai jamais entendu un coup de feu auparavant.*
- Un coup de feu ne produit pas un son net et précis, il vibre à travers vous, faisant dérailler toutes choses.
- Ce bourdonnement imperceptible, l'électricité qui grésillait lentement dans l'accueil désert d'un bureau, fut comme une matrice pour Silas, mais comme toutes les matrices, elle devait être fracassée.
- À Las Vegas, la ville des rêves extravagants et du spectacle criard, personne ne prêtait attention à un homme calme et pensif.
- Vous ne le reconnaissez jamais, pas du premier coup, et ce n'est que plus tard que vous réalisez que c'est là le son qui a changé votre vie.
- Un coup de feu fait le bruit d'un oiseau qui s'effondre au sol.
- À Las Vegas, la ville du spectacle criard, un coup de feu se perd dans la cacophonie ambiante comme un hurlement sur un terrain de hockey.

Premières phrases écartées de
Cendres dans la tornade de Pete Tarslaw

Tout le reste de la semaine, un grand brouillard de gêne a plané sur les bureaux d'EssayAides. Alice et moi, nous sommes restés retranchés dans nos bureaux respectifs et nous nous sommes évités. Elle arrivait au boulot avant moi et ne s'en allait pas avant que je sois parti. Parfois, j'entendais ses pas dans le couloir, qui atteignaient une vitesse phénoménale lorsqu'elle passait en coup de vent devant mon bureau. Ou je l'entendais faire du thé dans la cuisine. Pour m'amuser, je marchais d'un pas lourd dans le couloir. Elle essayait frénétiquement de terminer, ou se résolvait à laisser tomber, laissant son mug à l'abandon dans le micro-ondes, et le sucre et le sachet de thé sur le rebord de l'évier.

Il n'y avait pas beaucoup de lettres à réécrire cette semaine-là. Les affaires ralentissaient toujours en plein hiver, mais cette année-là la demande semblait particulièrement maigre. Par chance, Jon Sturges ne prenait jamais la peine de venir jeter un œil au bureau. Il était sans doute occupé à escroquer des maisons de retraite, un truc dans ce goût-là.

Fort de ce temps libre, je me suis attelé aux *Cendres dans la tornade*.

Écrire un roman – concrètement, choisir les mots et remplir les paragraphes –, c'est incroyablement chiant. Maintenant qu'il y a des trucs super à la télé et qu'Internet représente une forêt sans fin de distractions, autant dire que c'est quasi impossible. On devrait en tenir compte quand on fait le classement des plus grands écrivains de tous les temps. Quelqu'un comme Charles Dickens, par exemple, qui n'avait rien de mieux à faire que de manger du mouton et d'assister à des pendaisons, n'a pas grand mérite.

La première phrase m'a pris quasiment une journée, mais j'étais content du résultat : *Rien ne rappelle davantage le bruit d'un coup de feu que celui d'un livre qui se referme.*

Silas allait travailler dans un hôtel-casino de Las Vegas, les Champs-Élysées. Il m'a fallu un bon moment pour trouver cette idée. Je voulais faire une caricature des casinos de Vegas, parce que je savais que les critiques et les bibliophiles, qui détestent tout ce qui est populaire, trouveraient la saillie exquise. Mais dans la mesure où ils ont déjà des canaux intérieurs avec gondoliers chantants, des copies de la tour Eiffel et des restaurants Star Trek, il est difficile de caricaturer les casinos de Vegas. Alors j'ai opté pour un casino à thème, Paradis, et j'ai tartiné l'ironie comme de la moutarde sur un sandwich.

J'ai fait assassiner le patron de Silas : un coup de feu part, Silas, qui travaille tard parce que c'est une bonne poire, entend la détonation. En essayant d'aider il met ses empreintes partout. J'ai installé Grand-Mère dans un fauteuil Adirondack, d'où elle regarde la lune se lever au-dessus de la baie de Buzzard en évoquant de vieux souvenirs. Les années lycée dans une ville minière de Pennsylvanie. Elle tombe amoureuse du jeune et costaud Luke, qui lui lit du Catulle. La mine ferme et Luke part à l'aventure avec les *hoboes*.

Ce qu'il y avait de plus difficile, c'était de choisir les mots à employer. J'ai épluché le thésaurus en ligne jusqu'à ce que chaque *dit-il* soit remplacé par un *se récria-t-il* et chaque *brillant* par un *luminescent*. Mais le mardi j'avais vingt-six pages.

Pour me récompenser, vers 4 heures j'ai éteint la lumière dans mon bureau et j'ai fait semblant de partir en fermant bruyamment la porte d'EssayAides. Dans le couloir, j'ai attendu.

Environ dix minutes plus tard, sans faute, Alice, se pensant en sécurité, est sortie, vêtue d'un pull à damier.

« Oh salut, Alice ! J'étais sur le départ, mais je me suis aperçu que j'avais oublié mon téléphone. Attends-moi, je descends. avec toi.

— C'est… heu, OK, je suis un peu…

— Pas de problème, j'en ai pour deux secondes. »

J'ai fait un aller-retour éclair à mon bureau ; puis nous avons pris le couloir.

« Au fait… comment t'as entendu parler de notre cours d'écriture ?

— Oh, j'ai vu un prospectus. Je me suis dit que j'allais passer voir de quoi il retournait. Parce que, tu sais, j'écris un peu à mes heures perdues.

— Moi aussi, à mes heures perdues. Rien de plus. C'est autre chose. J'essaie de rendre mes textes aussi ridicules que possible, tu vois. Juste pour rigoler.

— Ah, ouais, ridicule, tout à fait », j'ai dit, et nous sommes entrés dans l'ascenseur.

J'ai observé un silence d'une minute pour endormir sa vigilance.

« Alors où elle en est, Lady Xenia ? Ça se passe bien, avec le Capitaine ?

— Quoi ? Oh ce truc ; oui c'était… juste un exercice, rien… »

Alice a laissé sa phrase en suspens. Nous sommes passés devant le bassin des koï.

« Tu, heu… tu ne viens pas la semaine prochaine, si ?

— Je sais pas… J'aimerais bien entendre la suite des aventures de Lady Xenia. »

Alice a refait ses yeux de star du muet terrorisée :

« À ta place, je ne viendrais pas… tu sais, je ne lirai probablement pas… »

Puis elle a tourné les talons et s'est précipitée vers sa voiture.

En tout cas, c'est la dernière conversation que j'ai eue avec Alice.

Le lendemain elle est restée planquée dans son bureau. Il n'y avait toujours pas de lettres de candidature à faire, alors en fin de matinée, j'ai traversé la quatre-voies, j'ai dit bonjour à Sree et je me suis attablé devant un soda à la noisette.

J'ai passé la plus grande partie de mon déjeuner à étoffer de détails un fantasme que je retournais dans ma tête depuis un petit moment. Ça se passerait quand mon roman commencerait à faire parler de lui, pendant ma tournée de signatures. Derrière l'estrade, dans une librairie de Richmond ou je ne sais où, quarante paires d'yeux féminins me rendraient mes regards profonds tandis que j'ouvrirais mon exemplaire corné de *Cendres dans la tornade*. Avant d'ouvrir la bouche, je jetterais un coup d'œil panoramique et trouverais la plus belle femme de l'assistance : une jolie fille, une écharpe jetée nonchalamment sur l'épaule. Quand je commencerais à parler d'une voix mélodieuse, solennelle, je me concentrerais sur elle.

Il est des sanctuaires dans le cœur des hommes, des chambres profondes et secrètes que nous verrouillons. Même vis-à-vis de nous-mêmes. Parfois, des années passent et nous oublions qu'elles ont été là un jour.

Mais parfois la chose la plus simple – une mélodie à peine perceptible dont on se souvient soudain, la main douce de votre grand-mère, avec son odeur de pain, qui vous touche la joue, le retour à un lieu dont vous rêviez étant enfant, le tronc coudé d'un arbre que vous aviez tordu à force d'y grimper – peut rouvrir ces chambres. Soudain, votre âme s'emplit, comme le lait chaud d'une vache remplit un seau par une aube glaciale de novembre.

J'ai noté tout ça.

Quand j'aurais fini de lire et que les applaudissements se seraient éteints, après la signature, la jolie fille m'attendrait, debout dans un coin. Elle s'avancerait gauchement vers moi. Elle me confierait qu'elle n'avait *jamais* fait une chose pareille, mais que mon livre était tellement important pour elle… « Vous êtes mon écrivain préféré, dirait-elle. Je trouvais que Preston Brooks était bon, mais vous, vous… » Puis elle se mettrait à balbutier et rougirait jusqu'aux oreilles. Je sourirais et l'inviterais à passer prendre un verre à mon hôtel.

Tout ce que j'aurais coupé dans le roman, je l'aurais mis de côté pour les discussions de café, devant un Dewar's et soda au lounge de l'Holiday Inn. La pianiste arrêterait son service et je l'inviterais dans ma chambre. Peut-être sous le prétexte que « j'aimerais avoir son avis sur un texte auquel je travaille ». Elle viendrait. Elle s'assiérait sur le lit, sans même savoir vraiment quel étrange sortilège la retenait là. Par quelques adroites manœuvres de diversion, je parviendrais à transformer ses tremblements nerveux en disponibilité sexuelle. Et le lendemain matin, je serais en route pour Nashville ou Trenton.

Puis j'ai imaginé une lecture à Washington : Polly serait assise au fond, les yeux baignés de larmes, et les admiratrices se bousculeraient autour de moi.

« Joli blouson, *man*. Je crois qu'on va avoir une super saison l'an prochain, le milieu de terrain est vraiment costaud.»

Interrompu de la sorte, j'ai levé les yeux sur Jon Sturges en personne, fondateur et P-DG d'EssayAides, qui s'adressait au vieil homme en parka des Patriots, en lui donnant l'espèce de poignée de main de côté que font les Blancs qui disent *man*.

Jon Sturges avait les sourcils épais comme des mégots de cigare, sous une zone de calvitie qui s'étendait comme une araignée sur son crâne. Bien qu'âgé de dix ans de plus que moi, il remuait comme un athlète de 14 ans qui joue au base-ball de rue. Moi qui marche avec la léthargie d'un vieux garçon atteint de goutte, ça m'impressionne toujours de le regarder bouger.

Jon a donné une claque dans le dos du vieux à la parka des Patriots. Le vieux a eu l'air ravi quand Jon m'a montré des deux mains et s'est avancé vers moi avec un mouvement ample.

« Super*man* ! X-*Man* ! »

Il a tiré une chaise, s'est assis à califourchon, a jeté sa cravate jaune par-dessus son épaule et pris une gorgée de mon soda à la noisette.

« C'est formidable qu'on puisse se voir comme ça, en dehors du bureau. Les patrons romains rencontraient leurs clients au forum, sur la place du marché. Ils n'étaient pas confinés dans des bureaux. Cette effervescence, cette énergie, ça leur profitait. »

En cet instant, la seule trace d'effervescence, c'était Sree qui attaquait son four à coups de pic à glace.

« Il faut respecter les Romains. Ils ont inventé la culture de l'entreprise. Ils avaient tout compris. Tout ça » – Jon a désigné notre environnement immédiat d'un geste vague – « c'est les Romains qui l'ont mis en place. On se contente de reproduire leurs systèmes.

Les Romains, c'étaient des génies de l'infrastructure. Cette infrastructure – un mot qui vient du latin – qui leur permettait de *permuter* leurs ressources.»

Il a bu une autre gorgée dans ma canette, a pris un air ahuri et s'est retourné pour interpeller Sree :

« Qu'est-ce que tu vends là ? C'est parfum noisette, ou quoi ?

— Oui. Soda népalais à la noisette. »

Il a souri.

« Pete, ma fille Martha va à une fête en rollers ce week-end. » J'ai hoché la tête. Sree est retourné à sa cuisine.

« C'est super », a dit Jon.

Puis il a fait un triangle sous son menton avec ses doigts.

« Bon, les candidatures sont un peu paralysées. Vous avez fait un boulot formidable, *man*, je ne reviens pas du tout là-dessus, mais je te promets, je ne peux plus faire fonctionner l'équation. J'ai d'autres entreprises que j'essaie de faire décoller.

— Je vois.

— Je suis désolé. Je dois me séparer de vous. »

Jon a vidé la dernière goutte de mon soda à la noisette.

« C'est Alice qui m'a envoyé ici, je viens de lui annoncer la nouvelle.

— Attends deux secondes : je n'ai plus de boulot ?

— Désolé, mon vieux. »

Là – j'en suis assez fier, à vrai dire – ma première pensée est allée à Alice.

« Comment elle l'a pris ? »

Il a écrasé la canette contre la table en secouant la tête.

« Pas bien. »

Alors comme ça, j'étais au chômage. Au comptoir,

le vieux en parka des Patriots grattait un bout de curry cheeseburger coincé dans l'espace entre son râtelier et ses gencives.

« Alors écoute, Pete. Quand un légionnaire romain prenait sa retraite après bons et loyaux services, on lui donnait un lopin de terre. Je ne peux pas distribuer du terrain, *man*. L'immobilier, c'est un attrape-nigaud. Mais voilà un petit quelque chose », a-t-il dit en me glissant une enveloppe par-dessus la table.

Je l'ai ouverte et j'ai compté : trois cent vingt dollars en billets de vingt.

La situation n'était pas idéale. Mais Jon Sturges m'avait employé pendant trois ans, et à présent il venait de me donner une somme d'argent arbitraire. Je lui étais redevable.

« Jon, ça me fait penser à l'empereur Auguste et à son allocution au Sénat. Vous connaissez sans doute ce discours. "Chers concitoyens, le même sang coule dans nos veines. Le même feu brûle dans nos cœurs. Lorsque je frappe, nous frappons ensemble. Lorsque je me repose, nous nous reposons ensemble. Ensemble, nous sommes portés par le même vent, toujours." »

Ces phrases étaient extraites de *La Concubine du centurion*. C'est le centurion qui les dit à sa compagne. Je les avais confiées à ma mémoire des années plus tôt, car elles produisaient un effet puissant sur la concubine. Et elles ont produit un effet puissant sur Jon, qui s'est levé.

« Quand les Romains faisaient un serment, ils plaçaient une main sur leurs testicules, a-t-il fait. C'est de là que vient notre mot *témoignage*. Je parie que tu ne la connaissais pas, celle-là, *bro*. »

Il a empoigné fermement ses testicules.

« Tu as fait un boulot formidable pour nous, Pete.

Tu es doué pour l'écriture. Et je te le jure, nous retravaillerons ensemble. »

Il a relâché sa prise et m'a tendu la main, de côté. À mon grand regret, je l'ai serrée.

Jon s'est dirigé vers la porte, donnant au passage une tape sur l'épaule au vieux en parka des Patriots.

« Y a que Pittsburgh qui peut nous inquiéter. C'est tout. Peut-être Buffalo. Ça va être une saison du tonnerre. »

Le vieil homme était décontenancé, mais charmé. Jon a regardé les affiches sur le mur.

« Hé, elles sont cool, ces affiches. C'est *SOS Fantômes* ? Pete, t'as vu ces posters ? »

Jon a gueulé en direction de la cuisine.

« SOS Fantômes, man, SOS Fantômes. »

Dans un fast-food népalais où les conditions sanitaires étaient suspectes et la nourriture quasi poison, au bord d'une rocade qui traversait un lit de marais saumâtres, je venais de me faire virer de mon boulot de faussaire et de plagiaire de dossiers de candidatures par un homme dont la philosophie du « business » s'appuyait sur des fantasmes de gladiateurs et une grandiosité épique.

Ce soir-là, en me saoulant pour m'endormir, j'ai entendu Hobart à travers le mur : il parlait à sa petite amie, ou ex-petite amie, comme vous voudrez. Je ne distinguais pas les mots, mais sa voix est devenue de plus en plus implorante jusqu'à ce que ses paroles soient suivies, comme de bien entendu, par des sanglots longs et profonds qui ressemblaient à des gémissements de mainate blessé.

6

L'agent des Services secrets se retourna, et le surprit avec un sourire. « Bonne chance, monsieur le président. » Il sortit, fermant la porte derrière lui, et Mike « Mac » Tipton se retrouva seul dans le Bureau ovale. Président Tipton.

C'était là que l'avait conduit tout ce parcours, les championnats de base-ball junior en Ohio, l'Académie de la marine, les missions de combat sur le Koweït dans un F-16, puis les campagnes solitaires dans les centres commerciaux et les quartiers, et les marchandages hideux de huit années au Congrès. Puis la campagne, les nuits de mauvais cafés et de mauvaises blagues, la gorge éraillée par les discours, l'estomac alourdi par des milliers de banquets, le visage brûlant de la chaleur des spots de la télé. Puis la plus longue nuit de toutes, en novembre, quand il avait regardé les États se colorier en vert sur CNN, et su qu'il allait entrer dans l'Histoire en tant que premier président indépendant depuis Washington.

Comme le soleil matinal de janvier inondait la pièce, la musique du bal inaugural résonnait encore à ses oreilles. Mais Mac Tipton – le président Tipton – était enfin seul. Même sa femme, la blonde Lizabeth, ne pourrait comprendre le sentiment qu'il éprouvait en regardant le téléphone, sachant qu'il pouvait, en une minute, joindre le Premier ministre chinois, le pôle Sud ou – Dieu l'en garde – le Centre de lancement nucléaire.

Mac regarda les portraits de Theodore Roosevelt, John F. Kennedy et Abraham Lincoln. « Je sais ce que tu ressens », dit-il à haute voix, en regardant le visage sévère de Lincoln, et il eut un petit rire.

Soudain, il aperçut deux silhouettes derrière lui. Il pivota sur son fauteuil.

« Comment êtes-vous… »

De l'autre côté de la pièce, deux hommes en costume sombre, munis tous deux d'attachés-cases en titane, lui faisaient face. Le premier avait les yeux foncés et un port militaire, et il ne broncha pas, mais l'autre, plus grand, lui tendit la main.

« Pas d'inquiétude, monsieur le président. Nous sommes des amis.

– Mais comment êtes-vous entrés ? »

Le plus grand sourit.

« Disons que… nous avons nos entrées. Voici Riggs. Vous pouvez m'appeler Hopkins. Nos noms n'ont pas d'importance. »

Tipton, déconcerté, hésitait à appeler la sécurité.

« Monsieur le président, ce briefing n'est annoncé sur aucun agenda. En fait, à toutes fins utiles, personne ne sait que nous sommes ici. Mais nous devons discuter une question de la plus haute importance », dit Hopkins.

Riggs ouvrit son attaché-case et en extraya un mince dossier.

« Monsieur, que savez-vous des extraterrestres ? »

Page 1 du roman inachevé
Des anges dans le tourbillon
de Pete Tarslaw

Depuis que toute l'affaire est devenue publique, plusieurs critiques et blogueurs m'ont demandé pourquoi je ne m'étais pas contenté d'écrire un vulgaire thriller de gare, plutôt qu'un roman littéraire. À dire vrai, c'est exactement ce que j'ai essayé de faire. Voilà ce qui s'est passé :

Après m'être fait virer, j'ai repris mon projet de roman avec la rage du désespoir. En caleçon devant mon ordi, je fixais l'écran vierge pendant des heures. Au-dessus de mon bureau, j'avais scotché une photo de Preston Brooks en train de ferrer un cheval.

Écrire un roman, ça ne serait pas compliqué s'il n'y avait pas les fioritures. Prenez, par exemple, la scène vers le début de *Cendres dans la tornade* où Luke atterrit en Normandie en parachute un mois avant le jour J. Il est secouru par des résistants locaux, et ensemble ils célèbrent son arrivée autour d'une bouteille de calvados dans une cave de Bayeux.

Cette scène m'a pris *deux jours*. Un nombre incalculable de recherches sur Internet a été nécessaire pour trouver des détails à la con, par exemple ce qu'on boit en Normandie, le nom d'une ville, et quel genre de parachutes était utilisé pendant la Seconde Guerre mondiale. En plus, comme il s'agissait d'un roman « littéraire », je ne pouvais pas me contenter d'écrire : « Ils ont bu du calvados, c'était super, tout le monde s'est serré la main et bourré la gueule. »

Il fallait que je décrive :

La liqueur chaude, brûlante, qui arriva d'abord en vapeur, flottant le long de ses narines avant que le liquide pur et râpeux ne vienne éveiller ses papilles. Elle portait en elle toute une histoire de vergers, de moissons et de longues périodes de vieillissement en fûts de chêne anciens. Des visions qui transcendaient cet endroit froid, humide et dangereux, et la peur de la mort, qui avait dorénavant la présence sévère d'un chat sur une étagère. Le liquide ambré portait des visions qui transcendaient même la guerre. Luke sourit en sirotant son breuvage. 1928, disait l'étiquette. La bouteille renfermait des goûts élaborés avant qu'il n'y ait la guerre, des goûts qui demeureraient longtemps après que les tanks se furent couverts de rouille et que les généraux furent emportés dans leurs cercueils enveloppés de drapeaux. Des goûts qui s'attarderaient encore des années après que les soldats se fussent changés en pères, en amants et en vieux rêveurs nostalgiques aux doigts noueux, vivant dans des rues bordées d'arbres où les enfants couraient, chantaient et jouaient. Rien, pas même la guerre ne pouvait ôter ces petits riens, les parfums gravés, préservés, et cachés dans la mémoire…

Prose exquise, certes, mais qui a exigé beaucoup de moi. Alors je faisais de longues pauses. Je descendais à la supérette du coin de la rue et comptais le nombre total de magazines pornographiques (dix-huit variétés, quatre-vingt-quatre magazines en tout, avec *Chattes rasées* en particulière abondance). Je marchais jusqu'au seul kiosque à journaux de Somerville qui vendait des barres chocolatées Take Five, et j'écoutais les monologues du propriétaire à moitié demeuré sur les Yankees et Israël (ses deux pires ennemis). J'étudiais le comportement des écureuils, leur donnais des noms et me choisissais des préférés en fonction de leur tempérament et de leur style. Je lisais le *Boston Globe* d'un bout à l'autre tous les jours, y compris la BD « Mallard Fillmore », la rubrique nécrologique et le nom des lévriers en lice dans les courses.

Lors d'une de ces séances, je suis tombé sur un article dans les pages « Économie » :

POUR L'AUTEUR TIM DREW, LES GROS BOUQUINS SONT DE GROSSES MACHINES

Il parle de marque, de saturation du marché et de marges de revenus. Mais Tim Drew n'a pas fait fortune en truquant des livres (de compte), il a fait fortune en écrivant des romans. Et ses marges de profit ont de quoi rendre modestes la plupart des P-DG.

« Je me considère comme un fournisseur de satisfaction, qui fournit un produit de satisfaction exactement comme Nissan fournit des voitures ou Papa John's des pizzas », explique Drew, qui a abandonné sa carrière financière pour une carrière littéraire après un master de gestion à Harvard. « J'établis et maintiens des flux de distribution fiables dans le secteur du divertissement. »

Ce n'est pas l'image conventionnelle qu'on se fait d'un écrivain. Mais Tim Drew n'est pas un écrivain conventionnel. Il est un empire à lui tout seul. Son dernier thriller, *L'Énigme Darwin*, lui a rapporté environ vingt-cinq millions de dollars si l'on compte les ventes en poche, les droits internationaux et d'adaptation cinématographique, et la franchise.

Mais Drew affirme que le secret de son succès est élémentaire. « Je suis un entrepreneur qui fabrique des produits littéraires. Or ce genre de produits est facile à fabriquer. Un livre de Tim Drew a pour point de départ un héros beau et talentueux, comme le Dr Drake Hartbeer dans *L'Énigme Darwin*, qui débrouille lentement une conspiration. Je relie la conspiration à un élément fort. Dans *Le Nexus du hiéroglyphe*, c'étaient les pyramides. Dans *La Colère du Léviathan*, c'étaient les baleines. Dans *La Vallée de la flèche tordue*, c'étaient ces sphères de pierre qu'on a découvertes au Costa Rica. Dans *L'Énigme Darwin*, c'est le cerveau humain et le bouddhisme. Là-dessus, vous ajoutez une femme qui possède les talents dont le protagoniste a besoin, des secrets redoutables, beaucoup d'action, et vous avez un bouquin. »

La photo qui accompagnait ces lignes montrait Tim Drew au bord de sa piscine dans sa maison sur l'île Kauai. Chaussé de sandales, il sirotait un smoothie devant le Pacifique scintillant.

Cette vue donnait à la turne de Preston Brooks des allures de cabane décrépite. Ce Tim Drew méritait qu'on se penche sur son cas. Une photo dans le corps du texte montrait des types en costumes stricts dans une salle de conférence, contemplant un agrandissement de la couverture de *L'Énigme Darwin*.

Parmi les exemples de ce « nouveau modèle de capitalisme littéraire », l'article citait aussi Pamela McLaughlin. Les romans policiers, mais aussi *Le Guide de Trang Martinez des mystères de la rencontre et du sexe, Le Livre de cuisine de Trang Martinez*, le séminaire de responsabilisation sous la figure tutélaire de Trang Martinez et les *wine coolers*[1] Pamela McLaughlin, tous étaient des branches d'un empire pesant plusieurs millions de dollars. Pamela n'écrivait même plus les livres elle-

1. Boisson à base de vin et de limonade au taux d'alcool comparable à la bière.

même ; elle les déléguait à un bataillon de tâcherons free-lance avant d'apposer son nom sur la couverture. « Les résultats ne laissent guère de place à la réplique : McLaughlin possède une île aux Caraïbes, île à laquelle elle accède via son hélicoptère privé. » L'article mentionnait que le gestionnaire de son fonds spéculatif personnel donnait des conférences dans les écoles de commerce sur les défis que représente un portefeuille si énorme.

Tout ceci m'a fait une impression considérable, à moi qui venais de payer mon Egg McMuffin avec des pièces de vingt-cinq cents.

Peut-être qu'avec un roman littéraire, je ne visais pas assez haut. Comparé à ces titans de l'arnaque éditoriale, Preston Brooks ressemblait à un petit escroc en veste de sport rapiécée qui fait des tours de bonneteau pour quelques dollars.

Ce qu'il y avait de plus splendide chez Tim Drew, c'était son mercantilisme décomplexé. Il ne se prenait même pas la tête à inventer des citations prétentieuses ni à méditer sur la beauté des tritons qu'il venait de trouver. Il disait ouvertement ce qu'il vendait, les gens l'achetaient, et les pages « Économie » du *Boston Globe* s'extasiaient sur son esprit capitaliste tous azimuts.

Cendres dans la tornade m'a soudain paru complètement à côté de la plaque. J'ai imaginé les invités du mariage de Polly arrivant à l'aéroport, dépassant une énorme pile de livres de poche de Pete Tarslaw à Hudson's. Ils seraient à peine surpris lorsque j'arriverais aux noces dans une Escalade – ou plutôt une Lexus hybride ; il faut rester dans le bon goût – et déposerais un cadeau d'artillerie lourde, un frigo Sub-Zero ou une chaîne Bose, qui prouverait de la façon la plus matérielle possible ma domination évidente et l'insuffisance de James en tant que compagnon. Dix ans plus tard, je pourrais envoyer des messages à mes gestionnaires sur mon BlackBerry depuis ma villa sur le lac de Côme tandis que des étudiants en littérature sans le sou s'acharneraient sur le dernier « Pete Tarslaw présente » pour leur diplôme.

Dans le living, j'ai ressorti mon exemplaire de *L'Énigme Darwin*. Je l'avais lu en l'espace de onze stations sur le trône la semaine après avoir mangé un mauvais pad thai aux crevettes livré par un Thaï douteux nommé Prik King and I, qui avait depuis été remplacé par un salon de bronzage, aussi mon souvenir du livre était-il un peu flou. Mais bien qu'il ait fait de Tim Drew, selon le *Globe*, la quarante-quatrième fortune mondiale, je me rappelais que sa prose aurait embarrassé un CM1 même modestement doué. Je l'ai ouvert à la première page :

> *Un vent de novembre glacé soufflait sur le Potomac, heurtant le visage du Dr Drake Hartbeer comme une poignée de verre brisé passé au congélateur. Mais Drake conservait son pas énergique, par pur défi envers ses cuisses meurtries, ses pectoraux douloureux et ses triceps qui le lançaient. Le défi et l'énergie étaient inscrits dans son ADN. Après tout, on ne réchappait pas des docks de Seattle, où les désaccords se règlent à la pointe du couteau, sans pouvoir compter fermement sur ces deux traits de caractère. Son goût du défi lui avait permis de survivre aux rixes à mains nues le long du Puget Sound, où il avait appris à garder l'œil ouvert et les poings serrés. Son goût du défi l'avait propulsé sur le terrain de football, où il avait remporté une bourse pour Princeton, où il avait échangé des coups de poing avec les types de prépas avant de gagner sa place dans le championnat de l'Ivy League.*
>
> *Mais le goût du défi ne suffisait pas. Drake possédait aussi de l'énergie à revendre. C'était son énergie qui*

l'avait porté un cran au-dessus, à travers la faculté de médecine de Yale, où il avait étudié les canaux complexes du cerveau. C'était son énergie qui lui avait valu le poste qu'il occupait à l'heure actuelle – chef du département des neurosciences à l'Institut national de la santé. Pas mal pour un sauvageon d'une famille de dockers irlandais catholiques, où le goût du vin de messe et celui du whisky étaient familiers à la puberté.

Tout en finissant ses quinze kilomètres quotidiens à vive allure, Drake s'attelait mentalement à tenter de comprendre un passage particulièrement difficile des Variations Goldberg, *de Bach. Il aimait le piano classique. Comme son autre passion, l'escalade, il le divertissait des labyrinthes tortueux de ses recherches. Mais Bach était ardu, même pour ses doigts agiles.*

Ralentissant au petit trot, Drake se pencha. Il ramassa un caillou et le jeta sur la surface de la rivière, puis le regarda ricocher sur l'eau presque jusqu'à l'autre rive. Ça ferait une bonne métaphore pour un neurone qui lance une impulsion dans un axone, se dit-il, songeant aux voies électriques par lesquelles le cerveau véhicule l'information. Il faisait jouer son muscle le plus développé : son cerveau.

Soudain, son équilibre fut perturbé. Il vit son assistant, F. Jansen Teat, qui traînait sa lourde carcasse le long de la berge : « Dr Hartbeer ! Dr Hartbeer ! »

Nous apprenons que Drake – sur le point de faire une découverte capitale qui va révolutionner notre compréhension du cerveau – a reçu la visite de deux énigmatiques moines d'un mystérieux ordre tibétain. Ils révèlent que la découverte qu'il s'apprête à faire n'a rien de neuf. En fait, ils la connaissent depuis des siècles. Mais la rendre publique détruirait sans retour l'humanité.

Le reste du roman voit Drake courir le monde entier, découvrant petit à petit que, depuis des siècles, certains humains possèdent des cerveaux surdéveloppés qui leur permettent de courber l'espace-temps. Jésus et Bouddha constituent des exemples éminents, ayant tous deux reçu la bénédiction/malédiction de cerveaux modifiés génétiquement qui leur permettaient de marcher sur l'eau et ainsi de suite. Mais une société secrète retorse a conspiré pour maintenir le secret, de peur que les super cerveaux ne démantèlent l'ordre du monde.

On comprend que Charles Darwin avait découvert tout ça au XIXe siècle. Ça faisait simplement partie du cours de l'évolution. Darwin a éparpillé des indices dans le monde entier avant d'être réduit au silence par la société secrète. L'un des indices, par exemple, est gravé sur la coquille d'une très vieille tortue des Galapagos. Drake Hartbeer découvre qu'un de ces gamins au cerveau surdéveloppé se trouve actuellement en Russie et, aidé d'une superbe scientifique russe, il fait la course pour le sauver. Pendant cette folle poursuite, les dons de pianiste et d'alpiniste de Drake jouent tous deux un rôle (quand il fait la cour à la belle Russe et quand ils doivent escalader la façade de la cathédrale de Chartres).

Mais ce que j'ai retiré de mon bref examen de *L'Énigme Darwin*, c'est que ce genre d'écriture est facile.

Vous inventez le héros le plus génial que vous pouvez imaginer, vous le dressez contre des forces obscures et mystérieuses, et vous faites en sorte qu'un secret se divulgue pendant qu'il sillonne le globe. Vous écrivez sur une chose que les gens savent importante, mais qu'ils ne comprennent pas vraiment, et vous lui donnez des allures diaboliques. Vous n'enterrez pas vos scènes d'action sous une flopée de personnages nuancés ni une prose habile. Puis vous vous achetez une Escalade pleine d'accessoires, vous triomphez au mariage de votre ex, et vous retirez à Hawaii.

Voici le défi que je me suis lancé : je me suis installé à la table de la cuisine avec un minuteur et un bloc Lascar Pharmaceuticals appartenant à Hobart, et j'ai résolu de passer une heure entière à essayer de trouver une idée de thriller d'aéroport.

LISTE D'IDÉES DE BEST-SELLERS

- Nous sommes en juillet 1776. George Washington, Ben Franklin et leurs copains sont à Philadelphie. Un meurtre est commis, et les autorités locales se tournent vers le seul homme qu'ils estiment capable de le résoudre : Thomas Jefferson. *(Relie les pères fondateurs, toujours populaires, et un meurtre).*
- Un agent de la police frontalière dans le désert texan découvre que des mecs d'al-Qaida s'introduisent en douce dans le pays par la frontière mexicaine. Il essaie d'avertir les autorités à Washington, mais on ne le croit pas. C'est donc à lui et à la belle mais coriace propriétaire d'un ranch local qu'il revient d'empêcher les terroristes de détourner un train, de le bourrer de produits chimiques et de faire exploser l'Alamo. (*Pourrait occasionner un dossier de couverture dans* Time : *« Nos frontières sont-elles sûres ? »*)
- Un acteur hollywoodien qui tourne un film sur un vol de bijoux doit arrêter des voleurs qui essaient de s'emparer des vrais bijoux qui sont utilisés comme accessoires. *(Peut-être Clooney ou un autre accepterait-il de jouer son propre rôle dans le film ?)*

- Un inspecteur du département de l'Agriculture, modeste mais beau gosse, découvre une vaste conspiration visant à rendre les hommes américains stériles par l'empoisonnement de la nourriture. *(Identification facile : tout le monde mange. Encore un article possible dans* Time *: « Notre nourriture est-elle sûre ? »)*
- Une ancienne gymnaste/archéologue souple et athlétique découvre par hasard une cité perdue en Amérique centrale et traduit des inscriptions qui révèlent un secret diabolique : les anciens Mayas avaient découvert l'art de la fabrication des armes nucléaires. Poursuivi par des guérillas sans merci et des agents de la CIA insaisissables, elle doit s'enfuir dans la jungle pour empêcher la technologie de tomber entre de mauvaises mains. (*Tout ce qui touchera au Mexique ou à l'Amérique centrale jouera probablement en faveur d'une populaire traduction en espagnol.*)
- Une jeune et charmante programmatrice informatique découvre qu'une compagnie de jeux vidéo japonaise a implanté dans son jeu un code qui pousse les jeunes à tuer leurs parents. *(On pourrait inclure un jeu vidéo dans le marketing.)*
- Un élégant géologue et une belle spécialiste des pingouins/ancienne danseuse classique découvrent en Antarctique le sinistre projet d'une compagnie pétrolière déterminée à détruire le continent gelé. *(Les pingouins, ça vend bien.)*
- Un agent de la CIA découvre que les Chinois entraînent secrètement une armée de dragons créés par manipulation génétique.
- Un jeune Américain qui a reçu une bourse pour faire ses études à Oxford découvre un code dans

les pièces de Shakespeare. Le code conduit à un secret sur la Bible.

- Une prof de yoga/biologiste marine découvre un code dans l'ADN des dauphins. *(Implanté par des aliens ? L'Église catholique ? Les compagnies pétrolières ?)*
- Une jeune Londonienne moderne et branchée découvre qu'elle est sous le coup de la malédiction de zombies qui poursuivent sa famille depuis ses ancêtres pirates au XVIe siècle. Elle reçoit l'aide d'un chanteur de reggae qui lui apprend aussi à se détendre et à s'abandonner à l'amour.
- Un flic new-yorkais découvre que des Juifs hassidiques ont découvert un onzième commandement perdu qui change tout.
- Les compagnies pharmaceutiques empoisonnent le cerveau de la population.

Ce dernier article, ai-je réalisé, n'était pas une idée de mon cru. C'était une phrase que m'avait criée un sans-abri en bourrant sa chemise de vieux journaux.

Disons que chacune de mes idées valait cinq cent mille dollars en droits d'auteur, plus un million en droits d'adaptation, et encore un million en droits de franchise, etc. Ce qui signifiait que la feuille de papier que je tenais entre les mains valait trente-deux millions et demi de dollars. J'ai décidé de la couper en deux, par modestie, mais quand même.

Peut-être est-ce la pensée des visages austères et des symboles étranges qui ornent les billets qui m'ont donné une dernière idée juste au moment où le minuteur se mettait à sonner.

- Un président idéaliste fraîchement élu découvre que l'histoire des États-Unis a été guidée par une cabale d'aliens et une société secrète constituée par leurs collaborateurs humains.

C'était la bonne, je l'ai su tout de suite. Les gens adorent lire des histoires sur les présidents, et je pourrais mettre dans le coup les monstres sacrés des best-sellers de la catégorie « Documents » : Washington, Lincoln, Jefferson, Teddy Roosevelt. Un titre épique *ad hoc* s'est imposé à moi : *Des anges dans le tourbillon.*

L'image d'énormes piles *Des anges dans le tourbillon* à Costco, d'affiches de film, de guides de lecture et de numéros spéciaux du *National Geographic* m'est apparue avec une telle clarté que je brûlais d'en faire une réalité matérielle. Je me suis rué sur mon ordinateur et j'ai commencé à taper.

Ce que j'ai découvert cet après-midi-là a bouleversé du tout au tout ma compréhension de l'économie du divertissement.

Écrire un thriller, un blockbuster du niveau « maison sur la plage à Hawaii & hélicoptère privé », c'est quasi impossible, bon Dieu. C'est pour ça que Tim Drew peut se permettre de divulguer ses secrets à l'œil.

Au début, c'est facile, vous décrivez le menton colossal de votre héros et son intégrité en acier trempé. Mais peu à peu vous découvrez que ça revient à essayer de résoudre un problème mathématique épineux ou de monter une étagère. Il faut garder à l'esprit des dizaines de pièces minuscules, se souvenir de quels gentils vont se révéler méchants, et de quelles voitures vont se faire canarder par quels hélicoptères. Et vous savez que vos lecteurs n'auront aucune patience. Ils exigent d'être divertis, aussi chaque page doit-elle être intéressante et pleine de flingues, de menaces voilées et de répliques qui claquent. C'est épuisant.

Dans la fiction littéraire, en revanche, vous pouvez vous contenter de tout enrober de vernis verbeux. Ces lecteurs-là recherchent la sagesse : ils sont plus faciles à rouler. J'ai mis *Des anges dans le tourbillon* de côté. Je pense toujours que c'est une idée qui tient la route, et si quelqu'un veut me payer pour le terminer, qu'il appelle mon agent.

Mais cet après-midi-là, je me suis remis aux *Cendres dans la tornade*.

J'ai tapé « Calvados » sur Google et j'ai appris que « la région connue sous le nom de Calvados, terre du distillat de cidre du même nom, est bordée au nord par la baie de la Seine et à l'est par la Seine. »

J'ai levé les yeux sur Preston Brooks en train de seller son cheval. Je savais que je pouvais le battre.

7

Luke regarda ses nouveaux camarades autour de la robuste table de noyer veiné : Marcel aux yeux azur, Guillaume au sourire énigmatique, Lavroche aux joues couvertes de cicatrices. Mais en levant son verre, et en sentant les vapeurs subtiles, vivifiantes qui lui emplissaient les narines, Luke se sentit transporté comme par un zéphyr. Il se sentit dériver vers les vergers réguliers, les avenues serties de fleurs de pommiers qui longeaient la rive ouest de la Seine, luisante de rosée.

Il s'autorisa ce moment d'absence, ce survol des fleurs lointaines, et garda les yeux mi-clos un instant encore avant de les rouvrir.

Guillaume prit la parole.

« Mis-teur Luke, dit-il. Nous sommes en danger ici. Les Allemands, ils défilent dans nos rues. Ils piétinent nos champs. Ils ont capturé beaucoup d'entre nous. Ils ont torturé beaucoup d'entre nous. Et ils ont tué beaucoup d'entre nous.

« Mais pour nous, ajouta-t-il, la peur, le danger – ce n'est rien. Car nous sommes dans notre patrie. Et nous nous battons pour notre patrie. »

Il laissa l'ambre couler dans le verre de Luke, faisant jouer la bouteille à la lueur de la bougie.

« Tu es venu jusqu'à nous, dit Guillaume. Loin de ta patrie. Mais parce que tu te bats à nos côtés, parce que tu bois avec nous, parce que tu es notre camarade, la Normandie sera ta seconde patrie. »

Luke leva son verre. Le percha juste au-dessous de ses lèvres.

« Buvons, alors, mon ami, dit-il. Buvons à la patrie. »

Extrait du chapitre 3 de
Cendres dans la tornade,
de Pete Tarslaw

Imaginez cette bande-annonce – je l'avais pleinement formée dans ma tête désormais – et dites-moi si vous n'iriez pas voir le film :

D'abord, le logo de Miramax ou de Fox Searchlight.

Ensuite, le logo de ma boîte de production. Soit : une tortue s'approche en nageant et pose la patte sur l'écran sur un lettrage sans majuscules qui dit : turtlehand films. Soit : il tombe des milliers de flocons en image de synthèse, et on fait un zoom super rapide sur le motif complexe. « Snowflake Films ».

Puis des accords de piano sonores. Une voix de femme, douce et lointaine comme le son d'une boîte à musique poussiéreuse que vous ouvrez sur le buffet de votre grand-tante : *Il y a des souvenirs qui sont gravés dans le cœur de l'homme*.

L'écran se remplit d'une forme qui tombe d'un ciel nocturne filmé avec un de ces filtres qui rendent les couleurs distinctes. (Ce serait sans doute un jeune type d'un petit pays classieux comme l'Islande ou l'Estonie qui assurerait la réalisation. Ou bien un petit génie qui aurait réalisé un clip pour Regina Spektor, quelque chose comme ça.) Il faudrait une seconde pour réaliser ce que représente l'image : un parachute. Un soldat américain (Luke, interprété par un acteur légèrement mal rasé mais américain jusqu'au bout des ongles, le type de *Prison Break* peut-être. Ou Christian Bail) qui se pose dans un verger de pommes sur la berge d'une rivière française.

Il y a des secrets que nous cachons à tous. Maintenant, on verrait Silas (un physique à la Paul Giamatti, mais en plus beau) tout seul dans un bureau, les lumières de Vegas scintillant par sa fenêtre. Un coup de feu. Il tourne la tête. La caméra le suit : il longe le couloir et découvre un cadavre artistiquement disposé.

Il y a ceux que nous appelons à l'aide. Gros plan sur Silas et Grand-Mère, dans leur vieille Ford Maverick. Un plan aérien montre une horde de cerfs hémiones qui courent le long de la nationale entre les derricks de pétrole, tandis que se découpent au loin les broussailleuses montagnes du Texas.

Il y a les promesses que nous tenons. Luke s'avance vers la porte de l'église d'une petite ville des collines slovènes. Puis on revient sur Grand-Mère et Silas, qui tiennent une urne tandis qu'une tornade (en image de synthèse) déferle sur la prairie devant eux.

Et les amours que nous trouvons, et faisons nôtres. Genevieve (idéalement Scarlett Johansson, mais n'importe, un genre de Gretchen Mol en plus sophistiqué) quitte la scène dans un bar du Midwest éclairé de néons Budweiser. Elle s'assoit au comptoir. Silas lui glisse un whisky *on the rocks*.

Le tempo s'accélère. L'un des morceaux de la chanteuse country passe (peut-être une reprise d'un vieux tube de Loretta Lynn en plus sexy – occasion de déposer une licence). Montage rapide : Luke en position de combat derrière un avion qui a pris feu en s'écrasant dans le désert tunisien ; des flics de Vegas cognent à la porte de l'appartement de Silas ; Luke joue un football agressif en pull-over et casque de cuir. Silas et Genevieve dansent et rient dans la pluie sous un pont de métal qui traverse le Mississippi. Grand-Mère, en chandail, enlace Luke qui sanglote contre son épaule. Luke goûte du vin dans une vigne péruvienne tandis que les travailleurs font la fête et jouent de la flûte de Pan traditionnelle.

Basé sur le best-seller de Pete Tarslaw, salué à l'unanimité. Silas et Genevieve debout sur le capot de leur Ford, transfigurés par une révélation spirituelle tandis que la tornade se prépare à les envelopper.

CENDRES DANS LA TORNADE. Je ne pense pas que j'écrirai le scénario, mais peut-être me paierai-je le luxe d'une petite apparition non créditée dans le rôle d'un résistant français ou d'un expert des tornades.

En m'imaginant dans la salle de cinéma en train de regarder le film, j'ai presque eu les larmes aux yeux. Mais cela restait incroyablement loin.

QUATRE ANECDOTES SUR LES ÉCRIVAINS POUR ILLUSTRER MON PROBLÈME

1. Un intervieweur a un jour demandé à l'essayiste Dalton Tiergard ce qu'il détestait le plus dans son métier d'écrivain. Sans une seconde d'hésitation, il a répondu : « Écrire ».
2. L'écrivain français du XIXe siècle Jean-Jacques Plachet désespérait tellement de jamais finir son roman *Les Femmes laides* qu'il a chargé un fusil de chasse et s'est tiré une balle dans le pied droit. Ainsi immobilisé à son bureau, il a été en mesure de terminer son chef-d'œuvre.
3. Les nouvelles qui ont rendu célèbre l'écrivain écossais Hamish Baird ont toutes été écrites sur une période de six ans, après quoi Baird a pris un job d'égoutier à Glasgow. Il a déclaré que sa

seconde carrière était un soulagement bienvenu après les affres de l'écriture.

4. La romancière américaine Amy Abbott McNicholas trouvait qu'écrire était si difficile que chaque matin elle exigeait que sa servante enferme tous les pots de chambre de la maison et les tienne sous clef jusqu'à ce que sa maîtresse lui présente dix pages de prose. McNicholas est morte à 48 ans d'une infection de la vessie.

Quand on pense aux grands écrivains, écrire un roman semble une activité extrêmement romantique. On voit F. Scott Fitzgerald, une brise de la Côte d'Azur gonflant ses rideaux, et la rumeur de la rue de Cap-d'Antibes hachée par le cliquetis de sa machine à écrire, tailler en pièces les riches et rêver du passé. Ou Hemingway, dans la chaleur de l'après-midi d'un hôtel de Pampelune, tandis que les toreros font la sieste et que des gouttes d'eau perlent sur une bouteille de kirsch. Ou Joyce, plissant ses yeux irlandais en bille de loto en mariant sa formation classique et son imagination gaélique pour créer des rythmes évocateurs et un langage dense et englobant.

Même les écrivains de moindre calibre semblent glamour. Un quelconque scribouillard qui se chauffe avec des brindilles dans une pension miteuse du deuxième arrondissement et trempe sa plume d'oie dans un pot d'encre. Ou un mince trentenaire à côté de ses pompes, qui prend une année de disponibilité de son boulot de conseiller en marketing alternatif pour aller s'asseoir dans un jardin public de Vancouver ou de Park Slope et taper sur son PowerBook un constat ironique mais tendre sur les paradoxes de l'hypermodernité.

On se fait des illusions. Écrire un roman est une activité pitoyable et assommante. N'importe quel individu doté d'un minimum de sens commun détestera ça. C'est presque aussi monotone que de jouer au Tetris toute la journée.

Vous devez comprendre que, dans ce récit, j'ai délibérément omis une grande partie des détails ennuyeux. Ce n'était pas comme d'écrire des dissertations, que je pouvais torcher en trois coups de cuillère à pot avant d'aller boire un café chez Sree. Il me fallait trois *cents* pages. Ce n'est pas que c'était difficile, à vrai dire. C'était plutôt comme ramasser de la neige à la pelle ou nettoyer un grenier, un labeur fastidieux en vue d'une fin très lointaine.

D'insolubles problèmes littéraires n'arrêtaient pas de se présenter. Exemple : un soir, Derek m'a appelé du Colonial Boy, je suis allé le retrouver, nous avons bu du bourbon Salt Lick avec du ginger ale, et le lendemain matin j'avais la tête dans un étau et mon caca était visqueux. Je n'ai rien écrit.

Quelques jours plus tard, il y avait une intégrale des films de John Hugues à la télé, et rater ça aurait été carrément anti-américain. Là encore, je n'ai rien écrit.

Un autre jour, pendant ma sieste, j'ai rêvé d'un ancien jeu Nintendo intitulé Kid Bubble. Dedans, on flotte au pays du savon et on cogne les monstres avec sa bulle en évitant épines de cactus et becs d'oiseaux. Du coup, j'ai passé la plus grande partie de la journée à chercher une version téléchargeable puis à y jouer. Rien écrit. Chaque matin, au réveil, je voyais Preston Brooks, ferrant son cheval, qui me fixait depuis le mur de ma chambre. Il se moquait de moi.

À la fin de tout cela, j'avais cent douze pages de *Cendres dans la tornade*. Elles gémissaient comme un daim blessé sur la route. Plus vite j'aurais entre les mains un roc effilé pour l'achever, mieux ce serait.

Et le désespoir a fini par me souffler une solution ingénieuse.

Première étape : un vendredi, environ quatre semaines après m'être fait virer, j'ai attendu le retour d'Hobart. Il est arrivé vers 23 heures, pâle et hagard.

« Salut, Hobart. Tu sais, je suis allé sur eBay et je nous ai acheté un truc. »

Là, sur la table basse, à côté de *Pékin*, il y avait un coffret DVD flambant neuf de la version originale de *Colonie de vacances*, réalisée pour la télé danoise.

« Il paraît que c'est encore plus dingue. »

Ça l'était. À la place de la présentatrice d'origine asiatique chaleureuse et rassurante de la version américaine, c'est un Danois au cou de taureau et aux doigts épais comme des saucissons qui aboyait les ordres. Les sous-titres n'étaient pas tout à fait exacts, non plus ; une petite fille de 8 ans qui piquait une stridente crise de nerfs contre un adulte dans sa cabane était traduite ainsi : « Tu es hautement irritant ! »

Dans la version américaine, ils en rajoutent à mort pour que vous soyez bien sûrs qu'il ne se passe rien de pédophile. Ils sont beaucoup plus cavaliers sur la question dans l'édition danoise.

Chaque soir de cette semaine-là, nous avons regardé un épisode quand Hobart rentrait. Nous ne parlions pas.

Un soir, j'ai commandé une pizza sans le dire à Hobart. Quand elle est arrivée, j'ai payé, mais j'ai dit qu'elle était pour nous deux. Hobart l'a regardée comme un enfant des camps de réfugiés qui reçoit un carré de chocolat. Toute nourriture qui n'était pas de la purée lyophilisée avait beau lui être étrangère, il s'est jeté dessus jusqu'à ce que de la graisse et du fromage dégoulinent le long de son menton mal rasé.

La semaine suivante, j'ai commencé à lancer des amorces de conversation. Je lui ai posé des questions sur son boulot à Lascar et ses études de médecine, je lui ai demandé ce que ça faisait de découper un cadavre.

« Tu cesses de le voir comme une personne, a-t-il dit.

— C'est intéressant. Je vois tout à fait ce que tu veux dire. »

J'ai fait une pause. Les campeurs danois s'adonnaient à une lascive compétition de chansons de feu de camp.

« Putain, j'aurais jamais pu faire médecine. J'ai toujours eu des problèmes de concentration. C'est sans doute en partie parce que je n'ai jamais connu mon père. »

J'ai laissé la conversation en suspens.

Quand il est rentré quelques soirs plus tard, je portais une chemise et mon plus beau pantalon à plis, ma tenue de sortie. Lorsqu'il a ouvert la porte, je versais des glaçons dans les deux verres à l'effigie de Larry Bird[1] qui me restaient, le plus beau service de notre appartement.

« Ah, salut, Hobart.

— Bonsoir.

— J'ai pensé, tu sais quoi, c'est vendredi soir et tout, on devrait prendre l'apéritif. Comme des gentlemen, tu vois ? »

J'ai versé deux verres et lui en ai proposé un.

« C'est du MacAllister 18 ans d'âge », j'ai dit.

Puis j'ai pris une lente gorgée de gentleman.

« Mmm, très *tourbé*. »

Je lui ai tendu un scotch.

*

* *

1. Célèbre joueur de basket bostonien des années 1980. *(N.d.T.)*

Deux heures plus tard : Hobart dissertait d'une voix tremblante d'angoisse. Il renversait du scotch partout sur la moquette en faisant les cent pas.

« Elle dit qu'elle se “révèle en tant que femme”. Qu'elle se *révèle* ! Que la distance est bonne pour nous ! Elle dit qu'il vaut mieux que nous soyons “deux entités distinctes qui se préoccupent l'une de l'autre plutôt qu'une unité”. Mon cul, oui !

— La vache.

— C'est n'importe quoi ! Et elle parle sans arrêt, sans arrêt de *Nevin*.

— Oups.

— Un certain Nevin, qui bosse à Washington Mutual. “Il te plairait.” Elle m'a sorti ça ! Ça non, il ne me plairait pas ! Putain, je... Je le déteste !

— C'est un sacré coup dur, mon pote. Mais, tu sais, laisse passer du temps. Ça va s'arranger.

— Ça craint !

— Ouais, mec, je sais bien. Je traverse une mauvaise passe aussi. J'ai perdu mon taf.

— Ça craint.

— Ouais. Enfin, je travaille sur mon CV, mais j'ai vraiment des problèmes de concentration terribles.

— La concentration. C'est tout ce que je sais faire, me concentrer.

— C'est juste que, tu vois, je sais pas si je vais réussir à payer le loyer. »

Il m'a regardé.

« T'es sérieux, mec ? »

Il a eu l'air de saisir instantanément à quel point le mot *mec* manquait de naturel dans sa bouche.

« Ouais. »

C'était faux. M'inscrire au chômage avait été facile, m'avait donné le sentiment d'être un véritable écrivain, et m'avait mis à l'abri pour un moment.

« C'est... Merde !

— Ouais. Si seulement je pouvais trouver le moyen de *me concentrer.* »

Les yeux d'Hobart trahissaient sa détermination tandis qu'il s'évertuait à rester droit sur sa chaise. J'ai vu que l'heure de frapper était venue.

« Dis-moi, mais chez Lascar, vous bossez pas sur un médoc pour ce genre de trucs, l'hyperactivité et tout ça ? »

Pause.

Après quoi il a repris la parole, d'une voix pâteuse, comme s'il lisait un tableau accroché au mur.

« Le Reutical est un médicament destiné à réduire les symptômes de l'hyperactivité et des TDA, améliorant la concentration et la capacité d'attention chez les adolescents de sexe masculin.

— Ça aide les gamins à suivre à l'école et tout ça ? »

Hobart a lourdement hoché la tête, produisant un bruit sourd.

« Enfin, c'est sans doute lié au fait que je n'ai jamais connu mon père. J'ai essayé tout un tas de trucs que m'ont prescrit des médecins. »

C'était faux.

« Mais il y en a un qui m'a dit que le seul truc qui pourrait m'aider, c'est le Reutical, justement. Tu crois que tu pourrais m'en avoir ? »

Il y eut un long silence, tandis que ses neurones imbibés de whisky faisaient des calculs éthiques.

« On n'en est qu'à la phase 2 des tests. »

Il a dit ça comme si ça mettait un terme à la question.
« Donc c'est des expériences, c'est ça ?

— Oui, des expériences.

— Super. Comme ça, je serai un cobaye. »

Hobart a ri.

« Nous sommes tous des fichus cobayes. »

Sa tête a roulé un moment au-dessus de son cou comme une statue qui vacille sur son socle.

« Tu sais, c'est super ce que tu fais. C'est de la médecine, après tout. Pour aider les gens. »

Je l'ai regardé droit dans les yeux.

« Hobart, t'es un super coloc. Et un super ami. Je savais que tu m'aiderais sur ce coup-là. Parce que t'es un gentleman. »

Il m'a regardé. Je savais que j'avais peut-être douze secondes avant qu'il parvienne à articuler quoi que ce soit. Alors je me suis précipité aux toilettes. J'ai attendu. Je l'ai entendu se verser un autre verre. Puis silence. J'ai vu qu'il s'était endormi sur le canapé.

Tôt, très tôt le lendemain matin, j'ai laissé un mot sur son bureau : « Hobs, merci infiniment de m'avoir promis de me trouver du Reutical. »

Puis je me suis planqué dans ma chambre.

Pendant deux jours je n'ai pas vu Hobart. Mais je savais que l'idée cheminait dans son cerveau. Il pensait : « Pete ne peut pas payer le loyer. Il a des problèmes de concentration. C'est sans doute parce qu'il n'a jamais connu son père. C'est de la médecine, pour aider les gens. » Mais par-dessus tout, il pensait : « Je lui ai promis. Il m'a dit que j'étais un gentleman. Je suis un gentleman. Je vaux mieux que Nevin. J'ai fait à Pete une promesse sur l'honneur. »

Un matin, je suis entré dans le living et j'ai trouvé un flacon de plastique clair contenant trente comprimés ovales.

Dessous, il y avait huit pages rédigées de sa main méticuleuse. Elles se constituaient d'avertissements et d'instructions, avec des petites flèches bien nettes pour insister sur certains points, un diagramme expliquant la structure chimique du Reutical en termes simples, et des tableaux. Je les ai survolées et suis arrivé au point essentiel, qui était : « Ne pas prendre de Reutical avec de l'alcool ». J'ai capté le sous-texte, à savoir : « Pete, je t'en prie, ne me fous pas dans la merde. »

En bref, Hobart a fait preuve d'une prudence extrême, et il n'a rien à se reprocher.

8

Ce matin-là, Prudence ne s'arrêta pas. Elle entra directement dans l'atelier.

Josiah et Gideon l'apprenti, son père et son frère, ne remarquèrent pas sa présence, absorbés qu'ils étaient par le rabotage et le poinçonnage.

« Bonjour ! lança Prudence.

— Prudence ! dit père. Qu'est-ce qui nous vaut ta visite ce matin ? Est-ce mère qui t'a chargée de nous apporter des mûres pour le déjeuner ?

— Non, répliqua Prudence. Je suis venue parce que je voudrais apprendre le métier de tonnelière.

— QUOI ? ! s'écria Gideon. Une tonnelière ?

— Tu plaisantes, bien sûr, Prudence ! déclara Josiah. Enfin, j'aurais moins de mal à imaginer nos colonies américaines se séparer de notre mère l'Angleterre ! »

Les deux hommes partirent d'un rire un peu méchant.

Père posa sa main dure sur l'épaule de Prudence.

« Prudence, pareille idiotie ne te sied guère. Tu sais aussi bien que moi que les jeunes filles sont faites pour traire, repriser les vêtements et faire des gâteaux. Alors rentre à la maison, et plus de sottises. »

Mais Prudence était très courageuse. Elle ne bougea pas d'un pouce.

« Père, reprit-elle. Je voudrais être tonnelière. Et si tu m'apprends, je te le jure, je ferai des tonneaux aussi bien que les garçons ! »

Cruels, les hommes rirent de nouveau.

« Regarde un peu, Gidion, le tonneau qu'a fait Prudence ! »

Il brandissait une latte brisée.

Une larme coula sur la joue de Prudence.

« Je serai tonnelière ! s'écria-t-elle. Vous verrez ! »

Elle sortit de l'atelier et s'enfuit.

Extrait du manuscrit inédit
Prudence Whiddiecomb : la tonnelière,
d'Evelyn Ewart et Margaret Wrenshall

Le lendemain, j'ai jeté mon ordinateur portable et une poignée de caleçons dans ma Camry et j'ai pris la 93 vers le nord jusqu'au Vermont.

Vivre dans un endroit paumé constitue un moyen facile de s'assurer une crédibilité d'auteur. Les éditeurs habitent à Manhattan, et pour eux, le Connecticut, c'est la jungle. Ce sont des gens qui se laissent facilement impressionner, et il serait stupide de ne pas tirer parti de cette faiblesse.

Preston Brooks règne en maître sur la Virginie occidentale. Le nord de l'État de New York est un choix populaire : de la bonne campagne de bûcherons, avec des petites villes ouvrières en perte de vitesse. L'ouest du Texas est fertile – cf. Cormac' McCarthy, Larry McMurtry. Le Wyoming et le Montana donnent beaucoup de points à un écrivain sur le plan du sérieux. Si vous vous mettez à balancer des noms de lieux comme Bitterroot, Teton ou Laramie, personne ne va vous traiter d'imposteur. Il s'agit juste de prouver que votre prose est aussi naturelle qu'une grappe de tomates bio ou un steak de longhorn élevée en liberté.

Mais les territoires s'épuisent vite. Avant longtemps, les écrivains devront s'établir au Burkina Faso ou sur l'île de Sakhaline s'ils veulent qu'on salue leur authenticité.

Avec mon flacon de Reutical dans la poche, je

n'allais pas tarder à mettre *Cendres dans la tornade* sur le marché. Il faudrait que les assistants éditoriaux disent à leurs patrons : « Vous devez absolument signer ce type – c'est une voix complètement pure, il s'est enfermé dans une cabane du New Hampshire ou un trou comme ça pour écrire ce putain de livre incroyable, tellement lyrique que vous allez en chier dans votre froc. »

Par ailleurs, je savais qu'Hobart n'allait pas tarder à regretter sa décision, et je ne voulais pas être là pour affronter les conséquences.

Alors j'ai appelé ma tante Evelyn.

L'HISTOIRE DE TANTE EVELYN

Autrefois, Evelyn était une avocate connue pour sa férocité. Elle portait des tailleurs-pantalons. Elle était passée dans les journaux et à la télé quelques années plus tôt quand son cabinet avait défendu la ville de Boston contre des gamins qui prétendaient qu'ils avaient été blessés dans le métro. C'était elle qui avait coincé l'accusateur principal en le forçant à avouer à la barre que leurs blessures venaient en fait du tournage d'une vidéo de break-dance maison. La même année, elle avait annoncé qu'elle était lesbienne. Cela n'a dérangé personne de notre famille, un fait qui je crois l'a déçue car elle se réjouissait à l'idée de réduire toute opposition à néant. Après ça, elle s'est ramollie. Elle s'est trouvé une petite amie, Margaret, qui n'avait que quelques années de plus que moi. Margaret était la capitaine de l'équipe de rugby du Smith College qui avait emmené ses joueuses jusqu'au championnat national. Elle est super. J'ai vidé quelques shots avec elle à la cérémonie d'engagement. Un ou deux ans plus tard, Evelyn a annoncé qu'elle quittait le barreau. Elle allait s'installer dans le nord du Vermont avec Margaret pour ouvrir une distillerie de sirop d'érable. C'est le genre de choses qu'on peut se permettre quand on n'a pas d'enfants, a commenté ma mère avec une pointe de regret.

À environ 18 heures, à Tracton, j'ai tourné dans l'allée de gravier qui menait à leur maison, un bloc rectangulaire de pierres de la région planqué dans un bosquet d'arbres décharnés.

Margaret est sortie. Sa coupe Jeanne d'Arc a tressauté comiquement quand elle a couru vers moi pour la première tournée d'embrassades. Puis je suis entré dans la cuisine pour la deuxième tournée avec tante Evelyn, qui éviscérait férocement un cantaloup.

J'ai eu droit à un somptueux dîner de bienvenue : salade d'épinards bio, purée de fruits mélangés, saumon du Connecticut élevé dans la région avec son chutney pomme-érable, pain aux sept céréales fait maison, suivi de pudding au maïs amérindien traditionnel. Je ne m'attendais pas à ça. J'avais imaginé que mon séjour dans le Vermont serait une forme rude d'ascétisme littéraire, que je serais comme un boxeur dans un camp d'entraînement. Mais vu que j'étais au chômage depuis près de deux mois, je me suis goinfré comme un garnement reconnaissant.

« Goûte le vin, a dit tante Evelyn, nos amis Crispin et Lawrence nous l'ont envoyé de Sorrente. Il est fait par des moines trappistes.

— Ils savent piétiner une grappe, ces moines, a ajouté Margaret.

— Alors Pete, je trouve ça formidable que tu travailles sur un livre. Nous sommes super honorées d'avoir un jeune écrivain pour invité. Qu'est-ce qui t'a donné envie de te mettre aux belles lettres ?

— C'est surtout pour humilier Polly, et en mettre plein la vue aux invités de son mariage. »

Margaret a ri.

« Et toc. »

Elle a tout compris, Margaret.

« Et puis je voulais gagner assez d'argent pour ne plus jamais avoir besoin de travailler.

— Eh bien, ça ne semble pas très noble, a dit ma tante, bien que visiblement un peu amusée. J'envisage de me lancer dans un projet d'écriture, moi aussi. Un livre pour enfants. Je crois vraiment que c'est une histoire qui pourrait aider les jeunes filles à prendre leur vie en main. Ça parle d'une fille qui ne se satisfait pas à l'idée de devenir simplement épouse et mère. Elle veut apprendre le métier de tonnelière. Faire des tonneaux.

— Ah ouais.

— Le plus fort, c'est que c'est une histoire vraie. Elle s'appelait Prudence Whiddiecomb et elle vivait à Spayboro à la fin du XVIIIe siècle. Et quand son père est parti se battre pendant la Révolution, elle a repris son affaire. C'est devenue une tonnelière prospère et elle a fait aussi un peu de ferronnerie. »

Dans un laïus pimenté de pépites telles que : « ce qu'il y a d'intéressant dans les lattes, c'est... » et « cependant, à l'époque, Spayboro n'était pas le chef-lieu du comté, ce qui complique les choses », Evelyn m'a parlé de ses expéditions dans les sociétés historiques des patelins de la région.

Après le pudding au maïs, Margaret m'a montré une illustration qu'elle avait faite pour le livre en question. Sa conception de ce qui fait une bonne illustration pour les enfants diffère sensiblement de celle des enfants. Ses influences principales, à ce qu'il semble, sont les affiches des films d'Europe de l'Est et les dessins judiciaires de l'époque victorienne. C'était une gravure au fusain, un gros plan terrifiant, morbide, où Prudence, les lèvres à demi retroussées sur ses dents pointues, s'apprête à poignarder un tonneau avec un outil quelconque.

« C'est un poinçon », a expliqué Margaret en réponse à une question non posée mais légitime.

Tante Evelyn n'a jamais vraiment compris la fabrication de sirop d'érable. Elle m'a raconté qu'il y avait eu une explosion dans la cabane à sucre de leur voisin pour cause de mauvaise ventilation. Un basset hound avait été estropié, mais il marchait désormais sur trois pattes, ce qui faisait de lui un véritable exemple de persévérance pour nous tous. Ce genre de détails ruraux ne pouvait que me profiter. J'ai pris mentalement note d'ajouter dans *Cendres dans la tornade* une scène où Grand-Mère prend exemple sur un chien comme celui-ci.

Le lendemain matin, tante Evelyn et Margaret sont allées à Spayboro pour acheter de la tapenade et des trucs comme ça. Sous la cruche de café bio 100 % arabica torréfaction lente, Evelyn m'avait laissé un mot m'encourageant à « transformer la cabane à sucre en atelier d'écrivain » !

C'est donc là que je me suis installé, parmi les bacs vides. Evelyn avait disposé à mon intention un bureau métallique et une chaise en bois. Mes pages les plus récentes étaient ouvertes sur mon portable. Luke fait une traversée de la Tunisie au Pérou dans la cale d'un paquebot, et il rêve de son pays ; les vêtements détrempés par l'eau de sentine. Que des trucs super, en vrac, qui m'étaient apparus pendant que je récurais ma baignoire. Pendant ce temps-là, Silas, Genevieve et Grand-Mère bivouaquent dans les Black Hills, et Genevieve raconte une légende lakota (de mon cru) sur les étoiles qui représentent les cœurs des amants perdus.

Toute l'inspiration et l'énergie dont j'avais besoin

pour terminer étaient contenues, je l'espérais, dans le petit cachet gris que j'avais pêché dans le flacon de Reutical. Je l'ai fait passer avec une gorgée de café et j'ai attendu.

LES EFFETS DU REUTICAL OBSERVÉS PAR L'AUTEUR, LE 11 MARS

Début de l'expérience : 11 h 34

0-8 minutes après ingestion : Aucun effet. Ennui.
8-11 minutes : Légère irritation contre Hobart. Me suis-je fait berner ? Démangeaisons du crâne (sans doute sans rapport).
11 minutes : Auto-administration d'un second Reutical.
12,5 minutes : Besoin d'uriner.
13 minutes : Marche à pas régulier dans la maison, suivie d'une miction normale.
14 minutes : Auto-administration d'un petit verre de whisky McAllister, pour accélérer processus.
21-34 minutes : Fascination pour les poils de ma main droite. Besoin soudain de compter tous ceux qui sont situés au-dessus du poignet. Inquiétude quant à la manière de déterminer ce que signifie « au-dessus du poignet ». Tracé d'une ligne d'une droiture impressionnante autour du poignet. Comptage des poils, suivi de deux recomptages pour vérifier exactitude (78, 77 1/2, 77 1/3, moy. 77,61111).
34 minutes : Sentiments de confiance et d'affection envers Hobart. Extraction du 0,61111^{e} poil à l'aide de cuillers à salade.
38 minutes : Retour à la cabane à sucre.
38,5 minutes : Découverte d'une petite araignée sur le

sol de la cabane à sucre. Observation qu'elle, aussi, est couverte de poils minuscules. Examen de toutes les choses présentes dans la réserve de sucre (bacs, araignées, bureau, atomes, électrons, etc.). Établissement d'une liste de choses qui sont couvertes de poils (enfants, singes, mouches, etc.). Peur soudaine d'une explosion de la cabane à sucre, des mutilations. Évacuation précipitée de la cabane à sucre.

39 minutes : Sentiment de sécurité. Intérêt anormalement élevé pour le motif des feuilles mortes.

43 minutes : Besoin soudain de prendre note des effets du Reutical sur le sujet. Début de la prise de notes.

46 minutes : Sentiment d'énergie. Angoisse à l'idée de gâcher le pouvoir du Reutical. Auto-administration d'une demi-tablette supplémentaire de Reutical. Compulsion d'écrire.

46-318 minutes : Écriture.

318 minutes : Bouche sèche. Sudation abondante.

À la 318e minute, j'ai remarqué que mon tee-shirt collait à ma peau comme du plâtre humide et que ma langue semblait craquelée, de surcroît, comme le lit d'une rivière desséché en plein désert. En cessant de taper, j'ai remarqué que mes poignets me faisaient mal. Il m'a fallu une douloureuse minute pour déplier les doigts.

Pendant cet accès d'écriture, je n'avais pas regardé au nombre de pages. Mais j'ai constaté à présent que j'en avais écrit quarante-neuf.

« Alors, jeune Hawthorne ! » a lancé Evelyn quand je suis entré dans la maison.

« Ça boume, Faulkner ? » a fait Margaret, avec moins de sérieux.

Ce soir-là, après avoir dîné de restes de saumon, j'ai relu le travail que j'avais fait. Ce n'était certes pas sans scories. Il y avait des répétitions étranges. Le mot *taciturne* était utilisé quatre fois dans la même phrase. Geneviève était décrite trois fois comme possédant une voix de *merle*. Les Black Hills, lisait-on, « s'élèvent de terre comme les cals, les cors et les verrues du pied de Dieu lui-même ». Dans la scène où Luke arrive sur le dock de Callao, il passe devant des tonneaux. Pour une raison inconnue, dans ma frénésie, j'avais jugé indispensable de dresser l'inventaire du contenu de trente-quatre de ces tonneaux. Mais c'était le boulot des éditeurs de se débrouiller avec ça. J'avais bien avancé. Et il y avait de beaux passages, aussi, comme quand j'écrivais que Genevieve chantait « avec le désespoir humble d'un grizzly qui gémit, pris au piège, dans la nuit d'Alaska ».

Hobart et les mecs de Lascar Pharmaceuticals faisaient du bon boulot avec ce Reutical. Une fois qu'il serait commercialisé, les petits garçons américains cesseraient de jouer à Halo 3 et de citer *Aqua Teen Hunger Force*[1] pour se mettre à remplir des tables de multiplication et à réciter des conjugaisons françaises à longueur de journée.

Sur la table de nuit, tante Evelyn avait déposé une édition brochée d'un livre intitulé *Cœurs de glace et graisse de baleine*. « Un de mes livres PRÉFÉRÉS ! En guise d'inspiration – tante E. », disait un Post-it collé sur la couverture, cachant à demi une aquarelle représentant une femme en robe devant un igloo. Sur la quatrième s'étalaient les mots : LE LIVRE QUI A SCANDALISÉ LE CANADA !

Sous l'édredon j'ai lu pendant quelques heures, car j'avais le cerveau trop emballé pour m'endormir. Ce

1. Célèbre série animée où les personnages sont des articles de fast-food. *(N.d.T.)*

roman raconte l'histoire de Cassie Saint Hilaire, veuve d'un avocat de Toronto mort dans un horrible accident de pêche. Cassie prend un boulot de prof dans une école pour les femmes eskimos sur l'île de Baffin.

J'ai trouvé un bloc-notes dans le bureau et je suis resté éveillé pendant quelques heures à recopier telles quelles des phrases de ce livre jusqu'à ce que l'effet du Reutical s'estompe.

Et c'est à ce rythme que j'ai passé ma semaine dans le Vermont. Je me réveillais, je me coupais un morceau de pain aux sept céréales, j'avalais deux Reutical avec un café et une lampée de whisky si nécessaire, et j'écrivais. À 4 ou 5 heures j'étais lessivé comme un cheval de course, mais j'avais fait avancer mon roman : Silas, Genevieve et Grand-Mère vers la zone des tornades, Luke vers la vigne péruvienne tandis que des agents nazis resserraient lentement leur étau autour de lui. Le soir, je me détendais avec Cassie, qui comme j'aurais pu le prévoir s'était convertie aux joies du saphisme avec une jeune Inuit du nom de Talinquak.

Le dimanche, j'étais à court de Reutical, Cassie et Talinquak avaient rencontré leurs tragiques destins, et tante Evelyn avait commencé à me passer des extraits de *Prudence Whiddiecomb : la tonnelière*. Le moment semblait donc judicieux pour m'échapper. J'avais fait des avancées stupéfiantes sur *Cendres dans la tornade*. Luke succombe finalement à un cancer de la colonne vertébrale en écoutant une infirmière appeler son fils en Irak depuis le téléphone du couloir. On fait un bond dans le temps jusqu'à Grand-Mère, Silas et Genevieve dans les plaines du Kansas, à l'approche de la tornade : *Dans le ciel, une énorme traînée claire, laineuse et féroce. Mue, comme toutes choses sont mues, par des forces invisibles, plus puissantes encore, qui la poussaient à travers les prairies en zigzags bas et incertains.*

Avec force embrassades, j'ai remercié tante Evelyn et Margaret pour leur hospitalité. Je leur ai offert une caisse d'Upstream Ale en signe de gratitude, et j'ai pris congé.

*
* *

« Bon sang, Pete, t'étais où, merde ? »

Hobart a fait voltiger une main ouverte qui est venue s'abattre sur mon épaule comme un canard errant.

« Putain, j'ai… J'ai presque dégueulé d'angoisse à force de me demander où t'étais ! »

Le pauvre bougre croyait que j'étais parti dans un marathon de défonce au Reutical. Il avait peur que j'aie été frappé par un affreux désastre de la surconcentration, ayant décidé par exemple d'étudier le mécanisme d'un compacteur d'ordures de l'intérieur pour finir en flaque de boue sanguinolente. Ou commencé à classer les produits ménagers en fonction de leur goût pour tomber raide mort dans les allées de Walgreens, une bouteille d'Ajax dans une main, un petit carnet dans l'autre, laissant au médecin légiste le soin de débrouiller un labyrinthe toxicologique qui le ferait remonter jusqu'à Lascar. J'ai eu tellement honte que j'ai emmené Hobart manger une gaufre. Il en a pris une aux fraises, et ça a eu l'air de lui rendre le sourire.

Le 19 mars, dans mon domicile spirituel de jeune écrivain, le Barnes & Noble du centre-ville, j'ai fini *Cendres dans la tornade*.

Nous sommes le matin de Noël, sur une plaine du Kansas. Silas et Genevieve sont assis, enlacés, sur le toit de la Ford Maverick. Ils regardent Grand-Mère qui se tient au bord de la trajectoire d'une tornade qui fait rage. Elle ouvre le pot de café qui contient les cendres de Luke, les cendres du grand-père de Silas. Elle chuchote quelques mots, sa voix étranglée est emportée par le vent.

Et elle dit les mots les plus vrais qu'elle eût jamais dits, dans une vie d'honnêteté scrupuleuse et sacrée.

Adieu, mon amour.

Pour être de la daube, c'était de la daube. Trois cent trente et une pages de superbe daube du niveau d'un catalogue de slogans pour carte de vœux.

Mais en passant entre les rayonnages pour sortir, j'ai regardé les œuvres de mes collègues. Il y avait Hemingway – *L'Adieu aux armes, Pour qui sonne le glas* – tous ces titres pseudo-épiques avec des femmes qui meurent sous la pluie, des combats de taureaux, et des panoramas de l'Italie. Il connaissait son affaire. Il savait que les romances méditerranéennes condamnées par le destin, ça paierait une vue sur la plage à Key West et un nouveau bateau de pêche. Et Fitzgerald, qui trompait si bien le chaland avec son pedigree Ivy League qu'il avait convaincu le monde entier qu'un richard qui organise des fêtes somptuaires représente une espèce de métaphore. Et Faulkner, un bonimenteur du Sud taillé sur le modèle de Bill Clinton, qui vous embobinait avec sa voix de miel et ses légendes de terres baignées de tragédie.

On pouvait remonter jusqu'à Homère, qui avait écrit des histoires si ridicules, si boursouflées d'effets spéciaux, de monstres et de semi-divinités à gros nichons qu'Hollywood aurait honte de les porter à l'écran. Et c'était passé comme une lettre à la poste ! Il en avait rajouté une couche avec Aurore aux doigts de rose et l'écœurante sentimentalité de la scène où Priam réclame le corps de son fils. Ce vieux truqueur aveugle se faisait sans doute plus de nanas (ou de mecs ?) que Périclès.

Et ça se perpétuait avec Dickens, ses orphelins suppliants et ses tantes au grand cœur ; Mark Twain, avec ses polissons à visage d'ange et son patois paysan de foire ; James Joyce avec ses bobards d'Irlandais grandiloquent imbibé de whisky – tous des escrocs. Ils ne valaient guère mieux que les types qui écrivent des slogans pour de la bière ou qui vendent des assurances auto par téléphone. Ils n'avaient pas le même angle d'approche, c'est tout.

Et là, à l'entrée du magasin, sur la table des BEST-SELLERS, il y avait *Le Langage des oiseaux*, de Preston Brooks, qui vendait toujours bien. J'ai ouvert la quatrième sur la photo de l'auteur : Preston, avec sa barbe effilée comme un rasoir. Assis sur une balle de foin, il taillait un bout de bois avec un canif, avec les montagnes de Virginie occidentale qui se dressaient derrière lui.

9

FICTION

Séjour prolongé de Jean Fung. Un roman sur les idylles entre étudiants ingénieurs dans une prestigieuse université, écrit par l'ancienne éditorialiste de la page « Sexe » du *California Tech*.

Cendres dans la tornade de Pete Tarslaw. Amour, deuil et vérité intime se révèlent lorsqu'un homme accusé à tort part en virée avec sa grand-mère et une chanteuse de folk mexicaine sur les routes américaines.

Coup de tonnerre de Derek Peter Nelson. Dans un engin d'exploration sous-marine, un océanographe tombe amoureux d'un dauphin dressé.

Eva maigrit, s'enrichit et tourne la page sur LUI de Lindsay Phebbs. Une assistante dans une agence de publicité de Manhattan perd du poids, obtient une promotion et apprend à oublier son fâcheux petit ami lors d'un week-end de Memorial Day dans les Hamptons.

DOCUMENTS

Retour à Babylone de Jeff Clayte. Journal de bord humoristique d'un périple en Irak, dans la tradition de Bill Bryson.

Taxez les djihadistes ! de Donnie Veber. L'animateur radio controversé fait partager ses opinions sur la politique fiscale, la criminalité d'entreprise, la guerre contre la terreur, et explique pourquoi Hilary Clinton est pire qu'Hitler.

Quand je rêvais de Buck Owens de N'Gome Tula. Le militant des droits de l'homme nigérian livre un récit sur sa jeunesse dans une mine de diamants et son amour de la culture américaine.

Comment cesser d'être une tassepé… Et pourquoi de Tysha Coleran. Une ancienne institutrice qui ne mâche pas ses mots nous fait part de son analyse sur les jeunes filles qui veulent ressembler à Paris Hilton et leur montre comment purifier leur esprit, leur corps et leur bouche.

Chili sur spaghettis : une histoire d'amour à Cincinnati de Myra et John Ritchey. Deux époux « aux proportions généreuses » décrivent leur histoire d'amour hors du commun l'un avec l'autre et avec la nourriture.

Extraits d'un communiqué de presse
annonçant les titres acquis par Ortolan Press
au mois d'avril 2007

Ceux d'entre vous qui connaissent le monde de l'édition ne s'étonneront absolument pas de cette partie de mon histoire – je prédis qu'ils hocheront lugubrement la tête à cette description – mais les lecteurs qui ne sont pas familiers avec le fonctionnement de cet univers vont peut-être trouver le récit de la façon dont j'ai vendu mon roman insensé et peu vraisemblable. Pourtant, faites-moi confiance, c'est comme ça que ça s'est passé.

Peut-être le simple fait d'envisager la façon dont je suis arrivé à New York suffira-t-il à vous convaincre que le monde œuvre par des voies insensées et peu vraisemblables. Aux premiers jours de la ligne de car Dragon Eight, qui relie le Chinatown de Boston au Chinatown de New York, il n'était pas rare que quelques passagers transportent du bétail. Pour ma part, je n'ai jamais vu de cochons, je ne peux donc pas le confirmer personnellement, même si certains jurent et affirment que les cochons avaient des « défenses ». Les volailles étaient fréquentes. Une fois, dans le siège en face du mien, une femme trimballait un coq dans une cage de bambou.

Mais à force ça s'est su que le billet pour Manhattan ne coûtait que dix dollars. Les transporteurs de bétail chinois ont trouvé un créneau moins voyant. Bientôt, à nul trajet ne manquait son folkeux cradingue, guitare au dos, en train de lire une biographie de Woody Guthrie. On n'a pas encore assez étudié le rôle d'incubateurs joué par ces bus dans l'épidémie de typhoïde et de grippe aviaire qui a sévi notoirement sur la route I-84. Et les chauffeurs passent le plus clair du voyage à brailler en cantonais dans leur talkie-walkie. Mais le prix est imbattable. Alors j'ai acheté deux raviolis de porc, trouvé une place, et direction le sud. Avant de partir, je suis passé une dernière fois sur *Cendres dans la tornade* pour m'assurer qu'il était prêt pour le marché. J'avais fait une liste d'éléments commerciaux à ajouter : plus de chiens, plus d'alcool et plus de café, trois motifs populaires chez les lecteurs. Des descriptions détaillées de baisers passionnés. J'avais glissé des allusions à mes grands thèmes : l'amour, la mort, les tornades, les crimes, le cœur humain – des allusions si voyantes que même les lecteurs les plus empotés les saisiraient. Puis j'en ai envoyé un exemplaire par mail à Lucy, ma confédérée dans le monde de l'édition, en lui demandant si je pouvais squatter chez elle pendant quelques jours.

Au moment où je suis monté dans le bus, mon roman me sortait par les yeux. J'avais emporté un exemplaire imprimé, parce que son poids dans mon sac à dos avait un côté satisfaisant. Je l'ai même sorti quelques fois, pour sentir sa masse entre mes mains avec le genre de fierté simpliste qu'éprouve un tout petit devant son caca. Mais je ne voulais le lire à aucun prix. J'ai mangé mes raviolis de porc et survolé un article de *Vanity Fair* sur Monte Carlo dans les années 1970, après quoi j'ai somnolé, la tête contre la vitre dégueulasse. À côté de moi, une dame chinoise mastiquait un sachet de seiche fumée. Quand je me suis réveillé, il faisait nuit et nous étions coincés dans un embouteillage près de Co-op City, dans le Bronx. Déposé finalement à un coin de rue de Chinatown, je me suis frayé un chemin sur les trottoirs tachés de pisse et jonchés de cartons du sud de Manhattan.

Les deux moments phares de mon séjour à New York se sont déroulés dans un bar.

LE PREMIER BAR

Le Fitzgerald's, quelque part sur la Septième Avenue, à côté du deli qui fait des tacos au corned-beef.

J'ai joué des coudes dans la foule de cols-blancs en goguette et retrouvé Lucy au fond, assise à une table coincée dans l'angle de la queue pour les toilettes. À ses joues rouges et à sa voix enjouée, j'ai compris qu'elle ne m'avait pas attendu pour commencer.

LUCY

Elle ne se vexera pas si j'écris qu'elle a une face de lune. À la fac, c'était une présence joyeuse et adorable, le genre de fille qui vous rapportait des œufs de la cafète quand vous aviez la gueule de bois. En de rares occasions, elle se transformait en un désopilant clown ivre, mais dans l'ensemble c'était une étudiante appliquée ; en licence, elle a remporté un prix pour son devoir sur Charlotte Brontë. Elle est partie travailler chez Ortolan pleine de rêves romantiques, mais ils l'ont collée avec une espèce d'éditeur sans scrupule à la tête d'une liste hétéroclite d'auteurs – apparemment, Lucy travaille surtout sur une collection poche de livres d'horreur pleins de détails horribles sur des détectives vampires et des loups-garous qui se poursuivent sur des derricks.

Lucy s'est cogné les genoux contre la table en se levant pour me donner l'accolade réglementaire de ses bras courtauds. « Des livres ! » s'écria-t-elle, et elle salua de la main les murs du Fitzgerald's. Et pas de doute ! Les murs étaient couverts de portraits en noir et blanc d'hommes fiévreux, armés de cigarettes, appartenant à l'ère des Écrivains avec un grand E. Il y avait aussi les couvertures poussiéreuses de romans vieux de plusieurs décennies, avec le genre de design offensif en quadrichromie qu'on ne trouve plus de nos jours que sur les paquets de cigarettes. Au-dessus du bar, l'homonyme, F. Scott en personne, m'a regardé tristement commander un cidre à la framboise.

« Alors comment ça va ? » j'ai demandé.

Il était essentiel pour mon plan que Lucy n'oublie pas que nous étions amis et qu'elle n'aille pas penser que je ne faisais que l'utiliser pour me faire publier.

« Oh, ça va. J'ai des nouveaux draps qui sont super doux ! » a-t-elle répondu par-dessus le vacarme.

Elle a évoqué le mariage de Polly, et comme elle semblait sincèrement heureuse pour cette traîtresse dévergondée, j'ai gardé le silence jusqu'à ce qu'elle change de sujet.

« Tu aimes ce bar ? m'a-t-elle demandé.

— Ouais, il est super. Tu trouves pas ça bizarre de baptiser un bar du nom d'un type qui s'est tué à coups de boisson ? »

Lucy a jeté un regard troublé autour d'elle.

« Je n'y avais pas pensé. »

Elle a pris une impressionnante gorgée de bourbon.

« Je crois que des écrivains venaient ici, dans le temps. James Jones, Norman Lailer, tout ça. Mais ces types ont plutôt l'air de conseillers en entreprise. »

Puis elle a attrapé mon poignet à deux mains et

écarquillé violemment les yeux comme si elle venait soudain de se rappeler un fait essentiel.

« Ton livre ! »

Je me suis composé le masque d'indifférence de l'écrivain qui se respecte.

« Ah oui. Tu l'as lu ?

— Grâce à lui, je vais avoir une promotion. »

Cette affirmation m'a tellement surpris que j'ai eu un spasme qui m'a fait mal au cou pendant des semaines.

« Tu l'as trouvé bon ? !

— Oh pas bon *bon*. Enfin… J'ai été impressionnée, bien sûr, que tu aies *écrit* tout ça, mais… franchement, les *tornades* ? »

À présent je mimais « le mec blessé ».

« Alors tu ne l'as pas trouvé bon ?

— Écoute, Pete. »

Elle s'est penchée vers moi et s'est mise à chuchoter.

« Je ne peux pas en dire davantage.

— Quoi ?

— Je ne peux pas dire. Je ne sais pas s'ils sont bons, mauvais ou quoi.

— Tu n'es pas censée être éditrice assistante ?

— Assistante éditoriale, mais je ne crois pas que quiconque ait la réponse. »

À présent, nous nous parlions à l'oreille comme des espions.

« Ils n'en ont aucune idée, mon boss n'en a aucune idée, c'est *évident*, son boss n'en a aucune idée, c'est *certain*. Personne ne sait. Et nous sommes dans la merde jusqu'au cou.

— Attends…

— Écoute, tu réalises un peu le nombre de manuscrits qu'on reçoit ? Des milliers ! Des dizaines de milliers ! Des piles et des piles ! Il y a des gens qui n'ont pas de bureau, ils ont seulement des piles. Et il y a des gens dont le boulot consiste à jeter les manuscrits à la poubelle. Des poubelles énormes ! Ils y vont à la pelle ! Et les manuscrits ne cessent jamais d'arriver.

— Mais la plupart doivent être complètement nuls.

— Tu n'imagines même pas ! D'une nullité insondable ! Parfois il y a des taches de sang sur les pages. On a un groupe, un forum de discussion, moi et les autres assistants, on se fait passer les pires phrases par mail – tu n'en reviendrais pas ! Au bout d'un moment, on ne réagit même plus. Mais une fois qu'on a fait ce premier tri, il reste les manuscrits avec lesquels on bosse vraiment. Pete, écoute, je suis intelligente, n'est-ce pas ? »

Elle a dit ça d'un ton tellement suppliant que j'ai hoché la tête aussi vite que j'ai pu.

« Je ne peux pas dire. Je croyais pouvoir. Je croyais savoir distinguer ce qui est bon de ce qui est mauvais. J'ai déniché des livres incroyables, émouvants, j'ai chanté leurs louanges, et les éditeurs les ont rejetés. Ou bien ils les ont publiés, et ils ont vendu un truc comme cinquante-quatre exemplaires. Littéralement. Cinquante-quatre exemplaires. »

Elle a fini son bourbon.

« *Pékin*. Je t'ai envoyé *Pékin* ? Il s'est vendu à trois mille quatre cents exemplaires. C'est tout. Le total. Et c'était "au-dessus de nos espérances" ! Et encore, il y a pire. Les mauvais ! Ces mauvais livres – des livres épouvantables, qui n'ont même pas de *sens*, des livres bourrés d'adverbes et de mots inventés – hop, ils se vendent à dix millions d'exemplaires et on en tire des films. Au début, je pleurais, tous les soirs, littéralement, je m'achetais un milk-shake, je l'allongeais de vodka et je chialais devant, parce que je pensais que je devais être stupide. Je rêvais, toutes les nuits, que tout le monde parlait une langue étrangère que je ne connaissais pas.

— Quel parfum, le milk-shake ?

— Et je me suis dit que j'allais démissionner. Mais à ce moment-là j'ai pigé, en quelque sorte. *Personne* n'a le secret. Aucun d'eux. Les éditeurs, les auteurs, les agents, personne. C'est comme quand un gamin hurle de toutes ses forces : sa mère n'arrête pas de l'inonder de jouets, mais le gamin n'arrête pas de hurler, et on dirait que la mère va se mettre à pleurer aussi, tu vois ?

— Heu, ouais… »

Lucy a donné une claque sur la table.

« C'est exactement comme ça ! Les éditeurs, c'est la mère ! Les lecteurs, c'est les mômes. Et les éditeurs n'arrêtent pas de les inonder de nouveaux trucs, mais ils ne savent pas quoi faire ! »

Dans la bouche de Lucy, on aurait cru les ruines d'une ville détruite par la guerre. Le genre d'univers de cauchemar où un type ingénieux pourrait bien faire fortune.

« Mon boss, ça le rend dingue. Littéralement dingue. Tu sais ce qu'il m'a fait faire ? Lundi, il m'a ordonné d'aller sur MySpace. Passer la semaine entière sur MySpace. Et de trouver quelque chose – une phrase, n'importe quoi –, un truc que veulent les gamins. Quelqu'un à signer, n'importe qui.

— T'as trouvé quelque chose ?

— Et les blogs ! Bon Dieu ! Les blogs ! Si j'entends encore une fois le mot *blog* je vais aller poser ma tête sur les rails du métro.

— Alors comment vont les affaires ?

— Oh c'est l'enfer. Ils vont virer des gens. Ils l'ont dit. Les Anglais, tu sais, ceux qui sont dans les spiritueux ? Ils ont racheté la boîte et annoncé qu'ils allaient virer des gens. C'est le premier truc qu'ils ont fait ! "Salut la compagnie ! On va procéder à un dégraissage !" Et il suffit d'avoir vu les administrateurs anglais pour savoir que ça signifie licenciements. »

Puis elle a de nouveau braqué les yeux sur moi.

« Mais *toi* ! Grâce à toi, je vais grimper les échelons ! Parce que tu réponds aux critères de la Charte !

— Quelle Charte ?

— C'est ça, cette liste de critères auxquels tu réponds parfaitement. Ce sont les commerciaux qui l'ont inventée. »

ÉVALUATION D'UN NOUVEAU TITRE ORTOLAN PRESS

Titre : *Cendres dans la tornade*
Auteur : Pete Tarslaw
Lecteur : Lucy Etten
Genre : Littéraire/Policier

(3,5) Lisibilité
(2) Potentiel pour une suite
(5) Potentiel d'adaptabilité cinématographique (images, action, casting, lieux filmables)
(5) Potentiel pour un livre de cuisine annexe
(4) Potentiel de création d'une marque
(2) Potentiel de génération de produits dérivés
(1) Potentiel d'adaptabilité en jeu vidéo
(4) Potentiel de génération d'ouvrages auxiliaires (guides de lecture, etc.)
(3,5) Photogénie de l'auteur
(5) Interview de l'auteur
(5) Blog/présence Internet de l'auteur

(4) Potentiel d'obtention de prix
(5) Possibilité de commercialisation internationale
( ) RV (si applicable)

RECOMMANDATION (5)

« Vise un peu ces scores ! Il va falloir qu'on t'ouvre un blog, à un moment donné.

— Comment ça se fait que j'ai 3,5 pour la photogénie ?

— Crois-moi, comparé à la plupart de ces types, tu es *au moins* un 3,5. Mais regarde ça !

— J'ai 4 pour les prix ?

— On va transformer Genevieve en Mexicaine. Elle jouera des chansons ranchera. Fais-moi confiance.

— C'est quoi, RV ?

— C'est les registres de ventes. Crois-moi, tu n'as pas besoin de ça. À moins d'être Pamela McLaughlin ou Tim Drew, ça ne sert à rien. »

Lucy a plaqué la Charte sur la table avec une joyeuse exubérance.

« Tu vois ? ! Maintenant, il ne nous reste qu'à convaincre Dave. Mais il va marcher. "Des jeunes talents ! Des jeunes talents !" Il n'arrête pas de me beugler ça. On dirait un producteur de X. »

Je suis retourné au bar, tout tremblant.

Lucy et moi avons continué à boire et à parler, quoique sans nous adresser nécessairement l'un à l'autre. De son côté, je me souviens, elle est partie dans une diatribe sur les raisons qui poussent les gens à écrire. Elle a désigné d'un geste vague les couvertures poussiéreuses.

« Regarde-les un peu ! Vance Bourjally. Charles R. Robinson. Oubliés ! Morts ! Néantisés ! Tout ce travail ! Toutes ces clopes ! Aujourd'hui, leurs livres sont des *torchons*. Des *Kleenex* ! On a *littéralement* transformé leurs livres en papier toilette. Littéralement. On s'essuie le cul avec leurs livres. Et il s'agit de bons livres ! Mais les mauvais livres ! Les mauvais livres occupent tout le terrain avec leur daube. Ne le prends pas mal. »

Je ne l'ai pas mal pris. Pour ma part, je me rappelle m'être lancé dans une diatribe contre Polly, émaillée de révélations gênantes. Je me souviens que quand nous sommes partis, j'ai soutenu Lucy pendant la moitié du chemin du retour à son appartement. Elle a suggéré de s'arrêter prendre des tacos au corned-beef au deli d'à côté.

« Si c'est si terrible que ça, lui ai-je demandé pendant que nous contemplions les tacos, pourquoi tu continues quand même ? »

Elle a mis un long moment à répondre.

« Parfois, tu trouves un truc tellement *bon*. Je ne veux pas dire bon comme le tien est "bon". Je veux dire bon *bon*. Quand c'est bon, tu le sais. Comme *Pékin*. Mais, avant tout… »

Puis elle a vomi sur ses chaussures.

LE DEUXIÈME BAR

La Cafétéria, quelque part à Brooklyn.

Ce matin-là, je m'étais réveillé vers midi sur un futon mauve chez Lucy. Je me suis désencrassé la bouche avec une lampée de jus de pamplemousse trouvé dans le frigo, et j'ai pu constater que j'étais dans un appartement de fille : il n'y avait pas de poils pubiens dans la douche.

Je ne sais pas du tout comment on peut arriver à

écrire quoi que ce soit à New York – je trouve que le simple fait de commander une part de pizza est une expérience épuisante sur le plan émotionnel. Mais quand je suis rentré, Lucy avait laissé un message sur mon portable – elle avait la malchance d'être au boulot avec l'esprit, le corps et le foie gravement en vrac. Mais elle semblait de bonne humeur – elle me demandait de la retrouver avec son éditeur dans un bar nommé La Cafétéria à 19 heures. « Je lui ai dit que tu insistais pour que la rencontre se tienne à Brooklyn », ajoutait-elle. Je n'ai pas compris l'allusion, mais à ce stade, elle avait pris la direction des opérations.

La Cafétéria, que j'ai trouvée à côté d'une boulangerie polonaise, était décorée comme une cantine d'école : le bar était protégé par une vitrine en verre, le sol était recouvert de linoléum gris, les chaises étaient en plastique et le barman portait un filet dans les cheveux. Les gens trimballaient leurs bières Pabst sur des plateaux de couleur.

Le patron de Lucy, David Borer, éditeur chez Ortolan, était assis à côté d'elle. À plus d'un mètre, dans la pénombre, on discernait déjà la terreur sur son visage. Il promenait ses yeux à toute vitesse sur la salle comme si quelqu'un s'apprêtait à révéler le secret de l'édition et qu'il était affolé à l'idée de le manquer. Il était plus vieux que nous, maniéré et lessivé. Il avait l'air d'un elfe qui vient de vivre un divorce douloureux.

« Alors c'est la table des jeunes talents ici ! » a-t-il lancé. Puis il a émis le rire du type qui sait qu'il vient de faire une blague minable.

« Eh bien, Pete, j'ai adoré votre manuscrit. Je l'ai lu au déjeuner, j'ai adoré.

— Vous l'avez lu au déjeuner ?

— Quand on travaille dans ma branche, on est obligé de lire vite. Il m'arrive de lire deux ou trois manuscrits pendant mon déjeuner. Et Lucy m'a dit que vous avez réussi à restituer cette voix, la voix de votre génération, qui retourne vraiment vers les valeurs essentielles.

— Oui, j'ai dit, d'une voix que j'imaginais évocatrice d'Abe Lincoln.

— Les choses *vraiment* importantes.

— Oui, c'est ça.

— Alors vous vous êtes terré dans une cabane du Vermont et vous avez pondu le bébé d'une traite, hein ?

— Ouais. Enfin, je tourne autour depuis des années. J'ai beaucoup emprunté à l'histoire de ma famille. Aux histoires que m'ont racontées les personnes âgées à qui je rends visite.

— C'est authentique. On le sent.

— Très, très authentique. Tout à fait.

— Alors, ça m'intéresse toujours… Comment procédez-vous, quelle est votre méthode ? »

Ce qui a suivi est un jeu de poker menteur. David m'a posé des questions que je présumais être des pièges. J'ai aligné au débotté les réponses qui sonnaient le plus « écrivain » que j'aie pu inventer. Lucy, pour sa part, était sombre. Elle faisait durer sa bière en me jetant de temps à autre un regard dur, l'air horrifié.

Par chance, dans le métro, j'avais fait une liste de sentences « d'écrivain » :

SENTENCES D'ÉCRIVAIN

- J'ai toujours eu le sentiment qu'écrire un livre, c'est comme pratiquer une opération chirurgicale sur soi-même.
- J'essaie de délimiter un territoire où le réel et le transcendant se rencontrent.

- Au fond, *Cendres dans la tornade*, c'est l'histoire d'un pèlerinage américain.
- Grand-Mère est un guide spirituel, elle tient le même rôle auprès de Silas que Virgile auprès de Dante.
- Chaque matin, avant d'écrire, je lisais une page de *Feuilles d'herbe*. Whitman exprime le rythme même de l'Amérique.
- Avant de commencer à écrire, j'ai passé un an rien qu'à essayer de me représenter le visage de Luke. Puis un jour, pendant que je me baladais le long la rivière, il m'a dépassé. Je me suis assis sur l'herbe et j'ai commencé à écrire.
- J'aspire à être aussi prolifique que Dickens, aussi subtil qu'Henry James, et aussi lyrique que Toni Morrison.
- Écrire, pour moi, ce n'est pas un passe-temps. Ce n'est pas un boulot. C'est aussi nécessaire à mon être que l'air que je respire.

Certaines de ces phrases étaient difficiles à dire à haute voix. J'ai remarqué que le front de Lucy commençait à luire de sueur. Mais David continuait à hocher la tête. Et il continuait à boire, plus qu'un homme de petite taille ne devrait boire, à mon avis. Il a failli se casser la figure en allant aux toilettes.

« Hé, Faulkner, ne fiche pas tout en l'air, m'a glissé Lucy pendant son absence.

— C'est toi qui lui as dit que j'étais la voix d'une génération.

— Il marche, il marche. »

David est revenu à sa place. Il avait les jambes flageolantes et il s'est assis avec lourdeur.

« Bon Dieu, a-t-il dit. L'écriture. Vous savez, je devrais sans doute pas vous dire ça. Mais vous savez,

Lucy est au courant, tout le monde est au courant. Nous sommes dans la merde.

— Je… euh…

— Nous sommes dans la merde. »

Il a regardé Lucy.

« C'est pire que ce que vous imaginez. »

Il a sifflé l'équivalent d'une demi-pinte et a reposé son verre violemment sur la table.

« Putain ! Ils parlent de faire une campagne d'appels aux dons, comme PBS[1]. Un truc du style : "Si vous aimez ce livre, envoyez-nous un chèque et vous recevrez un sac en tissu Ortolan." On en est là. »

Ravalant bruyamment deux ou trois renvois, il m'a regardé :

« Pourquoi vous n'écrivez pas des scénarios ?

— Quoi ?

— C'est vrai, quoi, Lucy dit que vous avez la niaque, pourquoi pas des scénarios ?

— Eh bien, le roman, en tant que forme, pour moi en tant qu'écrivain, est tellement plus euh… adapté à l'exploration de…

— Je travaille sur un scénario. Un court-métrage. Peut-être que je vais rassembler quelques acteurs, le mettre sur YouTube, voir qui mord à l'hameçon. »

Long silence.

« Merde ! »

Puis :

« Écoutez, je vais apporter votre livre à mes patrons. Je veux l'acheter. Vous savez pourquoi ?

— Euh, parce que vous avez été touché par…

— À cause de l'imagerie country, le folklore religieux, tout ça. Je crois qu'on peut le placer chez Wal-

1. Réseau de télévision public, avec chaînes éducatives, etc.

mart. Je crois qu'ils le vendront. C'est ça qu'il faut faire de nos jours. Faire jouer les chiffres, voir grand. J'ai bon espoir.

— Heu, merci.

— Mais qu'est-ce que je peux bien savoir ? Je ne suis qu'un petit Juif de Scarsdale. »

À ce moment-là, un yéti a donné une tape sur l'épaule de David. Ça peut sembler exagéré – ça ne l'est pas. Le type avait le visage mangé de poils emmêlés et l'atmosphère autour de lui semblait frissonner sous l'effet de sa puanteur, comme la chaleur qui fait grésiller le goudron d'une route dans le désert. On aurait dit la ferme bio la moins bien tenue du monde.

« Salut ! » a fait David.

Ils se sont serré la main.

« Comment ça va, le projet ?

— Oh, ça peut aller. J'en ai ma claque de bouffer du poulet.

— M'étonne.

— Et mon dentiste, il fait un peu la gueule.

— Ah oui.

— Mais l'un dans l'autre.

— Super, mec, a dit David. Fais-moi un petit mail un de ces jours, tiens-moi au jus.

— Je peux pas, mec, tu te souviens ? Pas d'ordinateur.

— Ah oui, c'est vrai. »

Le yéti s'est éloigné.

« Il a des couilles, ce mec, putain, a dit David. Pendant un temps, il n'a pas arrêté d'essayer de me fourguer des idées de bouquin – il allait passer un an à se nourrir exclusivement de poulet frit. Un an à boire exclusivement des sodas. Un an sans prendre de douche, sans ordinateur, tout un tas de trucs. Je ne suis jamais arrivé à les vendre individuellement. Mais au final il a eu l'idée de faire tout à la fois. Bingo, il est en plein dedans. »

David a pris une généreuse rasade de bière.

« Rude année pour le coco. Mais bref, votre livre ! Lucy, elle est très forte. Elle va se charger de faire un grand coup de ménage dans votre manuscrit. »

J'ai repéré les objections qui se formaient dans les yeux de Lucy, mais elle a gardé le silence.

« Elle va couper les passages trop merdiques. Mais c'est du bon. Les gens vont gober. Je crois. »

Nouveau silence. David a levé les yeux sur le bar, puis s'est levé.

« Très bien… »

Il m'a serré la main.

Nous sommes sortis, tous les trois. Comme nous approchions du métro, David nous a dit de le suivre, et il s'est engagé dans une petite rue. Nous avons échangé un regard et nous lui avons emboîté le pas. Il nous a conduits en bas d'une pente devant un petit carré de jardin bordé sur l'un de ses côtés par une rangée de *brownstones* à deux étages.

« Vous voyez cette baraque ? »

David désignait celle du coin, qui occupait presque la largeur d'un pâté de maisons.

« C'est celle de Josh Holt Cready. Trois millions cinq. Il l'a achetée avec les droits de *Manassas*.

Il a braqué les yeux sur moi.

« Je l'ai refusé, ce bouquin ! Merde ! »

Nous avons contemplé la maison un instant.

Puis David a hurlé :

« Cready, t'es qu'un gros nase ! »

Nous nous sommes tous planqués derrière un buisson. Nous avons attendu peut-être dix secondes, après quoi nous avons risqué une tête au-dessus du feuillage. Pas de réaction du côté de la maison Cready.

Puis une lumière s'est allumée à l'étage. Nous avons tous paniqué et nous avons pris nos jambes à notre cou.

« Ça a détruit ma confiance en moi, a soufflé David pendant qu'on filait. La confiance en soi ! C'est *le* truc indispensable pour être éditeur ! Plus jamais ça, je me le suis juré. »

Nous sommes arrivés au métro. David m'a serré la main.

« Très bien. C'est du bon. Je vais voir si je peux faire en sorte que ça se réalise. N'allez pas saloper mon boulot. »

Et il est parti. Lucy se tenait la tête entre les mains.

« Heu, il va bien ?

— Ça, non. »

Elle a retiré ses mains.

« Mais je crois que tu viens de vendre ton livre. »

10

L'Empire romain : pendant deux millénaires, il s'est dressé comme un symbole de valeur. De vertu. D'intégrité. De force durable.

Notre mot même d'investissement vient du latin. Il a le même sens aujourd'hui qu'il y a deux mille ans. Sécurité. Stabilité. Avenir.

Chez Via Apple Funds, nous combinons les valeurs de la Rome antique avec une approche de l'investissement ancrée dans le présent et tournée vers l'avenir. Notre but est simple : bâtir pour tous nos clients un empire de richesse épique.

Lorsque vous investirez avec nous, vous éprouverez la force, la confiance que l'on retire en remettant son avenir entre les mains de professionnels sérieux et dévoués qui savent comment répondre à vos besoins. Des professionnels capables de s'adapter à un marché en perpétuelle mutation tout en restant fidèles aux principes essentiels qui se perpétuent à travers les âges.

Choisir Via Apple Funds, c'est choisir l'intégrité, c'est choisir la force. Et choisir un avenir financier qui demeurera fier et solide comme le Colisée.

Extrait d'une lettre d'introduction
pour Via Apple Funds par Pete Tarslaw

Ce que je pensais devoir se produire une fois mon roman vendu

Des éditeurs m'emmèneraient dans un établissement servant des cocktails aux baies de sureau. Je me bourrerais la gueule et me mettrais à disserter. En partant, je croiserais un top-model attendant un taxi dans la rue.

« Tu sais seulement écrire, Pete Tarslaw, ou bien tu sais aussi héler les taxis ?

— Je sais aussi héler les taxis.

— Dans ce cas, allons-y. »

De retour dans son appartement à Gramercy ou un endroit comme ça, là où vivent les top-models, elle presserait ses lèvres contre mon oreille.

« Je sais que tu écris superbement les scènes d'amour, Pete Tarslaw. Est-ce que tu sais aussi faire l'amour superbement ?

— Pourquoi je ne te montrerais pas ? »

Je m'exécuterais.

Deux mois plus tard, dans un dîner à Londres (je serais à Londres pour le lancement des *Cendres* en Grande-Bretagne, et le restaurant porterait un nom style Le Veau d'or), Zadie Smith se pencherait vers moi par-dessus la table.

« Tu sais, je t'ai repéré, saligaud. »

Puis elle ferait un sourire.

« Entre nous, on se reconnaît. Je ne te balancerai pas si tu ne me balances pas. »

Plus tard dans la soirée, on prendrait de la coke ensemble sur la couv d'un manuscrit.

Et puis je passerais dans l'émission de Charlie Rose[1].

Ce qui s'est produit en réalité une fois mon roman vendu

Quand j'ai vu mon contrat, j'ai découvert la raison pour laquelle les écrivains s'entêtent à décrire de pauvres bougres qui réparent des chaudières et se chamaillent avec leurs femmes au sujet des notes de supermarché. C'est que les écrivains ne sont pas très bien payés. Ortolan m'a offert quinze mille dollars pour *Cendres dans la tornade*. La plus grande partie de la somme, je n'en verrais pas la couleur avant la sortie du livre. Lucy a fait un schéma pour m'expliquer l'économie du monde de l'édition :

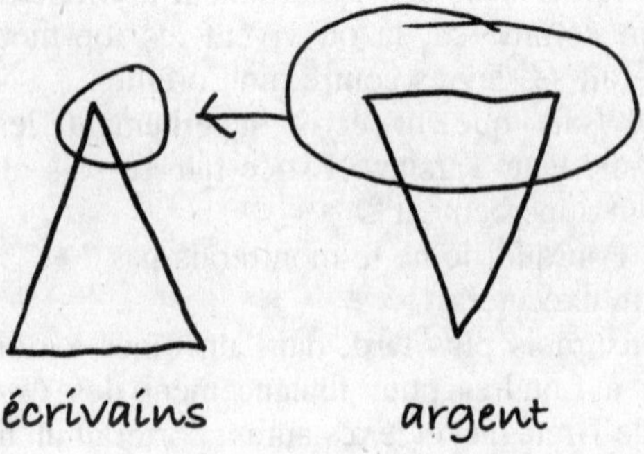

1. Célèbre talk-show télévisé.

Les quelques écrivains qui se trouvent au sommet, les Tim Drew et les Pamela McLaughlin, encaissent tout le fric. Il ne reste pas grand-chose pour la multitude d'écrivains qui se trouvent au bas de la pyramide.

Mon livre était programmé pour début novembre. David Boxer m'a expliqué que les patrons anglais d'Ortolan étaient persuadés que les Américains lisaient beaucoup à la période de Thanksgiving. « Ils achètent des livres à emporter dans le train pour Cleveland, etc. », tel était leur raisonnement. Avec le spectre des licenciements, personne n'avait eu le courage de les détromper.

*

* *

Une fois, en troisième, j'ai construit une maquette de la tour Eiffel entièrement en cure-dents pour un cours de travaux manuels. Quand j'ai terminé, l'objet était tordu et bancal, mais il était tellement fragile que je n'ai pas osé tenter de l'améliorer, je me suis contenté d'espérer qu'il tienne suffisamment longtemps pour récolter une note passable.

J'éprouvais le même sentiment vis-à-vis de *Cendres dans la tornade*. Pendant que Lucy passait l'été à reprendre mon manuscrit, je regardais des matchs des Red Sox en caleçon sans me soucier du résultat. Presque tous les jours, elle m'envoyait une question par mail. « Comment Luke a-t-il appris l'espagnol ? » « Pourquoi Silas n'explique-t-il pas tout simplement à la police qu'il n'a pas tué son patron ? » « Est-ce qu'un cerf agonisant dégage vraiment une odeur qui *rappelle légèrement la cannelle ?* » « Tu emploies le mot *cireux* quatre fois, et je ne suis pas sûre que ce soit jamais à bon escient. » Elle semblait saisir pleinement le caractère bâclé de mon œuvre : « Page 41, tu dis qu'Albuquerque "est une ville brûlante comme une fournaise" mais huit pages plus tard tu dis que "la brise des montagnes y maintient la fraîcheur d'une cabane dans les arbres au mois d'octobre". »

Finalement, j'ai dû lui dire de faire le nécessaire sans m'embêter avec ça.

Je faisais des cauchemars dans lesquels je voyais des exemplaires des *Cendres dans la tornade* me fixer depuis la table des invendus, avec leurs couvertures pathétiques et racoleuses comme le visage d'un laideron qui fait tapisserie à une boum de collégiens. Cette image hantait mes après-midi de sieste. La rapidité à laquelle ma forfanterie s'était muée en lâcheté était époustouflante.

Puis, en juin, j'ai reçu un coup de fil de Jon Sturges. Quand le téléphone a sonné, j'étais en train de prendre un bain, une manière peu coûteuse de tuer le temps. Il a entrepris de me raconter comment les femmes de haute naissance dans la Rome antique payaient des sommes extravagantes pour coucher avec des gladiateurs. Histoire intéressante, mais quelque peu incongrue.

« Au fait, j'élargis mes activités sur une frontière nouvelle. J'ai une vraie tactique offensive.

— Faut pas hésiter. »

Pour rendre justice à ce qui devait finalement transparaître de la suite des événements, je noterai que, dans sa description de son nouveau projet, Sturges a employé de nombreux termes tels que « malléable » et « structuré librement ». J'aurais donc dû comprendre qu'il n'avait pas franchement bétonné le dossier sur le plan juridique. Mais ce qu'il m'a décrit ressemblait à un genre d'irrégularité mineure, sans risque de se faire attraper.

Le job qu'il me proposait consistait à rédiger des documents promotionnels pour une société d'investissement qu'il venait de monter. Il affirmait qu'une longue liste « d'investisseurs sérieux » était déjà sur le coup.

« Tu comprends, je suis fort pour trouver des idées de boîtes, pas vrai ? J'ai un don pour ça. Mais je ne suis pas toujours capable, tu sais, d'exposer leurs forces par écrit. Ça, c'est ton don à toi, *bro*.

— Si tu le dis.

— Alors, je t'envoie quelques éléments de base, tu vois le genre, et tu rédiges le tout. Le thème, c'est la Rome antique. La force de la Rome antique, tu sais.

— Je pense que c'est dans mes cordes.

— Nous inversons vraiment les flux de capitaux de façon dynamique, Pete. C'est un système complètement intégré. Mais nous avons besoin d'un esprit de synthèse comme le tien.

— Combien tu me paierais ?

— Mille dollars.

— OK. »

Je devrais insister ici sur le fait que je ne savais pas ce qu'il advenait de mes écrits une fois qu'ils étaient terminés. Je m'imaginais qu'ils finissaient dans une espèce de newsletter dont je ne verrais jamais la couleur.

La vérité, c'est que je ne m'en suis pas inquiété. Sur le site Web, on trouvait des photos piochées sur Internet de ruines romaines et une case pour entrer ses informations bancaires. Je travaillais une heure par jour, pendant la diffusion du « Juste prix » à 11 heures du matin. J'ai passé le plus clair de cet été-là sur le canapé.

En août, Lucy m'a envoyé une maquette de la couverture : une tornade qui semblait faite à la peinture à doigt sur un champ vert. Une police de caractères simple et typiquement américaine ; on aurait dit un menu de chez KFC.

11

Je soutiens depuis longtemps que l'homme qui a eu le plus d'influence dans l'histoire de la fiction américaine, c'est Henry Ford. Depuis que la première Ford T est sortie de la chaîne de production, les récits de périples routiers sont devenus un pilier de la littérature populaire. Qu'on imagine tous les conducteurs de la fiction américaine des cinquante dernières années sur la même autoroute : ils y formeraient un embouteillage aussi dense que le centre de Los Angeles à 17 h 45, avec Sal Paradise qui enfoncerait son klaxon.

Malheureusement, tous les auteurs qui prennent la route ne sont pas Homère ni Kerouac, et tous les périples sinueux ne sont pas des odyssées. Prenez *Cendres dans la tornade*, le premier roman d'un certain Pete Tarslaw. Après une fusillade à Las Vegas, Tarslaw lance ses personnages dans un étourdissant voyage en zigzag à travers le temps et l'espace, et l'on n'a plus d'autre choix que de chercher le sac à vomi. L'intrigue alambiquée déborde de péripéties de toutes sortes : paysans français, football lycéen, amour naissant. Mais le résultat ressemble beaucoup à un buffet de Las Vegas : il y a de tout, mais rien n'est très bon. La prose de Tarslaw ne semble jamais reprendre son souffle. Il vient à bout de la patience du lecteur en décrivant le moindre enjoliveur desserré et le moindre cheeseburger à demi mangé dans une fausse exubérance rhétorique sans queue ni tête, le tout faiblement enrobé d'un vernis de métaphores chrétiennes approximatives et simplistes. Avec une ratatouille de métaphores incohérentes et de personnages assommants, dans une langue aussi rebattue et ringarde qu'une vieille pie qui sirote un whisky sour en fumant cigarette sur cigarette dans un casino miteux, voilà une virée en voiture qui vous fera regretter de n'avoir pas pris l'avion.

Extrait de la chronique « Des livres » de Charles Meredith
dans le *San Francisco Chronicle*, 1er décembre 2007

Il existe un livre super qui s'appelle *Descente en flammes : de l'éreintage des grandes œuvres*. Il est constitué d'extraits de critiques qui sont passées complètement à côté des œuvres de leurs contemporains. Des débinages de livres, pièces musicales, tableaux et films dont nous reconnaissons aujourd'hui le génie. *Huckleberry Finn*, par exemple : « M. Samuel Clemens, qui croit bon de se faire appeler "Mark Twain", a rédigé une sottise lacustre qui, par sa vulgarité et la crudité de son langage, ne fera que les discréditer, lui et la race nègre, censément bénéficiaire de cette œuvre poussive. » Et *Gatsby le magnifique :* « On espère que Fitzgerald, si lumineux dans *L'Envers du paradis*, saura se relever de cette ornière. Car sous cette vision aigrie du génie américain et cette obsession puérile du monde des cocktails et des fêtes, on sent la patte d'un auteur de romans sentimentaux capable. »

Le clou, c'est peut-être *Moby Dick* : « On ne saurait trouver de ce livre meilleure lecture que la suivante : c'est une leçon sur l'échec inévitable d'un écrivain sans ambition. M. Melville gaspille son talent. Il ne choisit pas de grand thème, et ne se préoccupe pas non plus outre mesure de la condition humaine, si l'on excepte quelques brèves descriptions comiques du capitaine fou. En revanche, il assomme le public avec une chronique de la pêche au cachalot, objet déjà d'innombrables récits. Les lecteurs désireux de parfaire leur éducation en cétologie préféreront *Les Cétacés des océans Atlantique et Pacifique.* »

Le dernier chapitre se compose de critiques dithyrambiques d'œuvres tombées dans l'oubli : « *Odéon libéré* est un joyau des plus rares, un roman dont la grandeur se perçoit dans chaque phrase. Nous sommes sûrs de ne pas nous tromper en prédisant que nos enfants, à côté de Shakespeare et du Dr Johnson, étudieront les œuvres de Gilbert Pentweed, dont le nom s'ira graver au panthéon des immortels de la littérature. »

Tante Evelyne m'a envoyé un exemplaire de *Descente en flammes*, accompagné d'une fournée de cookies au sirop d'érable. Le mot qui accompagnait le colis était plein de platitudes « réconfortantes ». Bien sûr, elle était trop polie pour mentionner la critique de Charles Meredith.

En règle générale, je m'efforce de ne haïr personne. La haine, c'est dégueulasse, comme dit la chanson. N'empêche, je hais les critiques littéraires.

Les critiques littéraires sont le plus méprisable, le plus abject ordre de pourceaux qui ait jamais foulé la face de la terre. Ce sont des créatures geignardes, révoltantes, qui satisfont leur propre goût pour la bile en démolissant le boulot des autres. Ce sont des détritus humains. Ils méritent tous d'être frappés par les maladies affreuses décrites dans les plus obscures des revues de dermatologie.

Les critiques littéraires vivent dans de petits studios qui puent la naphtaline et le papier moisi. Leur haleine empeste le café rance. De temps à autre ils enfilent un pantalon à rivets et une chemise trop petite, et sortent de leur tanière pour fourrer d'énormes sandwiches dégoulinants de mayonnaise dans leur gueule figée en permanence en un rictus sardonique. Puis ils retournent à leur ordinateur et, avec leurs doigts boudinés et gras, ils pondent leurs « chroniques ». Périodiquement, ils s'interrompent pour partir d'un vagissement porcin, jubilant de leur propre cruauté.

Même lorsqu'ils sont « bienveillants », les critiques littéraires trahissent leur vraie nature de salopards condescendants. « Nous sommes curieux de lire les prochains travaux de l'auteur », dira par exemple un critique littéraire. Ces accents guindés… on croirait entendre un prof de piano à l'école primaire, qui vous offre un bonbon à la fraise vieux de plusieurs années en vous recommandant de vous exercer davantage.

Mais une critique *négative*, ça, c'est une chose purement dégoûtante.

Posez-vous la question : parmi toutes les carrières qui s'offrent à un type cultivé, quel monstre ira choisir le boulot consistant à « dire aux gens à quel point des livres sont mauvais » ? Quel fétichiste tordu ira choisir une telle vie ?

Je ne parle pas d'un comique de la trempe de Don Rickles, en train de débiner des célébrités pour un public sélect qui échange des rires entendus devant des cocktails de crevettes et des Tom Collins dans une émission de Dean Martin. Si les gens citent toujours Dorothy Parker, c'est qu'elle a été la dernière critique littéraire à avoir de l'humour. C'était il y a quatre-vingts ans.

Je ne fermerai pas non plus les yeux sous prétexte que les critiques littéraires « font progresser l'art », « attirent notre attention sur les œuvres de qualité » ou « œuvrent pour la survie de la culture des lettres ». Si un type sillonnait votre quartier en bagnole avec un hygiaphone pour pointer du doigt les gens trop gros, il ferait progresser l'hygiène personnelle, il attirerait notre attention sur la culture physique, et il œuvrerait pour la santé publique. Mais vous le détesteriez. Vous lui balanceriez des cailloux, et ce serait bien mérité.

Ce qui m'amène à Charles Meredith.

Charles Meredith est une espèce d'institution au *San Francisco Chronicle*. Il écrit une chronique hebdomadaire intitulée, avec la prétention idoine, « Des Livres ». Dans cet espace, depuis dix-sept ans, il se fend de déclarations niaiseuses dans un jargon ridicule et précieux de son invention.

Je n'avais jamais entendu parler de Charles Meredith avant qu'il ait chroniqué mon livre. Mais puisqu'il s'en est pris gratuitement à moi, ce n'est que justice si je lui rends la pareille.

Ce n'est pas difficile. Vous n'avez qu'à faire une recherche Google image sur son nom. Visez un peu la photo des plis de graisse qui forment des renflements et des dépressions océaniques au-dessus de son col roulé. Regardez son cou gainé d'un prépuce de chair, comme un pénis non circoncis. Il vous sera facile de vous l'imaginer tel que je me l'imagine : assis, seul, dans un restaurant, tapant la corbeille sur la table pour demander un rab de pain.

Qu'est-ce que ça peut bien lui foutre, à Charles Meredith, que j'écrive un mauvais livre ? Pourquoi prendre la peine de le faire remarquer à tout le monde ? Peut-être qu'il souffre d'un problème psychologique. Peut-être que, quand il était petit, les têtes de classe l'appelaient « groslardlalalalalère ». Peut-être que je devrais avoir de la peine pour Charles Meredith.

Mais non.

Comment l'existence de *Cendres dans la tornade* lui a été révélée, je ne le saurai jamais. David m'a forwardé le lien assorti du message suivant : « toute publicité est bonne à prendre ».

Quand on décrit votre livre comme « une ratatouille de métaphores incohérentes et de personnages assommants, dans une langue aussi rebattue et ringarde qu'une vieille pie qui sirote un whisky saur en fumant cigarette sur cigarette dans un casino miteux », ce n'est pas de la publicité.

L'article est passé environ trois semaines après la sortie de mon livre. Le matin où *Cendres dans la tornade* est apparu pour la première fois sur Amazon, il est entré à la 253 477e place dans la liste des ventes, entre *Les Monolithes du nord du Pays de Galles* et *Le Chevalier d'Alsace : la guerre franco-prussienne romancée*. Le temps que je prenne ma douche, il s'était hissé à la 128 980e place, à mon avis parce que tante Evelyn et ma mère avaient acheté chacune un exemplaire. Une avancée de 124 000 places toutes les vingt minutes constituait une base solide, mais la progression s'est stoppée après le premier bond. Pour comparer, j'ai regardé le score de *Pékin*, le livre sur lequel Lucy était intarissable. Le duel était serré, alors j'ai commandé un exemplaire du mien, me propulsant 2 156 places plus haut.

Au Barnes & Noble du centre, il y avait une étagère « Recommandations des libraires ». Sous un exemplaire de *Beloved* de Toni Morrison, « Edward » avait écrit : « Une puissante histoire d'amour à la portée universelle par l'un des plus grands écrivains de tous les temps. Écrit dans une prose passionnée et évocatrice qui flirte avec la poésie, ce roman fait vibrer tous les thèmes essentiels de notre chère Amérique. » Pendant que tout le monde avait les yeux tournés, j'ai mis mon livre à la place – la description s'appliquait toujours à la lettre.

Je n'ai jamais relu mon livre – dont une proportion non négligeable me donnait envie de rentrer sous terre

– mais de retour chez moi je l'ai disposé sur la table basse à côté du *Bruit et la Fureur* de William Faulkner. Ils étaient à peu près du même format et de la même épaisseur. Je pense que, à choisir, un illettré aurait pris le mien.

Mais il a alors fallu que Charles Meredith vienne s'en mêler et lance ses fientes. À n'en pas douter, Polly avait repéré l'article, elle et James l'avaient découpé et collé sur leur frigo et ils en riaient comme des baleines.

Ce soir-là, je me suis bourré la gueule au Colonial Boy, et je me suis réveillé dans un appartement du Sud Boston avec les bras nerveux de Liz, la barmaid, autour de moi. J'avais commencé à la draguer, me suis-je rappelé, parce que je lui avais demandé si elle aimait lire et qu'elle avait dit non.

Je me suis glissé hors de son lit sans un bruit. J'avais peur de la réveiller si j'allumais la lumière pour retrouver mon sweat-shirt, alors je suis rentré chez moi grelottant de froid, délesté d'un sweat-shirt bien-aimé.

Le métro qui traversait le fleuve était plein de banlieusards aux yeux vides qui fixaient le sol ou bouquinaient. Certains lisaient Tim Drew et Pamela McLaughlin, et un type feuilletait l'édition brochée du dernier pavé de Nick Boyle. Mais personne ne lisait mon livre.

La rame s'est immobilisée à Charles/MGH avec une annonce marmonnée dans les haut-parleurs. J'avais froid, le cerveau contracté en un nœud douloureux et mon estomac me semblait vicié, comme gonflé d'eau de mare fétide.

Mon patronyme était inscrit sur la couverture d'un livre, mais ça n'avait rien changé à mes problèmes. Des fantômes de suicidés littéraires se sont mis à danser dans ma tête – Hemingway et un Français moustachu que je n'ai pas reconnu.

Bientôt, tous les exemplaires de *Cendres dans la*

tornade entameraient une lente marche funèbre vers la table des invendus, le coin des affaires, les solderies puis enfin la pulperie, où ils seraient déchiquetés, bouillis et transformés en boîtes à œufs. Je n'aurais d'autre perspective que de continuer à boire, engraisser et continuer à travailler pour Jon Sturges jusqu'à ma mort.

Les portes du métro se sont ouvertes, et une espèce d'aristocrate blonde vêtue d'un élégant trench-coat mauve est entrée d'un pas décidé. Elle s'est assise en face de moi, a ouvert son énorme sac à main en cuir, et en a sorti un exemplaire du *Langage des oiseaux* de Preston Brooks.

12

Votre patron se fait assassiner : ça pourrait ressembler à un rêve comique (si vous travaillez pour Donald Trump, par exemple). Mais pour l'infortuné Silas Quilter, c'est un cauchemar, en particulier quand la police lui colle le meurtre sur le dos. Ce meurtre n'est que le point de départ du premier roman de Pete Tarslaw, *Cendres dans la tornade*. Il pousse Silas à se réfugier dans les bras – et la Ford Maverick – de sa grand-mère, véritable mémoire vivante qui le conduit dans une fuite à travers vingt États en lui contant l'histoire de son amour perdu. L'intrigue sent parfois la guimauve, et l'ambition de Tarslaw est parfois démesurée – la musique ranchera mexicaine, la Seconde Guerre mondiale, les vignes du Pérou, tout y est. Mais il a planché son sujet – vous voulez savoir ce que mangent les pêcheurs tunisiens ? pages 213-217. Et l'onirisme de certaines descriptions – l'Iowa nocturne est décrit comme « un gracieux ballet d'herbes emmêlées à la lueur des étoiles » – donne envie d'en réclamer davantage.

Critique de *Cendres dans la tornade*
parue dans *Entertainment Weekly*
de la semaine du 8 décembre 2007

Quiconque garde l'œil ouvert sur ce qui se passe en Amérique vous le confirmera : le processus qui préside à la sélection des choses qui deviennent célèbres et populaires est étrange. Je me plais à imaginer que, vers 800 avant J.-C., quelque part en Grèce antique, un type, appelons-le Linus, a écrit un poème épique. C'était de la bonne came, un fourre-tout bourré d'aventures, d'animaux étranges, de déesses sexy et de monstres à cinq pattes, tous ces trucs qu'affectionnent les fans d'épopée. Mais pour une raison x, les gens ont préféré *L'Odyssée*. Personne ne saurait expliquer pourquoi. Peut-être qu'un roi ou un décideur quelconque ne jurait que par la version d'Homère. Peut-être qu'Homère est arrivé le premier, peut-être qu'il avait une meilleure voix quand il déclamait, peut-être qu'il avait fait une meilleure campagne de marketing. Mais deux mille huit cents ans plus tard, tout le monde connaît Homère et personne n'a entendu parler de Linus.

Vous allez peut-être rétorquer que *L'Odyssée* était la meilleure des deux œuvres. Que c'était la plus intelligente ou la plus poétique, qu'elle abordait des thèmes plus universaux – et que c'est pour ça qu'elle est restée. Moi, je ne crois pas. Il n'y a aucune preuve que la notoriété et la popularité obéissent à une quelconque logique. Et qui peut en juger, de nos jours, en tout cas ? Tout ça, c'est plus ou moins un coup de dés. Pour chaque Charles Dickens qui a droit à sa chance, il y a probablement un certain Bartles Osbrook qui était tout aussi bon, mais moins verni. Dans un univers parallèle, peut-être se rassemble-t-on lors des fêtes pour lire *Une fable de Noël*, le classique d'Osbrook, en famille.

Il existe probablement vingt livres meilleurs que *Gatsby le magnifique* dont nous n'avons jamais entendu parler. Les seuls exemplaires subsistant moisissent sur les étagères surchargées d'une librairie d'occasion perdue dans la cambrousse, où tout sent la sciure. Personne ne prend la peine de les lire. Tout ça parce que, il y a quatre-vingts ans, F. Scott Fitzgerald a donné une interview plus accrocheuse, parce qu'il avait des amis plus classe ou parce qu'il a donné matière à des biographies plus croustillantes dans les années suivantes.

Si vous pensez que j'ai tort, je vous invite à jeter un regard sans concession sur ce qui devient populaire. Vous verrez un peu si ça a le moindre sens.

Ou bien prenez l'exemple de mon livre. *Cendres dans la tornade* est un cas d'école, qui montre bien que la voie du succès est aussi rationnelle que la trajectoire d'une boule de flipper.

Je me fonde principalement sur la rumeur et les ouï-dire pour retracer les événements mais, d'après ce que j'ai compris, il y a eu quatre stades distincts.

Premier stade :

L'un des responsables du marketing d'Ortolan Press était insomniaque. Il vivait quelque part dans le New Jersey, et quand il n'arrivait pas à dormir, il se rendait dans son garage et marchait quelques kilomètres sur un tapis roulant en zappant sur une vieille télé. Une nuit, il est tombé sur un talk-show chrétien, un truc de publiinfo diffusé à 3 h 30 du matin. Au bureau, on leur envoyait régulièrement des mémos les enjoignant à séduire la population évangélique, alors il s'est dit qu'il allait regarder de quoi il retournait. C'était le révérend Gary Claine, un de ces types bronzés au sourire ineffaçable. Le titre de gloire de Gary Claine était d'avoir joué comme ailier à l'université de l'Oklahoma. Il possède encore une certaine énergie athlétique – dans sa chaire, il agite les mains dans tous les sens comme s'il était en train de miser dans une vente aux enchères. Bref, le type du marketing regarde Gary Claine débiter son joyeux baratin sur la Bonne Nouvelle. Et il l'entend faire de la pub pour son magazine, qui s'appelle *La Voie*. Le type du marketing se dit que, tiens, un encart dans *La Voie*, ça serait peut-être une bonne stratégie de vente pour les livres chrétiens. On dirait bien que c'est le genre de fanatiques qu'Ortolan cherche à toucher. Peut-être qu'on pourrait même envoyer un service de presse au révérend Gary Claine en personne. Il garde ça dans un coin de sa tête.

Environ un mois après la sortie de *Cendres dans la tornade*, le livre a été éreinté par Charles Meredith et personne d'autre ne l'a chroniqué. Tandis qu'il se casse la gueule sur Amazon, les patrons anglais d'Ortolan convoquent une réunion extraordinaire. Ils se mettent à engueuler tout le monde, les accusant de ne pas mieux s'y prendre pour toucher « les marchés alternatifs ». Ils lancent un appel à idées.

Alors le type du marketing se lève. Lucy était là, elle l'a entendu raconter ses insomnies, le tapis roulant, le révérend Gary Claine et *La Voie*. Pourquoi gaspiller notre fric à acheter des encarts hors de prix dans le *Times* ? dit le type du marketing. Les clients que nous cherchons à toucher se trouvent là, et nous pouvons les toucher au rabais. L'un des patrons anglais hoche la tête et dit au type du marketing : « Félicitations, vous venez de sauver votre poste. »

Et ils achètent une pleine page dans *La Voie*. Le lectorat du magazine se recrute en majorité parmi les vieilles dames solitaires, des femmes dont la table de nuit est couverte de boîtes de médocs. Elles ne font pas la différence entre un encart publicitaire pleine page dans *La Voie* et la bénédiction explicite du révérend Gary Claine en personne. Elles envoient leur gendre leur acheter un exemplaire.

Pendant ce temps, le révérend Gary Claine reçoit un service de presse, avec les compliments d'Ortolan. La suite est pure spéculation, mais je trouve que ça colle parfaitement : le révérend Gary Claine est un de ces anciens joueurs de football qui souffrent d'avoir toujours été traités comme des imbéciles. Il fait souvent allusion à l'époque où il était « perdu dans le péché », à la fac. Peut-être même qu'il regrette de n'avoir pas bouquiné un peu plus dans son jeune temps. Alors quand une maison d'édition de *Manhattan* lui envoie un service de presse, il est flatté. Il prend la chose au sérieux. C'est un bon chrétien, il ne veut pas insulter l'expéditeur. Il lit le livre, et se met à émailler son émission de louanges creuses à son sujet – « Quelle histoire pleine de foi et d'amour – vous savez quoi, ça m'a fait penser à la Première Épître aux Thessaloniens 5-8 » – ce genre de choses.

Et, lentement, mes chiffres de vente commencent à se redresser. Sur Amazon, je suis passé dans les deux ou trois mille premiers.

Deuxième stade :

Georgina Maddox était une bibliothécaire provinciale passionnée de livres. « Je compte Scout, Jane Eyre et David Copperfield parmi mes meilleurs amis », écrivait-elle. Georgina, pour sa part, n'avait jamais rien publié avant son article pour le magazine *The Atlantic*. Intitulé « La demande d'une lectrice », le papier était rédigé en bon anglais scolaire. On voyait très bien Georgina en robe bouffante, l'écrivant à la main sur la table de sa cuisine.

Ce qui avait poussé Georgina à prendre la plume, c'est l'état de la critique littéraire en Amérique. Il y avait trop de férocité et de bile. Les critiques littéraires, écrivait-elle, « ne valent désormais guère mieux que des terreurs de cour d'école. Comme de méchants garnements qui arrachent les ailes des papillons pour un rire cruel, les critiques semblent résolus à détruire les plus fragiles et magnifiques de toutes les créatures : les livres ».

En fait, elle visait explicitement Charles Meredith. Et elle prenait sa critique de mon livre en exemple.

> On peut pratiquement sentir le vinaigre dans l'haleine de M. Meredith quand il appelle un roman (*Cendres dans la tornade* de Pete Tarslaw) « une ratatouille de métaphores incohérentes et de personnages assommants, dans une langue aussi rebattue et ringarde qu'une vieille pie qui sirote un whisky sour en fumant cigarette sur cigarette dans un casino miteux ». Formulation habile, peut-être, mais pourquoi s'en prendre avec une telle cruauté à un jeune auteur prometteur ?
>
> En ces temps où la culture des livres est menacée, où les jeunes garçons et les jeunes filles préfèrent s'entre-tuer dans des jeux vidéo ou contempler le spectacle creux

de la « télé-réalité » plutôt que lire, nous n'avons pas besoin de davantage de bile. Nous avons besoin de lecteurs attentifs, aimants, qui sont prêts à saisir les petits miracles de la prose partout où se trouvent ces minuscules trésors.

« La demande d'une lectrice » a attiré à *The Altlantic* plus de lettres que le magazine n'en avait jamais reçu. Il y a eu des contre-attaques, et des contre-contre-attaques. Les blogs littéraires, tout particulièrement, se sont enflammés sur l'affaire. Georgina Maddox a même été invitée à la télé dans *Today* pour défendre le sérieux de l'écriture.

Soudain, dans l'esprit des lecteurs, acheter mon livre revenait à protéger un papillon des grosses pattes d'une brute. Ortolan a lancé un second tirage de *Cendres dans la tornade*, avec une citation sur la quatrième de couverture :

« Un jeune auteur prometteur. »
Georgina Maddox,
auteur de « La demande d'une lectrice »

Sur Amazon, j'ai atteint la 843e place.

Troisième stade :

À la fin des années 1980, dans la pub pour les Cheerios où on voyait une Patrouille du sourire, Hazel Hollis, c'était la blonde à nattes, avec le nez couvert d'une traînée de taches de rousseur qui rappelait la nébuleuse du Cancer. VH1 rediffuse parfois ces pubs dans ses émissions spéciales « Avant d'être célèbres ».

Ils ont gagné en valeur après que le single d'Hazel

« Clean Me Up » [Lave-moi] a explosé dans les charts en 2000, suivi de près par « Down There » [Plus bas], encore plus suggestif. Mais c'est son interprétation de sœur Bertrille dans un remake sexy de *La Nonne volante* pour le cinéma en 2003 qui lui a valu d'arriver à ce niveau de célébrité mondiale – celui des êtres qui jouent dans les pubs pour Coca pendant le Super Bowl.

Puis bien sûr est venue l'inévitable chute, accélérée par la cocaïne. Elle a été filmée en train de traiter un videur de boîte de nuit « d'espingouin bridé ». Après quoi elle est sortie en marche arrière avec son Hummer du parking du Tick-Tocks à Malibu et a effectué un vol plané dans le Pacifique. Elle a dû être repêchée par les pompiers.

C'est là que *Cendres dans la tornade* entre en jeu. Ses agents et managers sont arrivés à la conclusion que ce dont elle avait besoin, c'était d'un projet de film prestigieux. Un mec d'un studio quelconque a dû leur fourguer le pitch de mon bouquin : il y a une dimension chrétienne et tout, c'est un livre donc c'est un rôle à oscar, le rôle parfait pour se refaire une réputation. Elle pourrait jouer la chanteuse, placer quelques chansons dans la B.O.

Bref, un exemplaire a atterri entre les mains d'Hazel. Elle l'avait avec elle le jour où elle a tapageusement enguirlandé un paparazzo en sortant d'un salon de coiffure. Elle s'est jetée sur lui en brandissant mon livre comme une hachette.

En couverture de *US Weekly* trois jours plus tard, le titre était trop flou pour être lisible. Mais le livre était là, entre les mains d'Hazel, au niveau de son visage convulsé de gorgone en furie. Et les journalistes people, toujours méticuleux, ont bien pris la peine de le citer. *Cendres dans la tornade* figurait même dans le dossier judiciaire.

À la fin de la semaine, j'étais 212e sur Amazon.

Quatrième stade :

Le type qui interprétait le pédophile présumé, je l'avais déjà vu. Je ne me suis rappelé où que quelques jours plus tard – il jouait le gay marrant dans cet éphémère sitcom sur une supérette qui s'intitulait *Supermal*.

Mais dans cet épisode de « New York Section criminelle », il tenait le rôle du responsable d'un groupe de jeunes chrétiens accusé d'avoir tué une fillette de 8 ans après l'avoir violée. Il était vraiment inquiétant – je crois que le rôle dans le sitcom sur la supérette n'était pas dans son registre. Dans les scènes où les flics lui jetaient des regards mauvais à travers le miroir sans tain de la salle d'interrogatoire, assis sur la chaise de métal, attendant leur retour, il lisait *Cendres dans la tornade*.

Je n'ai pas vu l'épisode au moment de sa diffusion. Mais Lucy m'a appelé juste après, pendant que je feuilletais des vieux *X-men* avant d'aller me coucher.

« Tu as vu ?

— Quoi ?

— *Section criminelle !* On va t'envoyer un enregistrement. Ça va être énorme. »

Au moment clef de l'épisode, Vincent D'Onofrio entre dans la salle. Le pédophile présumé repose mon livre.

« Bon bouquin ? demande D'Onofrio.

— Pas mal », répond le pédophile.

D'Onofrio balance le livre à travers la pièce dans une crise de rage.

« Certainement pas nul *à ce point-là* », remarque le pédophile, avec un calme glaçant.

« T'auras qu'à lancer un club de lecture sur Rikers Island », réplique D'Onofrio.

C'est une scène formidable. Par la suite, la culpabilité du type se confirme.

Je ne sais pas trop si la recommandation d'un pédophile de fiction dans une série policière compte pour du « bouche à oreille ». On pourrait plutôt imaginer que ça va nuire aux ventes. Mais une fois de plus, David Borer a affirmé que « toute publicité est bonne à prendre ». Peut-être l'essentiel était-il de faire en sorte que les gens reconnaissent mon livre quand ils le voyaient en magasin. Ou peut-être se trouve-t-il dans la nature une foule de pédophiles chrétiens en quête de bonnes lectures.

Quelle qu'en soit la raison, les exemplaires se sont mis à partir à flux tendu. Dites bien ça à quiconque pense qu'Homère a traversé les siècles sur la seule foi de son mérite.

En faisant des recherches pour mon roman, j'avais lu presque toutes les pages Wikipédia consacrées aux tornades. Lorsqu'une tornade se forme, un courant descendant se développe sur le flanc arrière. C'est là que les choses se gâtent. La tornade ne cesse de se renforcer et s'alimente d'elle-même jusqu'à heurter le sol. Là, c'est un déchaînement.

C'est ce que j'ai ressenti. Comme une tornade, c'est difficile à reconstituer dans la mémoire : on ne retrouve que des flashes. Quand je suis arrivé à la 23e place de la liste des best-sellers du *New York Times*, Jon Sturges m'a emmené déjeuner au 99 Restaurant et nous nous sommes tapés dans la main. Derek et Hobart ont commencé à me demander de dédicacer des exemplaires pour leurs collègues. David Boxer s'est mis à m'appeler deux fois par jour pour parler de propositions d'adaptation cinéma. J'ai entamé une correspondance avec le révérend Gary Claine, et il a promis de continuer de prier pour moi. Je passais à Barnes & Noble tous les jours, juste pour le plaisir de voir mon livre sur la table des BEST-SELLERS. Ortolan m'a envoyé faire une tournée de signatures sur douze villes. Mes notes de minibar étaient prises en charge, donc j'ai été bourré pendant une grande partie de ce périple.

L'étape dont je me souviens parfaitement, c'est Philadelphie.

J'étais sur l'estrade de Livresse, un nom comme ça. Je regardais les dix-huit personnes qui m'écoutaient lire.

Parfois, c'est la chose la plus simple – une mélodie à peine perceptible dont on se souvient soudain, la main douce de votre grand-mère, avec son odeur de pain, qui vous touche la joue, le retour à un lieu dont vous rêviez étant enfant, le tronc coudé d'un arbre que vous aviez tordu à force d'y grimper. Des souvenirs qui rouvrent les chambres de votre cœur. Soudain, votre âme s'emplit, comme le lait chaud d'une vache remplit un seau par une aube froide de novembre.

J'ai marqué une pause solennelle avant de refermer mon livre.

Une fois les applaudissements terminés et les livres dédicacés, quand les gens ont commencé à s'en aller au compte-gouttes, j'ai repéré la fille au foulard.

« Bonjour, je suis désolée, a-t-elle dit. J'ai juste… J'ai vraiment adoré votre livre et je voulais juste, je ne sais pas… vous dire merci. »

J'ai pris mon plus beau visage d'écrivain, le visage que j'avais travaillé dans le miroir pendant des mois : réfléchi, préoccupé par le malheur du monde, amusé par la folie des hommes. Et je l'ai invitée à prendre un verre à l'Holiday Inn.

Tout cela aurait été d'une perfection presque inquiétante, exactement conforme à mes prédictions, si ça n'avait pas été sans doute le pire Holiday Inn du monde entier. Nous étions en train de nous peloter dans ma chambre, j'ai repoussé l'édredon, mais il y avait une espèce de tache octogonale d'un jaune électrique, guère naturel, sur les draps, comme si un marqueur fluo avait explosé. Il a fallu que je règle ce problème, ce qui a mis un frein à nos ébats. Puis plus tard, vers 2 h 30, il y a eu une alarme incendie. On a été obligés de descendre dans le parking.

La fille au foulard, bien sûr, a traité toute l'affaire comme une grande aventure. Elle m'a pris le bras et a appuyé sa tête contre mon épaule.

« Écris un poème, a-t-elle dit.

— Quoi ?

— Écris un poème sur cette soirée. Tu écris tellement bien. Je parie que tu pourrais tout à fait écrire un poème sur cette soirée. »

Bon Dieu, j'ai pensé. *Qu'ai-je fait ?*

Brève remarque

Je tiens à insérer quelque chose ici car, de toute évidence, je décris quelques très mauvaises actions que j'ai accomplies, et ça ne va pas aller en s'améliorant. Je dois répondre de beaucoup de méfaits, j'en suis conscient. Mais laissez-moi seulement vous apporter trois précisions, chers lecteurs :

1. Depuis que j'avais rompu avec Polly, je ne pouvais pas écouter la chanson « I'll Never Find Another You » des Seekers sans fondre en larmes.

2. Parfois, le soir, quand je me sentais seul, je me lavais les dents avec une vieille brosse à dents de Polly que j'avais gardée depuis la fac.

3. Quand j'étais au plus bas, au moment où j'écrivais *Cendres dans la tornade* et n'arrivais à rien, je suis passé à deux doigts du suicide. Je suis allé jusqu'à chercher sur Internet le nombre d'aspirines qu'il faut prendre pour finir le boulot.

Gardez cela à l'esprit.

DEUXIÈME PARTIE

LE DÉCLIN ET LA CHUTE

13

État-major de l'OTAN, 23 heures

L'amiral Jameson regardait les points clignotants se déplacer sur le cadran du CentInt. Ce soir, il y avait davantage de mouvements qu'il n'espérait jamais en voir.

Il sortit une Marlboro de sa poche. C'était un amiral quatre étoiles, un commandant en chef, flotte Atlantique, avec trente-cinq ans de service en temps de guerre et de paix. Il avait vu le feu au Vietnam et l'impasse nucléaire à la Maison Blanche. Et il devait encore cacher ses cigarettes dans le tiroir à chaussettes pour que sa femme ne tombe pas dessus.

Mais ce soir, il le savait, il lui en fallait une.

Un officier belge se pencha vers lui :

« Sir, c'est interdit de fumer, selon le règlement. »

Jameson leva les yeux. Des galons de capitaine d'état-major. Il avait vu ce visage mille fois. Le visage insolent d'un homme qui ne quittait jamais son bureau.

« Fiston, ce soir tu vas voir beaucoup de choses qui vont contre le règlement. »

Hélicoptère Cobra AH-1, au-dessus de la mer Tyrrhénienne

Le lieutenant David Brandshot fit pivoter son siège. Il retira une de ses oreillettes.

« On vient de recevoir les instructions – on ne peut pas t'approcher davantage. Trop de trafic aérien. »

Flynn peinait à entendre par-dessus le vrombissement des hélices.

« Et comment je suis censé aller à Venise, alors ? » cria-t-il.

Brandshot pointa son index vers le bas. Flynn regarda la mer au-dessous de lui par la vitre panoramique. Un Zodiac CZ7 filait sur l'eau. Cinquante, peut-être quarante pieds.

« Tu vas devoir sauter ! »

Brandshot faisait de son mieux pour crier tout en maintenant l'altitude de son engin.

Flynn hésita. Il n'avait pas nagé sérieusement depuis l'époque où il était maître nageur à Cape Cod, vingt ans plus tôt.

« Putain, il faut que je revienne derrière pour te pousser ? » hurla Brandshot.

Tenant le levier d'une main, il tourna la tête. Flynn n'était plus là.

Extrait des *Dents du lion ailé* de Nick Boyle
(Copyright © 1984 Anchorage Maritime
Books et Nick Boyle,
reproduit avec l'autorisation de l'auteur)

« Han ! Han ! Han ! »

Elle laissait échapper des glapissements à la fois sauvages et réguliers, comme un lièvre qui se fait électrocuter en cadence avec un métronome. À cheval sur moi, elle rebondissait à un rythme vif pour une femme de son âge. Mon rôle dans la chose était plus ou moins passif.

« HAN ! »

Elle m'a donné une violente claque sur le torse, puis elle a appuyé du plat de ses deux mains, comme si elle pressait la dernière goutte d'une orange.

« Han. »

L'affaire ainsi conclue, elle s'est dégagée d'un bond, s'est éclipsée dans la salle de bains et a claqué la porte. Un moment plus tard, elle est revenue, vêtue d'un peignoir, un verre d'eau à la main.

« Alors c'est lequel, toi, déjà ?

— *Cendres dans la tornade.* »

Elle a bu une gorgée d'eau.

« C'est quoi ?

— Ça parle d'un type et de sa grand-mère, il y a une chanteuse folk, et puis il y a des scènes qui se passent pendant la Seconde Guerre…

— Ah oui, c'est vrai. Le truc chrétien. »

Elle a pris une nouvelle gorgée.

« Pas si chrétien que ça, faut croire.

— Heu, modéré, je dirais. Les éditeurs ont changé plein de trucs. »

Elle a enfilé son jean, mais elle ne portait toujours rien en haut. Un look que je n'ai jamais trouvé flatteur pour une femme.

« Les éditeurs, c'est des comptables armés de stylos rouges », a-t-elle déclaré en se dirigeant à pas décidés vers le bureau où elle a empoigné le téléphone.

« Dana. Oui, c'est Pammy McLaughlin. Écoute, rends-moi service, chérie. Demande à la cuisine de me faire monter une grosse platée de canard rôti. »

Pamela m'a fait signe.

« Tu veux quelque chose ?

— Heu, non, c'est bon.

— Tu restes un peu ?

— Heu, non.

— Ouais, juste le canard rôti, et peut-être un peu de purée d'ignames ou de patates douces, un truc comme ça. Un légume, n'importe. »

Elle a raccroché, m'a informé qu'elle allait prendre une douche, et m'a souhaité bonne chance.

Je me suis rhabillé et je suis parti.

Quand je suis monté dans l'ascenseur pour redescendre au salon LivreXpo de San Diego, je me suis aperçu que mon paquet cognait directement contre mon jean ; j'avais dû laisser mon caleçon dans la chambre de Pamela McLaughlin.

Voilà ce qui s'était passé :

J'ai passé Noël avec ma mère, tante Evelyn et Margaret. Tout le monde a fait joyeusement fête au jeune auteur. Maman m'a demandé d'écrire un poème pour l'occasion. Pour lui faire plaisir, j'ai griffonné quelques vers sur « la dinde honorée, noble oiseau ». J'ai remporté un franc succès. Je craignais qu'on compte sur moi pour dire des trucs intelligents, mais en fait, tout le monde partait du principe que les platitudes que je disais étaient intelligentes. Si je demandais le maïs, ou un truc comme ça, ma mère s'extasiait : « Ah ! c'est qu'il faut nourrir le cerveau du jeune écrivain. » Puis elle me passait le maïs. J'ai inventé une histoire comme quoi Faulkner choisissait toujours une cuisse, parce qu'il trouvait que la viande sombre était plus authentiquement baignée de sang et d'histoire.

Puis ça a vraiment décollé, et avant que j'aie le temps de me retourner, j'étais invité au salon LivreXpo de San Diego.

J'étais surpris que les habitants de San Diego s'intéressent suffisamment aux livres pour avoir un salon. Je ne connaissais de la ville que la série *Simon & Simon* et SeaWorld.

Toutefois, les responsables du marketing chez Ortolan m'ont expliqué que, non seulement ils avaient été invités au salon, mais que j'y étais convié. J'étais censé participer à une table ronde intitulée « Des blogs et des livres : des jeunes auteurs parlent de la technologie et de la littérature. » Avec Lucy, nous n'avions jamais trouvé le temps de lancer un blog à mon nom – coup de bol, personne n'avait été vérifier – mais par le simple fait d'avoir moins de 30 ans, je correspondais aux critères de sélection.

C'était censé être le premier arrêt d'une tournée promotionnelle de la côte ouest en trois étapes. Je ne demandais pas mieux. Mes relations avec Hobart s'étaient quelque peu refroidies depuis que je l'avais fait flipper avec l'histoire du Reutical.

Mais à la dernière minute, je me suis fait déloger par Josh Holt Cready. Il avait daigné rentrer de Gstaad, ou de je ne sais quelle villégiature d'hiver à la con.

Cependant, les billets d'avion avaient été achetés, la machine était lancée, les gens de LivreXpo se sont confondus en excuses et m'ont laissé garder ma chambre d'hôtel. J'avais donc tout un week-end à moi à San Diego, aux frais de la princesse. Dans l'avion, je me souviens de m'être dit : « Les affaires se présentent bien, Tarslaw. »

CE QUE J'AI VU AU SALON LIVREXPO DE SAN DIEGO

- Au rez-de-chaussée du Parc des expositions, des visiteurs, chargés de cabas en tissu, flânaient dans les allées formées par des stands d'éditeurs, comme dans un bazar oriental à l'intention des coincés sur le retour. La salle était encombrée de bandeaux publicitaires, d'effigie d'auteurs en carton et d'exemplaires de démonstration rutilants. C'était le paradis des stylos et des porte-clefs gratuits.
- Il y avait une exposition autour du dernier opus de Tim Drew, *Ararat*. Le livre parlait de biologistes qui découvrent que l'Arche de Noé a vraiment existé, et s'aperçoivent que ça pourrait permettre de découvrir le remède de plusieurs maladies graves.
- Il y avait tout un stand Nick Boyle. D'énormes découpes en carton annonçaient son nouvel opus, un document, *Nick Boyle présente les Psy-Ops*. Une longue file de gens faisaient la queue pour rencontrer un type des opérations psychologiques qui avait fait le déplacement en personne, dans son treillis.
- Le long d'un des murs s'alignaient des stands de compagnies de hardware, où l'on pouvait essayer de petits appareils portables style iPod pour la lecture. J'ai choisi le Toshiba Dante et la fille m'a

montré comment tourner les pages. J'ai commencé à lire un Harry Potter sur l'écran lumineux, mais le sentiment de puissance qui procure le fait de casser la reliure en deux me manquait. Je lui ai suggéré d'ajouter un vaporisateur de parfum qui émette l'odeur de l'encre et du papier coupé. Elle n'a pas semblé intéressée.

- Dans un coin discret se planquait le stand de Reizvoll Press, producteur d'une littérature érotique très extrême. Sur une des couvertures, on voyait un homme doté de pinces de crabe à la place des bras étreindre une femme plantureuse dans une espèce de donjon en pierre. J'aurais bien voulu en savoir plus, mais la nana qui tenait le stand était une monstrueuse géante aux cheveux teints en noir, avec environ dix bagues à chaque main, et la même bouche que le Joker (version Jack Nicholson). Elle m'a fait flipper.
- C'est en examinant la table de Ramrod Publishings, une maison dont je n'avais jamais entendu parler, que je me suis le plus éclaté. Ils se spécialisaient dans les thrillers historiques alternatifs. Leur titre phare, c'était *Du sang pour Quetzalcóatl*, un roman qui imagine que les Aztèques envahissent l'Europe en 1491. C'est plein de sacrifices humains et de grandes batailles entre chevaliers et guerriers, et le héros est un marin inconnu du nom de Christophe Colomb. Mais ils en avaient des dizaines. Le mieux, c'étaient les couvertures : un train à vapeur devant un château médiéval, Abraham Lincoln en tenue de cosmonaute, des biplans survolant des pyramides flambant neuves, des hommes des cavernes luttant contre des aliens, des samouraïs luttant contre des Eskimos, Adolph Hitler embrassant Marilyn Monroe. Ces types,

visiblement, c'étaient eux, les vrais génies. Mais la seule autre personne à leur prêter la moindre attention était un petit Asiatique de 12 ans presque écrasé sous le poids de son sac à dos démesuré. Il débattait avec le gros barbu qui tenait le stand de la question de savoir si un AK-47 aurait réellement arrêté un des éléphants d'Hannibal. Ils semblaient tous deux avoir étudié la question à fond. Le petit Asiatique ne cessait de répéter : « Je tirerais dans les genoux, c'est tout ! Je tirerais dans les genoux ! » Et le barbu répondait : « Petit, est-ce que t'as la *moindre idée* de la résistance de la peau et de la structure osseuse des éléphants ? »

Preston Brooks, malheureusement, n'avait pas fait le déplacement. En explorant les allées, je m'imaginais croiser son chemin – on se regarderait dans les yeux et on se mettrait en position de garde. Peut-être y aurait-il un duel final.

Quand j'ai repéré son nouveau livre, je me suis retenu. J'ai joué à un petit jeu consistant à essayer de deviner quels nouveaux sommets de sentimentalité et de prostitution émotionnelle il avait atteints : de petits enfants qui partent en quête de leurs frères perdus depuis longtemps, un havresac sur l'épaule. Deux orphelins qui tombent amoureux et essaient d'élever un enfant comme ils auraient souhaité être élevés. Un vétérinaire qui traverse le pays en soignant le cœur des vieux chiens en bout de course.

Mais mes plus folles envolées d'effronterie ne pouvaient pas rivaliser avec le Maître.

Le nouveau livre de Preston Brooks s'intitulait *Le Petit Déjeuner des veuves*. Génial, d'emblée. Rien qu'avec le titre, il m'avait battu. Quant au sujet, il s'agissait de cinq veuves – eh oui, l'une d'entre elles était noire. Elles se rencontrent en 1942, pendant que leurs époux suivent un entraînement pour devenir pilotes dans la Seconde Guerre mondiale. Et à partir de cette année-là, elles inaugurent une tradition qui veut qu'elles se retrouvent chaque fois que l'un de leurs maris meurt pour prendre le petit déjeuner ensemble le lendemain des funérailles.

Le Petit Déjeuner des veuves traverse les années, avec les changements, les petits-enfants, tout ça, c'est le genre de trucs qui fait vendre des Kleenex par cartons entiers aux femmes vieillissantes qui arrivent à peine à se retenir de fondre en larmes à la simple mention du passage du temps.

Quel génie foudroyant, ce type. Dans ses mains, ça avait l'air tellement facile. Si je l'avais croisé dans une allée cet après-midi-là, il n'y aurait pas eu duel. Je lui aurai serré la patte.

Cette découverte a donné le la du reste de mon après-midi.

En haut de l'escalator, à l'étage, je me suis installé au fond d'un grand auditorium pour assister à la table ronde à laquelle je devais initialement participer.

Josh Holt Cready était là, en chair et en os. C'était un vrai petit avorton, et ses lunettes cerclées de fer le faisaient ressembler à une espèce de termite ou de coléoptère venimeux.

Il parlait d'une voix faible et grêle, si bien que le public entassé dans la salle devait tendre le cou pour l'entendre débiter des déclarations sentencieuses : « Tôt ou tard, tous les gens de ma génération vont grandir. Ils vont se lasser de Shakira. Ils se tourneront vers Saul Bellow. Rassasiés de *South Park*, ils se souviendront de *Mansfield Park.* »

Chapeau bas. Excellent matos, bien articulé. Quelques proviseurs illuminés se sont levés pour essayer de lancer une standing ovation.

Je me suis appuyé contre le mur du fond et j'ai fait comme si les applaudissements étaient pour moi.

Ayant passé la journée jusque-là à améliorer ma culture et à me donner des bons points, j'ai jugé qu'il était plus qu'indiqué de commencer à boire.

DEUX TRUCS EXTRA QUI SE SONT PRODUITS, PUIS LE LENDEMAIN MATIN :

Le premier truc extra

Dans une rue touristique perpendiculaire au Parc des expositions, de l'autre côté des rails du métro, j'ai repéré un pub irlandais standardisé, avec panneau Guinness et lettrage raccord : celui-ci s'appelait le Bobby Sands'.

Après le soleil de San Diego il a fallu une minute pour que mes yeux s'adaptent à la pénombre prisée par les buveurs diurnes. Un monologue tonitruant s'élevait de l'autre extrémité du bar en forme de L.

« Si nous devons être un empire, eh bien, merde. Agissons en conséquence. »

Ces mots sortaient de la bouche d'un homme aux joues flasques, qui portait des lunettes de soleil. Le barman constituait la totalité de son auditoire. Ce n'était qu'un de ces barmen en train d'essuyer des verres comme on en voit dans les vieux films et les dessins du *New Yorker* – en l'occurrence, c'était un jeune mec avec une énorme touffe de cheveux bouclés, qui se fendait la poire comme s'il avait devant lui une émission comique entièrement dédiée à son propre amusement.

« Mais un empire a besoin de se salir les mains. De décimer. Vous savez d'où il vient, le mot décimer ? De la Rome antique. Quand ils conquéraient une ville, ils faisaient comme ça : un deux trois quatre cinq six » – l'homme aux joues flasques nous désignait tour à tour – « sept huit neuf dix *shtack.* » Il m'a regardé fixement et a mimé un coup de hache. « Ils lui coupaient le bras. Si on faisait ça en Irak, ça serait fini, les insurgés. C'est ça le pouvoir. L'imperium. Se mettre à leur portée. Bien sûr, on ne peut pas le faire là-bas parce qu'on a tout le temps les caméras de télé dans la gueule. »

Le barman s'est glissé de mon côté et m'a demandé ce que je voulais boire.

Mais j'avais les yeux fixés sur l'homme aux joues flasques. J'avais l'impression de l'avoir déjà vu quelque part. Sa chair pendouillait de son cou et faisait des plis qui me rappelaient les rideaux de chez ma tante. La peau autour de ses yeux était craquelée comme une route mal entretenue. Il était bourré, dingue, ou une épique combinaison des deux.

« Hé, attends, on va lui demander, a dit l'homme aux joues flasques. On va voir s'il sait. »

Il a pointé un index ferme vers mon visage.

« De quel côté est l'est ? »

Au moment même où il a posé sa question, j'ai compris qui était l'homme aux joues flasques. Là où je l'avais vu, c'était sur la photo où il conduisait la barge de débarquement amphibie. C'était Nick Boyle, auteur de *La Griffe du faucon d'assaut.*

« De quel côté est l'est ? »

Le bar était perpendiculaire à la rue, j'étais face aux bouteilles, j'étais venu du bout de la rue, j'avais l'océan dans le dos, donc :

« Par là !

— Tout juste, bravo, a dit Nick Boyle. C'est par *là* que sont les Chinois et par *là* que sont les Iraniens. Et par *là*, Dieu nous garde, c'est ces saletés de Mexicains.

— Navré de vous l'apprendre, mais il y en a aussi beaucoup par là, a dit le barman en désignant le nord.

— Ils sont partout, ces fichus Mexicains. »

J'ai commandé un cidre. C'était une décision prise sous le coup de la panique.

« Un cidre, bon sang de bonsoir, a fait Nick Boyle. Donnez-lui une foutue vodka, un truc comme ça. Stolichnaya. Ça lui fera pousser du poil aux couilles.

— OK, je vais me faire pousser du poil aux couilles, j'ai dit.

— Faut pas sous-estimer les Iraniens, a poursuivi Nick Boyle. Ils ont d'excellents sous-marins.

— Excusez-moi, j'ai dit. Je suis désolé… vous êtes Nick Boyle, pas vrai ?

— Ça dépend qui le demande. Si vous êtes le fisc, non. Si vous êtes mon ex-femme, non.

— J'imagine que votre ex-femme vous reconnaîtrait, quand même.»

J'ai accompagné ces mots du rire nerveux qui signe la soumission masculine.

« Après une bouteille de vin rouge et deux ou trois Xanax, elle ne reconnaîtrait pas le Père Noël s'il lui balançait un coup de poing dans les nichons. »

Cette phrase m'a tellement estomaqué que j'ai recraché un peu de ma vodka.

« Et ça représente à peu près n'importe quel moment de la journée passé 11 heures du matin. »

Nick Boyle m'a inspecté de pied en cap.

« Vous ne ressemblez pas tellement à mon ex-femme, cela dit. »

Il a pris une longue rasade de vodka.

« Vous faites environ quinze kilos de moins. »

Nick Boyle ! Croisé par hasard dans un bar de San Diego ! Pas de doute, c'était ça. C'était à ça que la vie littéraire était censée ressembler.

« Je veux pas avoir l'air du fan transi, j'ai dit. Ou, vous savez, je suis sûr que vous entendez ça tout le temps, mais j'ai adoré – j'adore – vos livres. Je me souviens que j'ai passé un été assis sur l'affreux canapé qu'on avait à la maison, qui grattait, vous savez, il faisait 45 °C dehors et la clim faisait un boucan de tous les diables, je n'ai rien fait d'autre que les dévorer. Et mes jambes avaient beau me démanger horriblement, je ne voulais pas me lever. »

J'aurais pu éviter tous ces détails. Mais mon souvenir sensoriel était puissant – je ne pouvais pas penser à *La Griffe du faucon d'assaut* sans penser aux coussins granuleux de ce canapé, recouverts de chutes de moquette années 1960.

« *Arma virumque cano* », a dit Nick Boyle d'une voix lasse, comme si c'était un cliché aussi éculé que *C'est la vie* ou *On ne peut pas tout avoir*.

« Quoi ?

— *Arma virumque cano*. Je chante les armes et l'homme.

— Ah ouais.

— Ce sont les choses qui valent la peine qu'on écrive dessus. La moitié de ces putains de critiques ne sont pas foutus de piger ça. *Arma virumque cano*. Je chante les armes et l'homme. Vous savez d'où c'est tiré ? »

Nick Boyle m'a montré du doigt mais ne m'a pas laissé le temps de donner une mauvaise réponse.

« C'est le premier vers de *L'Énéide*. C'est de ça qu'il s'agit et c'est assumé pleinement. La plus vieille histoire du monde. »

À présent, la glace était brisée, et j'ai eu droit aux:

PENSÉES ET OPINIONS DE NICK BOYLE

- SUR LA LÉGISLATION : « Il devrait y avoir des cacahuètes dans ce bar. Il devrait y avoir des cacahuètes dans tous les bars d'Amérique. Pourquoi le gouvernement ne peut pas faire une loi pour ça ? Et des cacahuètes en coquille, hein. »
- SUR CE QUI LUI AVAIT DONNÉ L'IDÉE DE *LA GRIFFE DU FAUCON D'ASSAUT* : « Je suis allé à Venise avec mon ex-femme. On faisait une croisière nocturne, et en regardant la ville derrière nous, je me suis dit : "Et si quelqu'un faisait sauter tout ça ?" »
- CONSEILS À UN JEUNE ÉCRIVAIN : « Le truc, c'est que je ne suis pas un bon écrivain. Le style, les phrases, tout ça, j'y connais rien. J'ai une formation d'avocat, une formation dans les affaires. Alors j'écris de manière claire et directe. Mais laissez-moi vous dire un truc. Le style, les fioritures – les gens s'en tamponnent. Ce qu'ils veulent, c'est des histoires. C'est pour ça qu'Hollywood les a à sa botte. C'est pour ça que je peux faire la transition avec le cinéma, les jeux vidéo – tout ce que je fais, c'est tracer les grandes lignes d'une histoire. »
- SUR LE VIÊTNAM : « Les Viêt-cong étaient au bout du rouleau ! L'offensive du Têt les a anéantis ! Et paf, on se retire. Qu'est-ce que c'est qu'un pays qui retire ses troupes à la veille de la victoire ? Le premier entraîneur de boxe venu pourrait vous dire que c'était une façon merdique de gagner un combat. »
- SUR SA CARRIÈRE DE BUSINESSMAN : « Les écrivains aiment bien enfoncer le capitalisme. Ils vous pondront cinq cents pages sur un paysan besogneux, mais un mec qui bosse dans une grande entreprise

pour offrir une belle vie à sa famille, pour eux, c'est un criminel pire que Staline. »

- SUR L'ÉTAT ACTUEL DES LETTRES AMÉRICAINES : « De nos jours, dans la moitié des bouquins, ce dont il est question c'est de types qui fument de la dope, qui se branlent et qui pleurnichent sur le départ de leur petite amie. »
- SUR SON ÉCRITURE : « Je vais vous dire – je ne le savais pas au moment où j'étais en train d'écrire. Mais c'est ressorti quand même – tout le monde, *tout le monde* se demande s'il a ça en lui. Qu'est-ce qu'un héros ? Qu'est-ce qu'une histoire, depuis la nuit des temps ? C'est un héros qui se révèle. Vous pouvez creuser la psychologie à la noix de tout ce que vous voudrez. C'est la colonne vertébrale de toutes les histoires du monde depuis les hommes des cavernes autour d'un feu. »
- SUR LE MEILLEUR PISTOLET « POUR TUER » : « Smith & Wesson 640. »
- SUR PRESTON BROOKS : « Une tafiole sentimentale. »

C'est lui qui l'a dit, pas moi.

Si le lecteur a du mal à se représenter certains éléments de cette scène, qu'il garde à l'esprit que nous n'avons pas cessé de boire tout du long et que ces déclarations étaient émises avec davantage de véhémence et une précision moindre dans l'énonciation.

Vers la troisième ou quatrième tournée, il m'a décrit la barge de débarquement amphibie qu'il possédait, celle que j'avais vue sur la photo du *New York Times Magazine*.

« C'est un Higgins boat. Eisenhower a dit que ces bateaux avaient gagné la guerre. Un tirant d'eau de deux pouces ! Ils passaient par-dessus les coraux, les obstacles, n'importe quoi !

— Un tirant d'eau de deux pouces ! » me suis-je exclamé, avec une compréhension très vague de ce que ça signifiait.

Il m'a raconté qu'il l'avait racheté à un patron de bateau bourru de la garde côtière qui avait perdu un bras en en introduisant un sur l'île de Tinian.

« À Omaha Beach, un de ces bateaux s'est évaporé littéralement, tout le truc, les hommes, le métal ! Complètement disparu ! Il est passé sur une mine, ou un truc dans ce goût-là. Putain, si ça, c'est pas du courage !

« Je vais te dire, a-t-il ajouté, désormais penché sur moi, l'haleine chargée et puissante, c'est tout ce que je fais dans mes bouquins. Je déplace des hommes et des machines.

« Très bien, a finalement dit Nick Boyle, regardant sa montre. Faut que j'aille faire une conférence dans un lycée. Tim, c'est ça ?

— Pete.

— Bon vent. »

Il est sorti en zigzaguant et je suis resté là, rayonnant. J'avais réussi. Du canapé qui gratte à une séance de lever de coude aux côtés de Nick Boyle en personne. Le barman m'a présenté une très longue note pour nous deux, que j'ai payée sans protester.

Le second truc extra

Je comprendrai que le lecteur trouve que c'est une sacrée coïncidence que j'aie rencontré deux écrivains célèbres le même jour. Mais n'oubliez pas que c'était, après tout, le salon LivreXpo, et tout le secteur grouillait d'écrivains célèbres. Je suis presque sûr d'avoir aperçu Alexandre Soljenitsyne, aussi, même si c'était peut-être simplement un sans-abri. J'ai vu Tom Wolfe, ou au moins un sosie de Tom Wolfe. Stephen King se baladait dans les allées, et j'aurais bien essayé de le brancher sur les Red Sox, mais il était en train de manger un bretzel.

Vers le milieu de l'après-midi, l'atmosphère du lieu a commencé à devenir nauséabonde – tous ces cartons de pages non lues, et l'odeur du café que véhiculait l'haleine des lecteurs maniaques. Je suis sorti respirer la brise du Pacifique, comme je m'apprêtais à faire le tour du Parc des expos à pied, et j'ai vu Pamela McLaughlin.

Elle portait un épais blouson de cuir de la couleur d'un vieux 33-tours, sa tignasse blond foncé flottait autour de ses épaules. À la seconde où je l'ai repérée, elle était simultanément en train de s'allumer une cigarette et de se moucher. Ma première pensée a été : *C'est super efficace !* puis je me suis dit : *C'est aussi super dangereux*, puis j'ai réalisé : *Hé ! C'est Pamela McLaughlin, le célèbre auteur de romans policiers à succès !* après quoi j'ai pensé : *Pamela McLaughlin allume ses cigarettes en même temps qu'elle se mouche ? C'est super bizarre*, et entre-temps je lui étais presque rentré dedans et je devais dire quelque chose :

« Je suis super fan ! », c'est ce que j'ai trouvé en fin de compte.

« Hein ?

— De vos livres. »

Ce n'était pas vrai. Jusque-là, je m'étais contenté de les feuilleter dans les grandes surfaces en ricanant.

« Vous êtes Pamela McLaughlin, pas vrai ? »

Elle a consenti un hochement de tête dédaigneux, l'air de vouloir accélérer le mouvement.

« Ouais, ouais. »

Ça commençait très mal, cette histoire, et il me fallait coûte que coûte dire un truc cool et désinvolte pour rattraper la situation.

« Vous êtes seulement en ville pour voir les pandas ? »

Pendant que je prononçais ces mots, mes lèvres se sont tordues en un sourire sardonique : j'étais fier de ma repartie. Mais le sourire s'est estompé quand je suis arrivé à la fin de ma phrase, et j'ai presque fait la grimace au moment où je me rappelais que je la volais à un vieux *Simon et Simon*.

Mais je suppose qu'elle n'avait pas vu cet épisode, et les contorsions de mon visage m'ont peut-être simplement donné un air lascif, car elle a soufflé la fumée de sa cigarette au-dessus de mon oreille gauche et m'a fait :

« Je pensais aller à SeaWorld. Donner à manger aux pingouins. »

De toute évidence, elle était partante.

« Je me présente : Pete Tarslaw. J'ai écrit *Cendres dans la tornade*.

— Pammy McLaughlin. Je ne l'ai pas lu. »

Génial. Félicitations pour l'avoir dit ; c'était le genre d'attitude que j'aimais. J'ai désigné ses cigarettes et j'ai dit – parce que c'est ce que dirait un type cool, pas vrai ? :

« Ces machins vont vous tuer.

— C'est pas les seuls à essayer. »

De près, on voyait tout le travail de retouche photo qu'avait fait le *New York Times Magazine*. Son visage ressemblait à un gant de base-ball. Un gant de base-ball neuf, attention, pas un vieux gant usé jusqu'à la corde trônant dans une vitrine à Cooperstown dans une expo sur « L'espoir et le chagrin ; le base-ball pendant la dépression ». Ses joues ressemblaient aux paumes d'un gant Wilson flambant neuf avant qu'on ait eu le temps de le roder. Il y avait un dense réseau de rides, certaines si profondes que je parierais qu'on aurait pu y faire entrer au moins le tiers d'une pièce d'un pence. Elle avait les cheveux blonds, mais pas comme ceux d'une femme de Viking, plutôt de la couleur d'une planche à découper en bois clair. Elle était musclée, aussi. À voir ses épaules, on aurait pu la prendre pour une entraîneuse de hockey sur gazon.

Mais elle possédait aussi une confiance en soi adulte et sans complexe à laquelle je n'étais pas habitué, et ça me tournait la tête et m'intimidait un peu, comme un élève de seconde qui se fait draguer par une de ces redoutables profs divorcées de Floride dont les journaux font leurs choux gras.

Pamela avait dit dans des interviews qu'elle portait toujours un flingue, et je me suis demandé où il se trouvait en cet instant.

Avec le recul, ce moment a également représenté le sommet de ma propre confiance en moi. De toute ma vie, je veux dire – et cette minute précise, avec ça. Alors peut-être que je projetais des phéromones de mâle dominant, et peut-être qu'elle projetait des substances chimiques de femelle alpha, ou quelque chose comme ça, et que tout ça se mélangeait dans l'air. Ça expliquerait ce qui s'est passé ensuite : elle a écrasé sa cigarette avec le talon de sa botte noire et m'a regardé droit dans les yeux.

Je me rends compte, au fait, que tout ça commence à sonner un peu kitsch. Mais c'était exactement ça qui rendait la situation excitante. *Combien de temps peut-on prolonger la supercherie ?*

« Je vais chez Mr. Fung's, elle a dit. Un bar à côté de mon hôtel. Tu viens ? »

Oui, bien sûr, je viens, espèce de fantastique mégère bottée qui se mouche en fumant et qui a un visage de gant de base-ball !

« Je suis toujours partant pour un ravioli vapeur » , ai-je sorti en fait. Je ne sais pas si c'est beaucoup mieux.

UNE HISTOIRE QUE M'A RACONTÉE PAMELA MCLAUGHLIN CHEZ MR. FUNG'S

« Tout ça, c'était des éclats de cervelle. »

Elle indiquait une zone d'une serviette en papier censée représenter une scène de meurtre où elle s'était rendue, près du Liberty Bridge, dans les quartiers sud de Pittsburgh.

« Le temps que j'arrive, un bleu avait ramassé la plus grande partie des bouts de crâne. Il pensait sans doute impressionner ses chefs en faisant le sale boulot. Quand j'ai débarqué, l'inspecteur lui hurlait dessus. Parce que c'est crucial ; il faut retracer le trajet de la balle, localiser le tireur.

« Même si ça n'avait pas une grande importance dans le cas présent. Le tireur était dans une voiture, il avait fait feu par la fenêtre. La vraie question, c'est comment ils avaient eu la victime, Evan, comment ils s'étaient débrouillés pour le faire sortir de *sa* voiture.

« Dans une affaire de meurtre, on commence toujours par le conjoint. La femme de ce type-là, elle était épaisse comme un cure-dents. Très bien élevée – née en France. À ce stade tout le monde est suspect. Sa famille avait une affaire d'importation de vin. Dans une ville de buveurs de bière, ça ne jouait pas non plus en sa faveur. Mais elle avait des petits bras d'araignée, tout fins – elle n'aurait jamais pu actionner un fusil de chasse. Et pourquoi ferait-elle ça dans un endroit pareil ? Alors on se met à chercher des aventures – du côté de la femme ou du mari. Quand on remue ce pommier-là, on récolte toujours quelques pommes. »

Pamela a vraiment prononcé ces mots.

« Tous les meurtres, absolument tous, sont des soap operas. Sauf qu'on les regarde à l'envers.

« C'est là qu'intervient la toxicologie. Ils ont analysé le sang de cet Evan au labo du commissariat. Il s'avère qu'il avait pris des nitrates d'amyle. Ça détend l'anus. Il était là pour baiser. »

Elle a ri.

« Quand le rapport est tombé, l'inspecteur a dû me filer vingt dollars. Il ne pouvait pas croire que le mec était gay.

« La femme, elle, avait un ami, Kent. Très beau mec. Bodybuildé. Un gigolo gay de luxe comme on en voit à la télé. Bref, les flics ont mis des experts de l'informatique sur le coup. En quelques heures, ils ont découvert que Kent avait racolé Evan sur Internet. Deux heures de plus, et ils avaient trouvé le reçu du fusil de chasse. C'est ça le plus beau : ce type, Kent, avait acheté le fusil au vu et au su de tous à Bear Mountain Hunting Supplies ! Si je mettais ça dans un bouquin, les lecteurs ne voudraient jamais croire qu'on puisse être aussi con. Franchement, si t'avais vu le gus – il est sans doute entré dans le magasin avec une chemise Charvet, un truc dans le genre. Le vendeur devait bien se douter qu'il n'allait pas à la chasse aux canards.

« En tout cas, à la simple vue des flics, il s'est liquéfié, il lui a fallu environ une minute et demie pour tout avouer, il a dit que la femme l'avait payé. Elle a un bon avocat, elle attend toujours son procès. Mais quand ils lui ont montré le reçu du fusil de chasse, elle a marmonné : “Pauvre crétin.” Comme j'ai dit : on commence par la femme. »

Puis Pamela a fini son verre.

« Bon, on y va ? » a-t-elle dit.

C'est comme ça que je me suis retrouvé à forniquer dans l'Hôtel W puis à sentir ma teub buter contre mon jean dans l'ascenseur.

Dans l'ascenseur du W, je me suis quand même demandé si peut-être, si je m'y étais mieux pris, Pamela m'aurait invité au Havre Bellissima. Mais à cette réserve près, j'étais assez content de moi.

Le lendemain matin

Le dimanche, le Parc des expositions avait l'air d'un vrai champ de bataille. Des exemplaires du *New York Times Book Review*, des dépliants et des catalogues jonchaient le sol comme des cartons de pop-corn et des cosses de cacahuètes à la fermeture d'une fête foraine.

Dehors, j'ai trouvé un camion qui vendait du café et des burritos œufs/bacon, et j'ai emprunté l'escalator en quête d'un endroit où m'installer pour manger. Des tables rondes se déroulaient encore dans les plus petites salles de conférence. Par une porte entrouverte j'en ai repéré une presque vide, et je me suis installé dans le fond pour prendre mon petit déjeuner.

Sur scène un type qui ressemblait à un Charlie Brown de 70 ans répondait d'une voix douce aux questions de quelques lecteurs.

« La littérature est une chose essentielle. Elle transforme le monde. Comme ça, c'est un peu bateau, peut-être, mais je le pense *vraiment.*

Bon Dieu, ce type parle comme un personnage de Nick Boyle, ai-je pensé en déballant mon p'tit déj.

« Il faut le faire bien, ou il faut s'abstenir. Quand j'étais plus jeune, bien sûr, je voulais être écrivain, vous savez, comme Hemingway, tout ça. Alors je me suis dit : je vais écrire un million de mots. Il me semblait que c'était le nombre de mots qu'il me fallait écrire avant d'essayer de publier quoi que ce soit. Ça m'a pris trente ans. »

Un jet de graisse m'a giclé sur la cuisse quand j'ai pris une bouchée de burrito. C'était mon seul pantalon correct pour tout le séjour, alors j'ai posé le burrito sur mon siège, je suis sorti furtivement, j'ai fait un stock de serviettes en papier dans les toilettes et me suis épongé rapidement.

Quand je me suis de nouveau glissé dans la salle, le vieux Charlie Brown pérorait toujours.

« … donc j'étais en Chine, dans les services diplomatiques – c'était en 1980, je crois – et je crois que c'est là que j'ai commencé à prendre des notes, disait-il.

« Et j'ai commencé à réfléchir, et à les retravailler, plus comme hobby qu'autre chose. C'est un processus lent. Il faut être très consciencieux, et très lent. À mon avis, en tout cas. Mais peu à peu, ça s'est mis à prendre forme. Puis quand j'ai pris ma retraite, ma femme, Dieu la bénisse, m'a dit : "Tu as attendu trente ans pour devenir écrivain. Essaie sérieusement." Elle m'a fait m'installer à mon bureau pour écrire tous les matins. »

Entre-temps, je m'étais fait une idée assez fiable de la forme du burrito, et je pouvais manger tout en regardant parler le vieux Charlie Brown.

« C'est amusant. J'ai abordé, dans cet ouvrage, la paléontologie, les fouilles. Et c'est ça, écrire un roman. Les gens s'imaginent qu'il s'agit de coucher des mots sur du papier, ils voient la pile de feuilles, les cigarettes à la chaîne, ainsi de suite. Ou d'évoquer les choses, comme s'il suffisait de fermer les yeux pour les voir dans un flash, un truc comme ça. »

Il y avait trop d'œuf dans ce burrito.

« … mais, *les fouilles*. C'est une bien meilleure métaphore, je trouve. Avec précaution, on retire des couches, on enlève la terre, et progressivement, très progressivement, l'image se précise. On la distingue de mieux en mieux. »

Abandonnant la moitié de mon burrito, j'ai siroté mon café tandis qu'il poursuivait son discours.

« Et c'est un travail minutieux. Un travail fastidieux. Et, comme dans les fouilles, si vous essayez d'aller trop vite, vous risquez de tout détruire. Vous ne pouvez pas aller plus vite que la musique. Vous pouvez creuser une journée entière, et ne trouver qu'un minuscule tesson de poterie. Apprendre seulement un détail sur un de vos personnages. Mais c'est la seule façon de s'y prendre, avec lenteur. Alors oui, c'est un travail fastidieux, il faut mettre les mains dans la boue, mais si vous vous y prenez bien, eh bien, avec un peu de chance, vous découvrirez quelque chose – c'est le mot qui convient, on *découvre* un roman, je suppose – vous découvrirez quelque chose qui en vaut la peine. »

Mince, je me suis dit, *il se fatigue pour rien, ce type*.

« Alors, je suppose que je vais y retourner, que je vais remettre les mains dans la boue, parce que, de fait, j'aime ça. C'est progressif – une découverte progressive. Et si vous le faites correctement, je crois, vous n'avez presque pas l'impression de jouer un rôle actif. De jouer un rôle plus actif dans la création du roman que le paléontologue dans la création du fossile. »

Je voyais pourquoi ils avaient gardé ce type pour le dimanche. Le vieux Charlie Brown est sorti de scène en traînant les pieds sous les applaudissements polis du public.

En partant, j'ai demandé l'identité de l'orateur à un spectateur enchandaillé.

« Bill Lattimore, a-t-il dit.

— Bill Lattimore… qu'est-ce qu'il a écrit ?

— Il a écrit un roman qui s'appelle *Pékin*.

— Ah ouais, c'est vrai. Merci. »

Pékin, le livre préféré de Lucy, qui en cet instant servait sans nul doute de dessous-de-plat à la purée lyophilisée du déjeuner d'Hobart.

Je me suis promis de dire à Lucy de dire à Bill Lattimore d'arrêter de s'assommer à « fouiller » et de se contenter de pondre un bouquin avec un meurtre et des trucs de Noël.

Comme il me restait quelques heures à tuer avant mon vol, je me suis baladé au rez-de-chaussée. Quelques stands étaient encore montés et quelques traînards fouinaient de-ci de-là. Sur la table d'Ortolan, j'ai pris un exemplaire de *Cendres dans la tornade* et l'ai feuilleté. J'ai lu quelques phrases au hasard. *Une lumière dorée suintait par les interstices entre les sommets, elle se déversait en lourds torrents dont la chaleur faisait fondre la neige le long des éclats rocheux*. Ou, *Silas, la bouche encore pâteuse du goût de vieille bière, baissa les yeux sur les sildacéas et les buissons arides, et il vit comment la terre se reconstruit*.

J'entendais encore Nick Boyle tempêter sur « les hommes et les armes » et Pamela montrer sur une serviette en papier l'endroit où les flics de Pittsburgh avaient trouvé des éclaboussures de cervelle. À tout le moins, ces deux-là semblaient penser ce qu'ils écrivaient. J'avais du mal à trouver dans mon livre une seule phrase en laquelle j'aurais vraiment cru. Mais hé – j'avais réussi mon coup, non ?

À côté de moi une femme, 35 ans peut-être, regardait un autre exemplaire de mon livre.

« Il est pas mal du tout, ce bouquin, j'ai dit.

— Mouais, elle a fait. Je devais le lire pour mon

club de lecture. Mais je ne l'ai pas fini. Je ne suis pas arrivée à rentrer dedans.

— Ah. Eh bien, moi, je l'ai trouvé pas mal du tout.

— Oui, mais ça faisait un peu fourre-tout, il y a des bouquins comme ça. Je suis arrivée à peu près à la moitié, et j'ai décidé que, bof, ça valait pas la peine de continuer.

— Et le style ? j'ai demandé. Vous n'avez pas trouvé ça lyrique ?

— Si, sans doute, mais, vous savez, dans une certaine mesure, c'est seulement, vous savez, des mots.

— Pff. Je suis sûr que les gens disaient la même chose à Faulkner. »

J'y ai mis plus d'aigreur que je n'en avais l'intention.

« Il se trouve que j'adore Faulkner. J'ai fait mon mémoire de maîtrise sur le thème de la race dans *Le Bruit et la Fureur*. »

Elle continuait de contempler mon livre comme un catalogue de fringues qui ne lui plaisaient pas.

« Vous savez, c'est moi qui l'ai écrit. »

Elle a levé les yeux sur moi, puis elle a regardé de nouveau la couverture, peut-être pour chercher à voir si le nom correspondait au visage.

« Hé, quand la police pense que Silas a tué son patron, pourquoi ne se contente-t-il pas d'attendre et d'expliquer ce qui s'est passé ?

— Eh bien… Silas est désorienté, et c'est une âme craintive, bien sûr…

— Franchement, je suis persuadée que s'il s'expliquait, ils pigeraient tout de suite. Est-ce que ça ne serait pas plus logique que de fuir à travers tout le pays ? Parce que ça, ça lui donne l'air coupable. »

Un flux de colère m'a parcouru tout le corps. Mais j'ai gardé mon calme, et j'ai activé ma voix d'écrivain : patiente, pédante.

« Les personnages prennent forme sur la page. Tout ce que je fais, c'est observer, et enregistrer. J'attends que l'histoire se raconte à moi d'elle-même.

— Mmm.

— Je fouille, j'ai dit. Je suis pareil à un paléontologue. J'enfonce les mains dans la terre, et je creuse. Ce livre, en fait, n'est rien d'autre qu'un os de dinosaure que j'ai découvert. »

Elle a reposé mon livre sur la pile.

« Peut-être qu'il n'est simplement, vous savez, pas pour moi. »

Elle m'a gratifié d'un sourire d'institutrice. *Super* condescendant.

« Vous connaissez Pamela McLaughlin ?

— Pamela McLaughlin, la nana qui écrit des polars ? Ouais, j'ai entendu parler.

— Eh bien, j'ai couché avec elle hier soir.

— Hum. Génial. »

Elle s'est reculée, en quête d'une sortie.

« Et j'ai parlé bateaux avec Nick Boyle. Higgins boats. Eisenhower a dit que ces bateaux avaient gagné la guerre.

— C'est super. Félicitations.

— Alors il me semble que je sais une ou deux choses sur l'écriture. »

J'avais remporté l'échange. Cette abrutie, avec son mémoire de maîtrise à la con. « La race dans *Le Bruit et la Fureur* » ? Quel thème original, je lui aurais fait remarquer si je n'avais pas eu un avion à prendre.

Elle n'aurait sûrement pas été si insolente si elle avait su que je partais pour Los Angeles afin de discuter de l'adaptation de *Cendres dans la tornade* au cinéma.

14

INTÉRIEUR – APPARTEMENT DE POE – LE MÊME SOIR

L'appartement ressemble à la cabane d'Unabomber, transplantée au sous-sol d'une brownstone de Brooklyn. Des sweat-shirts éparpillés, des vieilles serviettes, des cartons de nourriture chinoise qui sont là depuis l'administration Clinton. *Chronicles* de Rush passe sur la chaîne pourrie. En plein milieu de la pièce, sur des cageots de fruits, trône l'échiquier.

GROS PLAN SUR POE, accroupi au-dessus de l'échiquier – du côté des noirs, les pièces n'ont pas encore été bougées.

POE

Comment tu fais, salopard ?

(ON FRAPPE UN COUP à la porte. Poe ne bouge pas. PANORAMIQUE sur la porte. ON FRAPPE une seconde fois et la porte s'ouvre. SERGEI fait son entrée. Il est suivi par YEGOR – bâti comme une armoire à glace, cent dix kilos facile, avec des bras capables d'écraser un crâne aussi facilement qu'une pomme fuji.)

SERGEI

Tu devrais pas laisser la porte ouverte. Le quartier n'est pas si sûr que ça.

(Il sourit. Un sourire qui fait froid dans le dos. C'est seulement à ce moment que Poe lève les yeux.)

POE

Je ne l'ai pas.

SERGEI

Tu n'as pas quoi ?

POE

L'argent.

SERGEI

L'argent, l'argent, les Américains se ruent toujours sur l'argent. « Par ici la monnaie », hein ? Peut-être qu'on est juste passés te voir t'entraîner.

POE

Il a disparu.

SERGEI

Peut-être qu'on passe, juste pour faire voir à mon ami comment tu joues ton jeu.

(Yegor traverse la pièce, et surplombe Poe depuis l'autre côté de l'échiquier.)

SERGEI

Peut-être qu'on fait une visite de courtoisie.

POE

Dans ce cas, je suis désolé, je n'ai ni chardonnay ni brie.

« Soudain Sergei s'avance et gifle violemment Poe. Poe vacille, puis se recule brusquement, le nez en sang. Sergei sort un revolver de sa poche. Il le pose au milieu de l'échiquier.)

SERGEI

Ou peut-être qu'on veut jouer à ce jeu-là.

(Sergei s'accroupit en face de Poe.)

SERGEI

T'es pas si malin que tu le crois.

(Sergei saisit un pion sur l'échiquier, et se relève.)

SERGEI

Dans ta langue, on appelle ça un pion, pas vrai ? Un pion, c'est très facile à abandonner. Abandonner un pion, ce n'est rien.

POE

(Il se frotte le nez.) Tu t'y connais, aux échecs.

SERGEI

Je jouais aux échecs quand j'étais petit.

POE

T'as déjà entendu parler de Gary Kasparov ?

(Sergei ne bouge pas.)

POE

Un jour, Kasparov a joué contre Bela Nadosy, le champion hongrois. Nadosy avait les blancs, Kasparov les noirs. Voici les trois premiers coups.

(En rafale, Poe bouge six pièces – pions, chevaux, tours. Aucun des coups ne touche le revolver. L'un des pions atterrit dans le trou de la gâchette.)

POE

Trois coups. C'est tout. Et Nadosy a dit : « Tu m'as battu. »

Ce ne sont pas des coups très spectaculaires – un bon

amateur n'y aurait jamais pensé. Mais Nadosy se savait battu. Tu sais pourquoi ?

SERGEI

Je t'écoute.

POE

Parce qu'il sentait la confiance de Kasparov. Il la voyait dans sa manière de jouer. Et il savait qu'il ne pourrait jamais battre un homme aussi sûr de lui.

SERGEI

Et Kasparov est devenu champion du monde. Excellente, cette histoire.

POE

Et Nadosy…

(Poe tend le bras de l'autre côté de l'échiquier – juste sous le nez de Yegor – et tapote la tête du roi blanc.)

POE

Nadosy s'est noyé dans la mer Noire.

Poe se lève.

POE

Tu as les blancs. Tu viens de faire ton premier coup.

(Soudain Poe sort un Tec-9 de sous l'échiquier. Avant que les Russes aient le temps de réagir, il l'a braqué sur le front de Sergei.)

POE

Tu trouves que j'ai l'air sûr de moi ?

Extrait du scénario non réalisé « Noirs/Blancs »
de Miller Westly

« Je vais te raconter l'histoire *définitive* sur Marlon Brando. Enfin, c'est plutôt une histoire sur Elia Kazan, en réalité. Ils sont en train de tourner *Sur les quais*, la scène dans la cale du bateau, le mouchard vient de se faire écrabouiller par une caisse qu'on lui a lâchée dessus, Karl Malden se pointe, et tous les dockers le regardent. Kazan prépare le plan, met tout le monde en place. Et il fait le tour, en commençant par les figurants, et il leur donne le contexte : les motivations, etc., il fait un personnage à part entière de chaque participant. "Tu es tchèque. Tu ne parles pas très bien anglais. Tu sais que ces types t'en veulent, mais tu as de la chance de faire partie de l'équipe, et tu économises pour faire venir ta femme." "Tu étais un gamin intelligent, tes profs te conseillaient de t'inscrire à la fac. Ton père t'encourageait, il disait qu'il trouverait un moyen de payer ton inscription. Mais il s'est bousillé la jambe. Personne ne l'a aidé, et tu as été obligé de te mettre à travailler." Des trucs comme ça. Kazan passe en revue chaque acteur, cinquante, soixante types, à chacun, il leur donne des éléments. En commençant par les types qui n'ont pas un rôle parlant, les figurants. À la fin, ils y sont tous passés, les petits rôles également. Alors il parle à Karl Malden pendant vingt minutes. Il lui explique tout par le menu : sa manière de penser, qu'il n'a jamais vu un corps dans un si sale état auparavant, ce qu'il a *mangé* ce jour-là, tout.

« Puis quand il en a fini avec Karl Malden, Kazan dit : "OK, on est prêt, moteur."

« Et Brando, qui est resté à regarder toute cette scène pendant trois heures, dit : "Hé, Elia, mais tu ne m'as rien dit, à moi."

« Et Kazan se tourne vers lui. Le montre du doigt. Devant tout le monde.

« Et il hurle : "Toi tu restes là et tu dis ta putain de réplique." »

Miller Westly ne possède qu'un seul niveau d'intensité. Tout le temps qu'il me racontait cette histoire, il agitait les mains comme pour intercepter une série de boîtes invisibles qu'on lui envoyait dans la figure.

« C'est comme ça qu'on fait un film ! »

Le Standard Hotel à Hollywood ressemble à une parodie. L'enseigne en hauteur ressemble à une parodie, la moquette à longues mèches ressemble à une parodie, les fauteuils œuf style 2001 suspendus au plafond ressemblent à une parodie et la trip-house mâtinée d'Eurodance que martèlent constamment les enceintes ressemble à une parodie. La piscine ressemble à une parodie de piscine rétro-cool années 1970 conçue par quelque über-designer. Mais tout le monde se comporte comme si c'était totalement sérieux : le type à la coupe mulet au guichet se comporte comme si c'était sérieux, ainsi que le mannequin déguisé en sirène qui pose dans un aquarium géant fluorescent.

Miller Westly, en tout cas, avait l'air de prendre ça au sérieux. À 15 h 13 il a déboulé, et il a raflé une poignée de petits pois soufflés au wasabi dans un saladier en porcelaine noire posé sur la table du hall. Avec le plus grand naturel, il m'a expliqué qu'il devait sentir un peu mauvais parce qu'il avait vu son coach ce matin-là. « Cet Israélien, il te botte le cul et t'en redemandes. »

Nous nous sommes installés au bord de la piscine, et il m'a raconté que, ces temps-ci, il buvait beaucoup de mojitos au rhum Appleton, il a demandé à une serveuse si elle avait du rhum Appleton, lui a fait promettre que la menthe était fraîche, et a commandé deux mojitos et une bière Negro Modelo. Tandis que la serveuse s'éloignait, il a étudié son postérieur un peu comme un botaniste examinerait une orchidée rare.

« C'est exquis. C'est primitif. Une réaction primitive. L'un des principes essentiels que je garde toujours à l'esprit quand j'écris, c'est que les hommes sont des animaux primitifs, viscéraux. On peut emballer le tout dans tous les nœuds papillons, les costumes de Savile Row à quinze cents dollars avec pochette en soie de Milan qu'on voudra, il reste toujours un animal *primitif* au fond. Celui qui revient systématiquement à cette vérité fondamentale ne sera jamais à court d'histoires. »

Tout ceci était dit avec une vélocité incroyable. Miller parlait comme s'il lisait d'un trait les idées qui défilaient à toute vitesse sur un téléscripteur dans son cerveau. Ce n'est que plusieurs heures après, quand je me suis repassé la bande au ralenti, que j'ai pu reconstruire son discours.

« Regarde Brando, a-t-il poursuivi. À mon avis, le meilleur acteur de tous les temps, point à la ligne. Juste à un niveau pur, cru, viscéral. Personne ne lui arrive à la cheville. Je donnerais mes deux couilles et dix centimètres de ma queue pour l'avoir dans une scène. J'ai écrit des scénarios entiers simplement pour l'exercice, pour pouvoir réfléchir à la façon dont Brando aurait dit mes répliques. Et j'ai passé des mois à résoudre des problèmes dans des scénarios, des problèmes que Brando aurait pu résoudre rien qu'en se tenant là. Il *saisit* l'écran. Il le bouffe. Il le *baise*. L'écran *supplie* Brando de le baiser. Et voilà pourquoi. Il joue toujours cette tension, la frontière exacte entre un homme dans la société et un animal sauvage. On le sent parfaitement. On sent qu'il se retient. T'as vu *Un tramway* ?

— Oui.

— La première fois que Brando a rencontré Tennessee Williams, il a enlevé son putain de *tee-shirt* et il a réparé les *chiottes* de Tennessee. Williams a appelé Kazan, qui réalisait le film, et il lui a dit : "C'est le bon. C'est Stanley Kowalski. Ce mec, il a du cambouis sur les mains et il répare mes chiottes." Primitif. »

Après quoi les mojitos sont arrivés et Miller m'a raconté l'histoire *ultime* sur Brando.

On m'avait envoyé à Los Angeles pour rencontrer Miller Westly parce qu'il avait exprimé le souhait d'écrire et de réaliser la version cinématographique de *Cendres dans la tornade*. Je m'étais renseigné sur lui et j'avais conclu qu'il était parfait pour le boulot. Lors des oscars 2000, dans les toilettes des hommes, Miller Westly aurait essayé de poignarder Russell Crowe. Westly venait de perdre l'oscar du meilleur scénario adapté : il avait écrit le biopic d'Ethel Merman pour lequel Renee Zellwegger a remporté l'oscar.

Lui et Russell Crowe avaient ensuite commencé à s'engueuler – si l'on peut faire confiance à Internet – pour la raison que Crowe se retirait du prochain projet de Westly. C'était une remise au goût du jour du *Marchand de Venise*, transposé à Las Vegas pendant le week-end du Super Bowl. À ce qu'il semble, Crowe avait décrit le scénario comme « cent pages de foutaises cocaïnées », et Westly avait essayé de le frapper avec un couteau Bowie qu'il avait caché dans la ceinture de son smoking. Harvey Weinstein, Ian McKellen ou Kathy Bates, ça dépend des versions, l'avait plaqué à terre. Après cela, Westly avait disparu pendant deux ans. Il était parti vivre au Japon.

Mais de mon point de vue, il fallait avoir atteint un certain niveau de célébrité pour en venir à se bagarrer dans les toilettes avec Russell Crowe. Et cocaïné ou non, il faut prendre ses scénarios à cœur pour être prêt à tuer pour eux.

Le film sur Ethel Merman était bon. Ou du moins, ses défauts n'étaient pas imputables à Miller Westly. Je l'avais vu à la fac, avec Polly. Après, pendant des semaines, chaque fois qu'on s'ennuyait dans ma chambre, je lui demandais de faire la scène où Renee Zellweger dit aux producteurs qu'elle ne changera pas sa façon de chanter : *Je ne le ferai pour personne au monde !* Polly imitait à la perfection la moue grimaçante de Renee.

J'ai essayé de reregarder le film avant mon départ pour l'Ouest, mais quand je suis arrivé à la scène où Ethel avoue enfin son amour à Ernest Borgine (Val Kilmer), j'ai su que ça allait être beaucoup trop triste.

À en croire IMDb, Miller Westly s'était relevé de son congé sabbatique. Il avait vendu pour deux millions de dollars un scénario sur les pêcheurs de crabe en Alaska. Il avait signé une adaptation de *Sister Carrie* pour Martin Scorsese. En guise d'échantillon, son agent m'avait envoyé son prochain scénario *Noirs/Blancs*, un film sur des mafieux russes qui rackettent un prodige des échecs à Brooklyn. Russell Crowe devait se charger de la réalisation.

Il n'avait pas été facile d'arranger cette rencontre. J'avais eu vingt-sept conversations téléphoniques avec Aaron, l'assistant de son agent. Il avait pris l'habitude de m'appeler « champion » et me disait que quand je viendrais à L.A. on devrait aller « s'ambiancer ». Je pense que ça signifiait boire un coup quelque part mais, dans le doute, je ne me suis pas engagé.

Au bord de la piscine au Standard, Miller a trinqué avec moi puis siphonné son mojito. Il s'est mis à écraser la menthe avec le doigt.

« Je suis pas sûr qu'elle était fraîche. »

Puis son Treo a grondé dans sa poche, et il l'a dégainé pour répondre.

Les choses étaient en tout point conformes à ce qu'elles étaient censées être. J'étais en train de siroter un mojito avec un type qui voulait adapter mon bouquin au cinéma. J'avais quelques idées arrêtées pour le film. Je voulais aussi entendre l'histoire de l'agression de Russell Crowe. Mais de toute évidence, la meilleure stratégie pour un écrivain consistait à prendre un air farouche et légèrement dégoûté par l'endroit et par toute l'entreprise consistant à transformer son œuvre, à savoir de l'art, en un film, à savoir du commerce. Le mojito devrait être traité comme peu satisfaisant.

En façade, en tout cas. Intérieurement, j'étais obnubilé par des questions de la plus haute importance : *Quelles stars de cinéma vais-je pouvoir rencontrer ?* et *Combien vais-je être payé ?*

Plus profondément encore – j'osais à peine me le formuler – je me disais : *et si je gagnais un oscar ?*

Miller a raccroché, pressé le bouton fin d'appel ou je ne sais quoi et s'est rapproché à grands pas.

« Écoute, coco, faut que je file. Faut que je maile le manuscrit du truc sur les échecs à un des exés avant qu'il prenne l'avion pour Londres et mon assistante est partie à Santa Barbara chercher un Modigliani. T'as ce qu'il te faut, n'est-ce pas ?

— Ce qu'il me faut ? Ce qu'il me faut pour quoi ?

— Ce qu'il te faut pour ton article.

— Pardon ?

— T'es pas le petit nouveau d'*Entertainment Weekly* ?

— Non… je… j'ai parlé avec votre agent ! Avec Aaron ! Je suis l'auteur de *Cendres dans la tornade*.

— Oh merde, alors ! » il a dit.

Il s'est rassis.

« Le bouquin ! Zut ! »

Il m'a donné un petit coup de poing dans l'épaule.

« *Cendres dans la tornade*. Hazel Hollis adore ce truc, hein ? Cette garce hystérique. »

Il a fourré un glaçon dans sa bouche.

« *Garce* dans tous les sens du terme, à ce que j'ai entendu dire. Ha ! »

Il m'a donné une tape sur l'épaule.

« Sérieux. C'est Charlie Sheen qui me l'a dit. Bref ton truc – ton truc, c'est du putain de génie pur. »

Il a sorti de son sac un exemplaire de mon livre avec des Post-it de couleur qui dégueulaient de la tranche.

« J'ai envie de le baiser, ton bouquin. Littéralement. J'ai envie de faire un trou dedans, de le remplir de lubrifiant, et de le baiser. Tu trouves ça excessif ? Je suis hyper excessif comme mec. J'ai des observations. »

LES OBSERVATIONS DE MILLER WESTLY

- Écoute, j'ai plein d'amis gays – on est à Hollywood, on a tous fait des expériences à la fac, mes producteurs sont gays, mon dentiste est gay – mais faudrait quand même viriliser un peu Silas. Ne serait-ce que pour attirer de meilleurs acteurs.
- Le truc à Vegas, scène d'ouverture : Silas passe devant un joueur ivre. On fait comprendre que ce type est devant l'hôtel tous les jours. Il demande quelques dollars à Silas – et Silas lui donne.

Sachant qu'il va les flamber aussi sec. On pose les soubassements de notre truc : fatalité, gentillesse, amour, tout le tintouin.

- Le grand-père de Silas, le type qu'épouse Grand-Mère après la mort de Luke ? Il faut qu'il ait été un vrai salopard. Maltraitance psychologique, il cognait Grand-Mère, il buvait ? On mettra une scène où Grand-Mère explique la chose à Silas dans la voiture : "Ton grand-père était un vrai fils de pute." Flash-back sur le grand-père en train de lui donner une grande claque. Tu vois ce que je veux dire ?
- Grand-Mère – tu vois, c'est un rôle génial pour une Ellen Barkin, ce genre, une de ces actrices qui passent leur temps à se plaindre qu'il n'y a jamais de rôles pour les femmes "matures". Le jury des Oscars va *adorer* ça. Mais les spectateurs, eux, ils ont besoin de savoir que Grand-Mère était *canon* quand elle était jeune. Peut-être Renee. Peut-être une nouvelle tête. Sexy, mais *classe*.
- Esmeralda – chanteuse de folk, super personnage, on vendra quatre cent mille exemplaires de la B.O. la première semaine. Mais faudrait qu'elle soit toxico. En voie de désintox. Elle ne le dit pas à Silas. Puis en route, quand les choses se gâtent, elle fait une rechute. *Géniale* complication de troisième acte. Elle guérit grâce aux soins de Silas, et il *démolit* le mec qui lui a refilé la came.
- Le chasseur de prime. Il doit être archi sympa. Un genre de bon samaritain, tu vois ? Il a une petite fille à la maison. On voit que, dans son sac de flingues, de grenades et tout le bordel, il trimballe un collage de macaronis qu'elle a fait pour lui à l'école. Quand il rattrape Silas, il lui fait un laïus génial sur la rédemption.

- Les trucs de la Seconde Guerre mondiale, Luke dans la Résistance, tout ça – super. Mais écoute un peu ça : un jour, comme il est en mission avec les types de la Résistance, ils lui font traverser les bois pour lui montrer un enclos : fils barbelés, nazis partout. Qu'est-ce que c'est ? C'est un camp de concentration. Tu vois le topo ? "C'est pour ça que nous nous battons", etc.
- Luke au Pérou, quand il est en train de mourir – on fait venir un prêtre catholique. Un vieux bonhomme qui lui administre l'extrême-onction. Et le prêtre lui dit : "Ma vie a été longue, la tienne a été brève, mais bientôt nous serons ensemble au paradis." T'imagines le truc *dément* ? Ça fait une scène du tonnerre. Pleine de tension dramatique.
- La fin, quand Grand-Mère disperse les cendres – scène géniale. On va la faire comme ça : elle tient la main de Silas, puis elle la lâche et elle entre dans la tornade. C'est la fin. Le dernier plan. Cette femme qui entre dans une putain de tornade. Impact maximum.

Il est difficile de donner une idée de la rapidité à laquelle Miller Westly m'a communiqué toutes ces idées. Entre-temps il prenait des gorgées de sa Negro Modelo et quand il a fini la bière, il avait fini de parler. Il a sorti un flacon foncé de sa poche et s'est administré trois gouttes dans chaque œil.

« Qu'est-ce que t'en penses ? »

Ce que j'en pensais, c'était : *Cet homme est un génie*. Peut-être encore plus génial que Preston Brooks, même.

Il avait un tel culot ! Pas la moindre gêne ! Il n'essayait pas d'enrober ses mensonges d'un vernis de lyrisme. Dans l'escroquerie littéraire, le jeu consistait à écrire des conneries et à convaincre les lecteurs que c'était de la qualité. Mais à Hollywood, le jeu consistait apparemment à dire à ses clients : « Voilà des conneries. Vous allez payer pour ça, et ça va vous plaire. »

C'était une leçon d'humilité. Je me rendais compte qu'il était bien meilleur que moi à ce jeu-là.

Miller m'a regardé avec un petit sourire hâbleur.

« Tu te rends compte que je suis bien meilleur que toi à ce jeu-là, n'est-ce pas ?

— Oui », j'ai fait, ébahi.

À travers la table il m'a donné un petit coup de poing dans l'épaule.

« Je n'ai pas le choix. Ton bouquin s'est vendu à – quoi – trente mille exemplaires ? À tout casser ? »

La vérité était considérablement moindre, mais j'ai modestement haussé les épaules pour laisser entendre qu'il n'était pas loin du compte.

« Et pour un livre, c'est un succès, a-t-il poursuivi. Moi, je bosse dans le cinéma. Il faut que j'arrive à mobiliser quatre, cinq *millions* de spectateurs, minimum, sinon je me retrouve *à poil*, dans cette ville. Je peux pas me permettre de faire le con comme vous autres. »

Miller a saisi son Treo, a regardé l'écran, puis l'a reposé brusquement sur la table.

« Merde. Faut que j'aille à Pacific Palisades, chez moi, récupérer le manuscrit, et que je l'envoie dans les dix-sept prochaines minutes. Tu m'accompagnes ? On causera dans la bagnole. »

*

* *

Au bord de la route, Miller a refilé un billet de vingt au voiturier mexicain en lui lançant : « *rapidamente* ». Le voiturier a détalé comme un sprinter olympique.

En attendant, Miller a ressorti sa fiole et s'est remis des gouttes. Il m'en a proposé :

« T'en veux ?

— C'est quoi ?

— Du distillat de THC liquide condensé. Ça se met dans les yeux. Défonce intégrale sans avoir besoin de fumer de l'herbe. C'est que c'est très mauvais pour les poumons, cette saloperie. »

J'ai décliné son offre, terrifié à présent à l'idée de monter dans sa voiture. Mais je n'ai rien dit parce que je voulais garder l'air cool.

Le voiturier a avancé l'engin – une BMW série 6 –, nous sommes montés et Miller s'est engouffré sur Sunset pied au plancher.

Devant une rangée de bureaux en forme de boîtes, on s'est retrouvés coincés derrière une camionnette qui roulait comme un escargot et bloqués sur la gauche par une Prius. La solution choisie par Miller a été d'enclencher la marche arrière, de passer sur la file de droite en coupant la route d'une Escalade, et d'accélérer comme un malade. Tout en faisant ces manœuvres, il a tendu le bras devant moi pour désigner une route en lacets qui s'enfonçait dans les collines.

« Un soir, j'ai été à une fête là-haut. Je sais pas du tout comment je suis rentré chez moi, mais quand je me suis réveillé, j'ai trouvé dix coquilles d'œuf sur le sol de ma salle de bains. J'avais gobé dix œufs crus. Merde. »

Ce « merde » s'adressait à un feu rouge.

« Mais le hic, c'était que la fête avait lieu le samedi. Quand je me suis réveillé c'était le *mercredi*, putain. »

Je soupçonnais Miller d'être le genre de type qui conduit mieux s'il maintient un débit régulier d'élucubrations. Alors j'essayais de relancer la machine.

« T'as toujours voulu écrire pour le cinéma ? j'ai demandé.

— Quand j'étais petit mon père m'a emmené voir *Docteur Folamour*. Faut être un peu cintré pour emmener un gamin voir un film pareil. Mais mon père était un peu cintré. J'avais 12 ans quand j'ai vu ce film et ça a fait tilt : *Yes ! Faut que je participe à ce business !* J'ai voulu être scénariste dès que j'ai appris qu'Arthur Miller se tapait Marilyn Monroe. C'est pas John Updike qu'elle se tapait, non ? »

J'ai concédé le fait.

« Écoute, je suis un mec excessif, une personnalité de type A, j'ai un esprit de compétition super affûté. On n'a droit qu'à un tour sur cette planète. Personne ne le sait mieux que moi. J'ai gâché énormément de temps. La plus grande partie des années 1990, je me la suis enfilée dans le pif. Mais réfléchis un peu à ça : aucune société, jamais, n'a été meilleure à quoi que ce soit que l'Amérique à faire des films. Les Chinois de la dynastie Ming faisaient des vases. Les Italiens de la Renaissance faisaient des fresques. On les enfonce tous avec le cinéma. Nous sommes des putains de génie quand il s'agit de faire des films. Les Iraniens, ils piétinent des drapeaux américains, mais ils vont voir *Shrek 3* ou les *X-Men*. On peut trouver un DVD de *Pirates des Caraïbes* sur un marché de Mongolie. C'est notre putain de génie culturel, vieux, et nous nous répandons comme du chiendent sur toute la surface de cette putain de planète. »

On filait à présent sur une route en lacets verdoyante.

« T'es un petit mec intelligent, t'as écrit un bon bouquin. Laisse-moi te dire un truc. Dans une génération, les romans, ça sera du passé. "Le cinéma est le théâtre du XXe siècle. Il deviendra l'écriture du XXIe siècle." C'est Ridley Scott qui a dit ça. Il est bien placé pour le savoir – t'as déjà lu un bouquin qui t'a remué autant qu'*Alien* ? Remué vraiment, je veux dire, au plus profond de toi. Ce film a fait sortir de mon intestin des flocons de merde, je veux parler de miettes de steak qui étaient coincées là depuis des décennies.

Et on en est encore à apprendre à maîtriser cette forme. On fait des progrès incroyables. Il y a quatre-vingts ans, le cinéma, c'était des accords de piano sur des intertitres, des femmes qui s'évanouissent et des méchants à grosses moustaches. Quatre-vingts ans entre ça et *Alien*. Tu crois que le roman progresse au même rythme ? Tu crois que le roman peut tenir la cadence ? Laisse-moi te dire un truc. Les romanciers, ils vont piger la combine. Il n'y a rien de plus enivrant pour un écrivain que d'entendre ses mots répercutés en THX. T'es écrivain. Imagine ce que ça fait. Tes scènes, sur un écran de trente mètres de large. *Shakespeare* en personne n'a jamais ressenti *rien* d'approchant, bon Dieu… merde. »

Ce dernier « merde » s'adressait à l'horloge de la BMW, pas à Shakespeare.

Miller s'est concentré sur la conduite pendant trois minutes avant de reprendre :

« Pour la moitié d'entre eux, c'étaient déjà des scénaristes ! Dickens, Tolstoï, Twain, Dreiser : ces types écrivaient des montages cut, des ouvertures à froid, des panoramiques, des scènes de bataille. Tout ce qui leur manquait, c'est la technologie. À sa mort, F. Scott Fitzgerald était sous contrat chez MGM. Imagine ce qu'aurait pu faire Shakespeare s'il avait connu Brando. Ou Dickens avec Julianne Moore. Merde, donne Rob Schneider et Jennifer Tilly à Dickens, et t'auras cinquante millions d'entrées le premier week-end. Si ces salopards étaient en vie, je vivrais dans un bled paumé et je bosserais dans un vidéoclub. »

Miller m'a laissé m'imaginer la suite en composant un numéro.

« Comment ça marche ?… Je passe devant la maison de Will Rogers… Ça va être juste, peut-être que je devrais lancer une alerte à la bombe… elle est partie chercher un Modigliani à Santa Barbara… coco, je suis peut-être à sept minutes… super. »

Pendant qu'il parlait, je me suis demandé si j'allais mourir dans un terrible accident de voiture. Si ça devait se produire, le bon côté de la chose, c'est que les ventes de *Cendres dans la tornade* exploseraient. Je réintégrerais à coup sûr la liste des best-sellers. Et un climat de deuil gâcherait inexorablement le mariage de Polly.

Le mauvais côté, c'est que ce n'est pas moi qui me remplirais les poches.

Je plaisante, mais j'avais tellement la trouille que j'étais à deux doigts de me pisser dessus.

« Mais la clef, c'est ça. »

Miller avait raccroché, et il s'adressait à moi.

« La clef, ce n'est pas le talent, les effets spéciaux, le son HD, les mouvements de caméra et les éclairages. La clef, c'est l'économie. Je ne veux pas dire que les scénaristes se font plus de fric que les romanciers, ça, c'est foutrement évident, je n'ai pas besoin de le souligner. La clef, c'est la *discipline* narrative. Ce qui semble dingue, parce que la *discipline*, franchement ? Tout le monde ici se fait tailler des pipes par des mannequins estoniens pendant un massage en profondeur à cinq cents dollars tout en mangeant des sushis importés par avion des îles Aléoutiennes, pas vrai ? »

À un feu rouge Miller a pris un virage abrupt à droite et s'est engouffré dans une minuscule ruelle. Il a accéléré comme s'il cherchait à prendre en défaut sa suspension allemande.

« Mais tu sais pourquoi les scénarios sont plus rigoureux ? Il ne peut pas en être autrement. Parce que quand le réalisateur tourne, il brûle de l'argent à chaque minute. On ne peut pas se permettre de gaspiller. Imagine si chaque phrase d'un livre coûtait vingt mille dollars. T'es sûr que tu vas laisser ce mot ? T'es *certain* que tu as besoin de cet adverbe ? La meilleure école d'écriture dans ce pays, c'est de regarder le jour baisser sur un tournage et d'entendre *littéralement* le tic-tac du compteur qui additionne les dépenses. »

Nous nous sommes rangés devant la villa de Miller. Depuis l'allée, on ne voyait que deux rectangles de mur blanc séparés par une porte vitrée. Mais je l'ai suivi à l'intérieur : son gigantesque salon se terminait sur une baie vitrée, et au-delà du dessin pointilliste des toits s'étendait le Pacifique. À droite, le sol s'ouvrait sur une piscine carrelée de noir, avec une cascade qui donnait dans une autre piscine.

« Sers-toi un verre. Faut que j'envoie ce truc. »

Il y avait un bar impeccablement rangé sous une affiche géante de *Nosferatu* encadrée. Un original, à première vue. Pendant que j'essayais de décider quelle marque de vodka choisir, un vampire expressionniste allemand étirait sur moi son ombre menaçante.

J'ai réalisé que le dos de ma chemise était trempé des sueurs froides générées par ma balade en voiture avec un génie fou dopé au THC. Craignant de salir le canapé blanc, je suis resté debout à contempler la piscine. Miller était au téléphone dans l'autre pièce.

« Boum ! Je viens de t'envoyer de l'or en barres. Tu vas dans le lounge de la classe élite, ou un truc comme ça, et t'imprimes le bestiau… Tu demandes à la jolie hôtesse de t'apporter un bon Johnnie Walker, double, on the rocks, tu lis ça, et au moment où tu survoleras Terre-Neuve, tu te demanderas quelle photo tu veux qu'ils mettent sur la couv' de *Variety*… bon vol. »

Miller est revenu dans la pièce, m'a regardé dans les yeux et a désigné un point derrière moi.

« Thomas Mann vivait juste là, en bas. »

Puis il s'est retourné :

« Combien connais-tu de romanciers qui ont deux putains de piscines ? »

L'effet du THC liquéfié doit comporter un stade sédatif, qui s'est installé au moment où nous sommes repartis pour le Standard. Les jurons aux feux rouges se sont faits plus rares, et j'ai dépensé moins d'énergie à contracter les muscles de mon sphincter pour m'empêcher de faire dans mon froc.

« Je vais te raconter une histoire sur les romans, dit-il. Un jour, je vais déjeuner avec Sam Mendes. On se met à bavarder, et il me dit [là Miller a pris un accent britannique très convaincant] : "Miller, il y a un livre auquel je *brûle* de m'attaquer, et je voudrais que tu l'adaptes." C'est *Madame Bovary*. Il me fait une offre, je l'accepte, je pars à Vancouver pour une quinzaine de jours histoire de regarder la chose. Je souligne des passages, j'extrais des scènes, j'esquisse des dialogues. Sam n'a rien dit, mais je sais qu'il voudrait donner le rôle à Kate – Winslet. Alors il me semble que j'ai un angle d'attaque. On a de l'adultère, de la chirurgie bâclée, Paris, la mort, ça fait de la matière. Je commence à écrire. Mais il y a un hic. J'arrive à "Intérieur – la ferme des Rouault, nord de la France, années 1850, etc., il opère la jambe cassée, Emma entre." Et là je réalise que je n'ai rien du tout. Car le problème est le suivant : il faut que ce soit interne. On ne peut pas dramatiser tout. Il n'y a aucune actrice, même pas Kate Winslet, qui soit suffisamment bonne. Il n'y en aura jamais. Il y aura toujours cette distance. On peut regarder un film. Mais on ne peut pas le vivre. Et *Madame*

Bovary, il faut le vivre. Alors j'appelle Sam, je lui explique que j'ai tenté le coup mais que je n'ai pas réussi à trouver l'entrée, il me dit qu'on trouvera autre chose, etc. Pour me vider la tête, j'ai écrit un film sur un voleur de voiture métis qui se fait prendre dans une guerre des gangs en prison. Il est en bouclage chez Paramount.

Nous traversions l'immense green qui cache les maisons de Bel-Air.

« Tu sais, j'aurais sans doute pu le faire, *Madame Bovary*. J'aurais pu bidouiller un truc, Sam et Kate auraient fait passer la pilule à merveille. Mais tu sais quoi ? Ça n'aurait pas été *vrai*. Je n'aurais pas été capable de rendre ça *vrai*. Et laisse-moi te dire – je suis prêt à mentir quasiment sur n'importe quel sujet. Mais je n'ai pas pu me résoudre à transformer *Madame Bovary* en mensonge. Flaubert, a soupiré Miller. Ce mec-là, il aurait mérité deux piscines. »

Après avoir quitté L.A., je n'ai plus jamais entendu parler de Miller Westly. J'ai échangé quelques coups de téléphone avec Aaron, qui faisait semblant de m'en vouloir de ne pas être allé m'ambiancer avec lui, et à ses dérobades sporadiques au cours des mois suivants, j'ai fini par comprendre que Miller s'était désintéressé. Trop occupé ou je ne sais quoi, il avait renoncé aux *Cendres dans la tornade*.

C'était bien dommage. J'aurais eu plaisir à discuter avec lui de certaines choses qui me sont arrivées par la suite.

15

Les jets du jacuzzi vrombissaient encore, crachant d'indifférentes fontaines d'eau contre le visage renversé, qu'il faisait danser sur l'eau comme une bouée atroce, ou un horrible jouet gonflable. Le visage appartenait à Heavenli D'Jones, laquelle avait dansé sur les genoux de son dernier client – dans cette vie du moins. Un seul impact de balle était visible en plein milieu de son front, comme un sceau à la cire rouge sur un document ancien.

L'agent Ted Kobler observait la scène, tandis que quelques gradés conféraient dans le patio. Kobler n'était jamais entré dans une aussi belle maison, pas en huit ans de rondes et de contrôles routiers, pas de toute sa vie. Il n'avait jamais imaginé que quelqu'un pourrait avoir un jacuzzi dans son jardin – pas à Pittsburgh en tout cas. Derrière, l'herbe, tondue aussi soigneusement que le crâne d'un marine, suivait une pente légère avant de révéler une vue imprenable, un sapin de Noël de lumières urbaines, des points espacés jusqu'à l'horizon, interrompus seulement par les eaux sombres de l'Allegheny.

Mais malgré ce spectacle incroyable, Kobler ne pouvait pas détourner les yeux de la blessure.

Soudain il sentit quelqu'un le dépasser à pas de loup. Il lui fallut une seconde pour s'en apercevoir. Bien plus longtemps que ça ne devrait prendre à un flic.

Une femme – cheveux noirs raides, pantalon de toile serré, blouson de cuir – s'accroupit sur le carrelage espagnol au bord du jacuzzi et sortit un carnet.

« Hé ! Hé ! Vous ne pouvez pas rester là ! Madame ! »

Mais une main ferme se posa sur son épaule.

« Du calme, Kobler. »

L'inspecteur Mitch Frilock s'avança à côté de lui, sirotant un café dans une tasse en plastique.

« Salut, Trang, dit Frilock. Tu crois que c'est des vrais, ses nichons ? »

Trang Martinez leva les yeux de son carnet.

« Je sais pas, Mitch. T'as qu'à venir les tâter un coup. Ça doit faire un bail que t'as pas mis le doigt sur de la chair fraîche. »

Extrait de *Strip-Tease* (une enquête de Trang Martinez)
de Pamela McLaughlin, copyright © Pocket Books,
reproduit avec l'autorisation de l'auteur

La prochaine étape de cette tournée de l'Ouest aux frais de la princesse, c'était le Montana.

À l'aéroport de L.A., j'ai acheté *Strip-Tease*, un Pamela McLaughlin, et je l'ai lu pendant le vol pour Billings. Au moment où nous avons survolé Denver, je l'avais déjà terminé.

L'intrigue de base : Trang enquête sur une série de meurtres visant à déshonorer plusieurs conseillers municipaux. Elle découvre qu'ils sont commis par un vieil excentrique qui veut empêcher que sa maison pourrie et infestée de rats soit condamnée. Une fois qu'elle a trouvé la solution, tout le monde croit l'affaire réglée. Mais Trang s'aperçoit que la véritable raison pour laquelle le vieux ne veut pas que sa maison soit condamnée, c'est qu'en cas de démolition on découvrira le cadavre de sa femme qu'il a assassinée dans une affaire abandonnée depuis longtemps. Du coup Trang résout cette affaire aussi. Par ailleurs, Trang couche avec un vétérinaire qui travaille avec les tigres au zoo. Ça, c'est du remplissage.

Mais l'important, pour moi, n'était pas de lire le livre. C'était que moi, Pete Tarslaw, écrivain célèbre, j'avais couché avec Pamela McLaughlin. C'est comme ça que ça se passe dans le monde des lettres. À présent, je faisais ce qu'aurait fait tout écrivain célèbre : je lisais avec dérision les œuvres d'une ancienne maîtresse.

Tout cela faisait partie de mon travail préparatoire en vue de mon intervention au Programme d'écriture des Grandes Plaines à l'université de Billings.

À L.A., j'avais eu le temps de taper mon nom sur Google et trouvé de nouvelles critiques. Le *Brooklyn Eagle* disait que j'avais « un sens incomparable du parler rural ». Ça, s'il y a quelqu'un qui s'y connaît en parler rural, c'est bien un critique littéraire de Brooklyn. Le *Miami Herald* disait que mon livre était « raté dans sa conception et alambiqué dans son exécution ». On peut dire la même chose de la ville de Miami, mais ça n'a l'air de déranger personne.

Il y avait une violente réaction de la frange intellectuelle, également. Un blogueur qui se baptisait « L'Illusion pathétique » avait écrit un long article soulignant que mon livre représentait « tout ce qui n'allait pas dans la fiction contemporaine ». Ce qui, étant donné ma méthode, était en quelque sorte un compliment. C'est vrai, quoi : je n'en avais pas loupé une.

Et j'espérais faire un carton au Programme d'écriture des Grandes Plaines. Apparemment, c'était une des plus prestigieuses facs d'écriture de tout le pays. Je n'en avais jamais entendu parler mais, d'après ce que j'ai compris, c'est le fin du fin pour les universitaires amateurs de thé. Le directeur, Tom Buckley, est une légende. Il a écrit un recueil de nouvelles bien vu par la critique, *Le Roi Oiseau*, puis s'est rangé pour enseigner son art depuis quinze ans. Et il donne des cours à d'autres individus qui ont écrit d'autres recueils de nouvelles bien vus par la critique.

L'idée, c'était que me le mettre dans la poche pourrait être la première étape pour décrocher un poste d'enseignant aux petits oignons et entamer une longue carrière consacrée à fumer la pipe et à m'adonner à diverses frasques sexuelles.

Avec son invitation à être un écrivain présent, Tom Buckley m'avait envoyé plusieurs numéros de leur revue littéraire, *Herbes folles*. Après avoir fini *Strip-Tease*, j'en ai feuilleté quelques-uns.

Le contraste n'aurait pas pu être plus marqué. Voyez plutôt ce tableau simple :

	***Strip-Tease* de Pamela McLaughlin**	**Une nouvelle représentative de la revue *Herbes folles***
Commence par	Trang Martinez examine les nichons d'une strip-teaseuse assassinée.	Un type mange du gruau de maïs dans un hôpital.
Personnages	Conseillers municipaux corrompus, prostituées borgnes, pyromane emprisonné, ancien amant de Trang (star du foot hollandais).	Jeune fille suicidaire. Plombier à la retraite. Vieil homme qui observe un corbeau par sa fenêtre.
Phrase type	« Le bruit du médecin légiste qui sciait la cage thoracique de la victime rappelait à Trang celui d'un millier de chips croustillantes. »	« Ils restèrent assis à se faire face pendant un moment, un sourire apaisé aux lèvres, vidés. »

Fin	Trang aide un policier à fermer une housse mortuaire et dit : « Dommage que les sacs à merde ne soient pas recyclables. »	Le vieil homme mange un sachet d'amandes. On devine une espèce d'épiphanie.

Là où je veux en venir, c'est qu'ils ont tous deux leurs défauts. Mais on ne trouve pas la revue *Herbes folles* à l'aéroport.

Ces braves gens de Billings essayaient d'écrire de la fiction sérieuse et honnête sur les corbeaux et les amandes. S'ils étaient prêts à prendre le risque, j'étais prêt à encaisser leurs modestes honoraires.

L'université de Billings avait promis d'envoyer un étudiant me chercher. À l'aéroport, j'ai eu quelques montées d'excitation en suivant la trajectoire de jeunes femmes qui passaient, avant qu'elles bifurquent pour rejoindre la réception des bagages ou tomber dans les bras d'un crétin à coupe mulet.

Mon étudiante est finalement arrivée. Elle m'a dit s'appeler Marianne. Ils avaient au moins eu la courtoisie minimale de m'envoyer une fille, mais ce n'était pas vraiment un spécimen de charme juvénile comme je l'avais espéré. Heureusement, elle ne voulait pas parler écriture. À vrai dire, en m'escortant à son pick-up, elle m'a révélé qu'elle n'avait pas lu mon livre. Sans agressivité, ni rien, elle l'a juste signalé. Je l'ai respectée pour ça.

Sans y avoir jamais mis les pieds, j'avais parlé de Billings dans *Cendres dans la tornade :* quand Silas, Grand-Mère et Esmeralda (née Genevieve) traversaient la ville, je précisais qu'*à Billings il entendit le bruit de la ferraille et le vrombissement des tracteurs, les accords du travail fier de l'Amérique profonde*. Ce n'est pas faux, même si j'ai rendu l'endroit bien plus romantique qu'il ne l'est en réalité. Avec ses Pizza Hut et ses raffineries de pétrole, Billings semblait parfaitement dépourvu d'intérêt. La vitre passager de la bagnole de Marianne était un bricolage de carton et de scotch marron, et le vent de mars s'engouffrait par les fentes. Cela n'avait rien de galvanisant, non, c'était juste assez pour me gâcher le trajet.

LA LECTURE

Nous sommes arrivés dans l'amphithéâtre en retard. Environ quarante personnes, soit davantage que la moyenne lors de mes lectures, s'agitaient sur leur siège. L'assemblée se composait pour un bon tiers de personnes âgées qui se rendaient sans doute à tous les événements pour lesquels ils voyaient un prospectus, histoire de se maintenir en forme.

Tom Buckley m'a serré la main. Il était doté d'une certaine beauté dépouillée, comme si, avec les années, le vent des prairies avait débarrassé son visage de tout excédent.

« Bienvenue, Pete. Merci d'être venu à Billings.

— Merci. Je suis content d'être là.

— Nous sommes très contents de vous recevoir parmi nos écrivains présents. Nous avons hâte de vous entendre partager votre travail avec nous. J'ai quelques débutants qui selon moi pourraient vraiment gagner à se confronter à votre approche. Nous allons lancer une discussion. »

Une partie de moi voulait lui souffler à l'oreille : « Franchement, écrivain présent ? T'es un type intelligent, ça se voit que tu t'es trouvé une super planque ici. Mais nous savons tous deux que je ne suis qu'un petit branleur qui a pondu un bouquin bidon au lieu de se trouver un boulot. *Partager ? Se confronter à mon approche ?* Je vais lire deux trois paragraphes, vos étudiants vont m'écouter avec les yeux vitreux en se disant qu'ils amortissent leurs frais de scolarité. Puis on ira boire des bières. »

Tom Buckley s'est dirigé vers l'estrade au petit trot et m'a présenté. C'était toujours une minute d'inconfort. Personne n'avait jamais grand-chose à dire à mon sujet, à part que j'étais jeune. Mais la présence de Tom Buckley suffisait à animer l'auditoire ; je les ai vus tendre le cou lorsqu'il s'est lancé dans quelques commentaires impromptus sur le fait que j'avais fait tout le voyage depuis Boston pour donner une lecture. Tom a ajouté qu'il avait toujours aimé employer le verbe *donner* parce que c'est précisément ça que font les écrivains. Les étudiants et les vieilles femmes ont approuvé ces belles idées d'un hochement de tête tandis que je buvais une gorgée d'eau.

Pour les lectures, mon extrait de rigueur était une scène de flash-back située en France pendant la Seconde Guerre mondiale : Luke et des types de la Résistance traversent une forêt, et ils tombent sur une femme enceinte, une collabo qui s'est fait expulser de sa ville. Elle est sur le point d'accoucher. Plusieurs résistants veulent l'abattre, mais Luke décide de rester en arrière pour l'aider.

Cet extrait fonctionne bien. Il y a des passages comiques, quand la femme pousse des jurons en français pendant que Luke essaie maladroitement de l'aider, paniqué par tout le sang. Je fais la voix française avec un accent – une imitation de ma prof de français au lycée, Mme Bouchard. Ça déclenche toujours des rires. Mais la scène se termine, avec une grande efficacité émotionnelle, sur Luke qui tient le bébé dans ses bras. Tout le monde aime les bébés. Parfois, à la fin, les mères qui sont dans l'assistance sont presque en larmes.

Sauf qu'à la fac de Billings, j'étais distrait. Tom Buckley était assis au premier rang, du bout des fesses, et me gratifiait du genre de sourire qu'un prêtre bienveillant pourrait adresser à un athée.

Je n'arrêtais pas de perdre le fil. Sur quelques lignes j'ai oublié l'accent français et me suis mis à faire ce qui ressemblait à une imitation de l'Oncle Picsou.

Finalement, je suis arrivé au bout, cahin-caha. Luke essuie le front du bébé avec un chiffon encore taché de graisse de fusil. L'auditoire a applaudi pendant le temps exact requis par la politesse minimale.

Tom Buckley s'est levé d'un bond et m'a pris par l'épaule.

« Des questions à l'auteur ? »

Un silence s'est fait, le temps de quatre raclements de gorge. Puis une vieille femme s'est levée.

« Est-ce qu'il vous arrive d'écrire des romans policiers ?

— Heu… non, je n'en ai jamais écrit. »

En se rasseyant elle a fait non de la tête à sa sœur, qui je suppose était sourde. Deux nouveaux raclements de gorge. Un gamin au fond de la salle qui avait peut-être 17 ans s'est levé.

« Je m'appelle Edward. Le fusil de Luke, c'est un M1 Garand standard ou un M1A1 Carbine ?

— Heu… Le deuxième. »

Personne n'avait d'autre question.

Tom Buckley m'a remercié. Il y a eu des applaudissements mesurés. Pendant ce temps, il s'est penché sur moi et m'a de nouveau agrippé l'épaule.

« C'est dur de vraiment camper une scène, d'y insuffler vraiment de la vie, n'est-ce pas ? »

Il a dit ça comme si c'était la phrase la plus sincère qui eût jamais été prononcée en ce bas monde.

« L'écriture, c'est vraiment un rude métier ! Les outils sont sacrément difficiles à manier. Il faut les aiguiser en permanence ! »

LE COURS

Hasard du calendrier, c'était le tour de Marianne de lire sa dernière nouvelle en cours cet après-midi-là. Elle l'a entonnée comme la profession de foi des Apôtres.

Elle sentit le chocolat contre ses dents tandis qu'elle entendait l'eau qui coulait des mains de l'enfant contre la porcelaine fêlée du lavabo de la salle de bains. Elle savait qu'il se les sécherait, ainsi qu'il le faisait toujours, sur le coin arrière de la serviette, où le tissu était encore raide.

Marianne continuait de débiter son texte, et moi je regrettais profondément de n'avoir pu sauter cette partie de l'après-midi. Si c'était à ça que ressemblaient les cours d'écriture, j'allais avoir du mal. Quand elle aurait fini, qu'étais-je censé dire ? Son texte partait dans tous les sens. De toute évidence, elle veillait scrupuleusement à l'exactitude du moindre détail. C'est une manière d'écrire stupide et chronophage.

Après notre trajet silencieux dans sa voiture, je m'étais pris d'affection pour Marianne. J'avais envie de lui dire : « M'enfin, ça s'appelle de la fiction, invente donc un truc ! J'avais envie d'agiter sous son nez le livre de Pamela McLaughlin et de lui dire : « Les gens sont parfaitement satisfaits de cette daube ! Pourquoi te prendre la tête à donner des détails exacts sur des serviettes de toilette ? ! »

Sa nouvelle s'appelait *Caramel* et elle parlait de parents en difficulté, un soir d'Halloween, qui viennent d'emmener leur fils autiste réclamer des bonbons dans le quartier. Quand ils l'ont enfin couché, ils s'installent à la table de la cuisine, fument un joint, et décident de manger ses bonbons. Tous ses bonbons : les Milky Way, les M&Ms, les Skittles.

Ce n'est pas un mauvais point de départ. On pourrait faire pleurer quelqu'un avec un point de départ pareil, fastoche. Mais Marianne mettait un point d'honneur à en faire une lente évocation de l'ambiguïté, ou je ne sais quoi. Mot-clef : *lent*.

« Bon sang, on a pigé ! j'avais envie de lui dire. Quoi, manger les bonbons correspond à une sorte de vengeance cruelle ? Est-ce que c'est puéril ? Ou bien c'est un tendre acte d'amour entre les parents ? Mais qu'est-ce que ça peut bien foutre ? »

Un qui n'avait pas le même problème que moi, c'est Tom Buckley, en bout de table.

Le corps déployé sur sa chaise, comme en position d'ouverture maximale, il l'écoutait avec une telle attention qu'on aurait dit qu'il buvait ses paroles à même sa bouche.

Il posa le dos de sa main sur le linoléum froid du dessus de la table. Elle laissa tomber deux Milk Duds dans sa main. Ils se regardèrent, puis détournèrent les yeux. Leurs mâchoires tirèrent puissamment sur le caramel.

Marianne a reposé son texte. Tom Buckley a gardé sa pose pendant une silencieuse minute, au cas où il resterait des choses à écouter.

« OK ! Merci, Marianne, de nous avoir donné à entendre cette histoire. Reprenons nos esprits ! Puis voyons si nous pouvons extraire la *moelle* de cette nouvelle. Qui a des idées ? Pete, qu'en pensez-vous ? »

La dernière chose que j'avais envie de faire, c'était d'extraire la moelle de quoi que ce soit.

« Eh bien, il y a une vraie texture, non ? j'ai dit. C'est presque… tactile. »

J'ai vu quelques étudiants noter *tactile* dans leurs cahiers.

« Tactile, a approuvé Tom Buckley. Dites-nous-en davantage.

— Eh bien… Il y a une qualité particulière dans le langage. On peut presque… sentir cette histoire. On peut presque… l'enfiler comme un vieux pull. »

Est-ce que ça suffirait à ce que ces cinglés me laissent tranquille ?

« Il y a un confort, a dit Tom Buckley. Une familiarité. »

Hein ? j'ai pensé.

« Exactement », j'ai dit.

Plusieurs étudiants ont commencé à intervenir. Avec décontraction, d'abord, puis le ton est monté. Ils étaient vachement durs avec elle. Sa prose a été décrite comme *raide, somnolente* et *atrabilaire*. Quelqu'un l'a accusée de « manquer d'originalité au point de friser le plagiat ». Les gens ne cessaient de dire qu'ils allaient donner des « conseils » puis ils lui expliquaient qu'elle devait tout changer.

Ce petit mec du Sud qui s'appelait Ethan, au menton si allongé qu'on aurait dit un croissant de lune, a attaqué l'usage que faisait Marianne du mot *vaporeux*.

Mais qu'est-ce que vous racontez, bordel ? – c'était la question que je me posais.

Pas par rapport à la nouvelle – la nouvelle était merdique et ils avaient raison de la tailler en pièces.

Mais à quoi ça rimait, tout ça ? Au pire, après un an

d'affinement, de réécriture et de coupes, cette nouvelle paraîtrait dans *Herbes folles*. Et puis quoi, Marianne recevrait dans les cinq cents dollars ? C'est à ce prix que l'Amérique estime une nouvelle géniale. Moins qu'une PS3.

Une heure s'est écoulée. Les critiques et commentaires s'enchaînaient.

Doux Jésus, les mecs ! RE-LAX *!*

Finalement, Tom Buckley a mis fin à ce cirque.

« Pete, merci de vous être joint à nous et de nous avoir fait partager vos remarques, a dit Tom Buckley. Pour ceux qui veulent – et, Pete, j'espère que vous viendrez avec nous – pourquoi n'irions-nous pas poursuivre cette discussion au Cullock's autour d'une boisson pour adultes ?

— Oh, avec grand plaisir », j'ai dit.

Je voulais toujours décrocher un boulot. Peut-être pas ici, mais, mettons, en Floride, un endroit comme ça.

LA DISCUSSION SE POURSUIT AUTOUR D'UNE BOISSON POUR ADULTES

J'ai fait le trajet jusqu'au Cullock's avec Marianne dans son pick-up – en silence.

À un feu inhabituellement long, j'ai eu le sentiment qu'il fallait que je dise quelque chose.

« Tu as vraiment… Je pense que tu as vraiment trouvé quelque chose avec ta nouvelle.

— Merci », a marmonné Marianne, l'air totalement incrédule.

Au bar, les écrivains du Programme des Grandes Plaines étaient claquemurés dans une arrière-salle, un polype en brique carré raccordé au fond du Cullock's.

Ils étaient entassés autour d'une table déjà constellée de pichets de Bud. Tom Buckley, le dos appuyé contre le mur, arborait un sourire de sagesse suspect.

Marianne s'est fait une petite place, a allumé une cigarette d'une main et a réceptionné de l'autre un shot de whisky. Elle l'a gracieusement fait couler dans sa gorge avec de petits hochements de tête, exécutant le ballet désinvolte de quelqu'un qui a l'intention de s'en mettre une bonne. Je ne pouvais guère la blâmer.

C'est Ethan qui lui avait offert le whisky – c'était son tour, car, de l'avis général, c'étaient ses critiques qui avaient été les plus virulentes. Ils avaient mis en place cette tradition de façon à empêcher les vexations irréparables.

La discussion sur la nouvelle de Marianne avait prudemment été close, mais chaque embryon de conversation semblait ramener à l'écriture et aux auteurs. Apparemment, ces gens n'étaient pas capables de penser ni de parler d'autre chose. À un moment, on a entendu Supertramp qui passait sur le juke-box de la salle principale, et quelqu'un a dit en passant qu'il avait la cassette au lycée. Je me suis un peu animé : on pouvait peut-être boire des coups en causant de Supertramp. Mais en deux coups de cuillère à pot, ils avaient rétabli la trajectoire, et tout le monde parlait d'Alice Munro.

Quelqu'un a lâché le nom de Nick Boyle en guise de raillerie.

« Nick Boyle, il est excellent », j'ai glissé dans le vacarme. Mais apparemment, cela n'a fait que déconcerter tout le monde. Ethan a ri, et un autre type m'a regardé beaucoup trop longtemps, comme pour décider si mon affirmation était une sorte d'énigme zen. Alors j'ai changé de politique : j'ai décidé de boire sans interruption, en espérant que mon silence passerait pour de la sagesse.

Quelqu'un a mentionné le nom de Josh Holt Cready. Marianne a poussé un sifflement méprisant et esquissé un geste dédaigneux avec sa cigarette. Mais aussitôt après elle a braqué les yeux sur Tom Buckley, de crainte qu'il l'ait entendue.

Car Tom Buckley, lui, ne disait de mal de personne. Quand il parlait, on sentait la table s'affaisser tant tout le monde se penchait pour tendre l'oreille. Il mentionnait « Rick Yates » et « Ray Carver » comme s'il récitait la composition d'une équipe de base-ball de son enfance.

Au bout de quelques heures, la salle s'est dépeuplée. C'était un mystère pour moi, car quelles obligations pouvaient bien avoir des étudiants en fac d'écriture ?

Nous n'étions plus que cinq autour de la table lorsque Tom Buckley a dit : « En parlant d'histoires » – nous ne parlions que de ça depuis un bon moment – « quelle est l'histoire que vous connaissez qui transpire le plus la *solitude ?* »

J'ai envisagé de me lever pour aller remettre Supertramp.

La question de Tom Buckley s'adressait à tout le monde, et il nous a regardés tour à tour, Ethan, Marianne et moi, comme pour nous défier de l'assommer pour de bon.

Personne n'a relevé le gant.

« Je vais vous raconter une histoire pleine de *solitude*. À une époque, j'avais un ami à Butte. Je l'ai rencontré il y a dix ans environ. Les environs de Butte sont constellés de mines de cuivre. Cet ami à moi, c'était un mineur, un vieux de la vieille du nom de Bill Stubbs. Bill ne crachait pas sur le bourbon, et, de temps en temps, j'achetais une bouteille d'Early Times, je frappais à sa porte et je lui disais : "Bill, pourquoi tu vas pas nous chercher de l'eau et des verres, qu'on se boive un bon verre de bourbon sous le porche ?" Il sortait, on s'installait pour bavarder. »

Sans dec, mon pote, garde ça pour Herbes folles. Ça me faisait mal aux muscles du visage de garder l'air intéressé.

« Lors d'une de ces soirées, Bill s'est mis à me raconter des histoires de l'époque des mines. Un jour, une explosion – de méthane – avait eu lieu juste au moment où il remontait. La plupart des types avaient réussi à s'extraire. Mais un type – Jack, il s'appelait – s'était retrouvé coincé au fond de la mine, emmuré. Ils ont creusé, ils ont fait venir des grues, espérant que Jack avait assez d'air pour rester en vie. Pendant les recherches, sa femme l'attendait dehors en se tordant les mains. »

À cet instant, j'ai coulé un regard autour de la table : je n'étais pas complètement sûr que cette scène était réellement en train de se produire. *Est-ce que ce mec est sérieux ?* Mais ils avaient tous les yeux fixés sur Tom.

« Trois jours plus tard, ils ont fini de creuser. Jack était mort. Mais à côté de lui, ils ont retrouvé un carnet de comptes et un vieux bout de crayon. Jack devait savoir qu'il était fini et, pris au piège, il a écrit un mot à sa femme, désormais veuve. Ça commençait par : *Sache que je t'aime*. Ensuite, il y avait un message pour les gamins, etc. Mais après, l'écriture s'estompait, il ne restait que des pattes de mouche, difficiles à déchiffrer. Et là, ce dont parlait Jack, c'est de l'odeur des draps propres. Des paragraphes et des paragraphes sur le linge propre.

« Les mineurs en ont conclu que ce vieux Jack avait réussi à garder la raison le temps de dire un mot à sa femme et à ses gamins mais que le gaz avait fini par lui monter à la tête. Il était devenu fou dans sa mine, et tandis qu'il écrivait dans le noir, son esprit s'était juste raccroché à un truc au hasard. Mais la veuve, elle, m'a expliqué Bill, elle n'a jamais pu accepter cette explication. Elle s'est mise à lire et à relire ce mot inlassablement dans l'espoir d'y trouver un indice, persuadée qu'il y avait un message caché, un appel venu des portes du paradis, j'imagine. Elle s'est mise à laver ses draps deux, trois fois par semaine. À chaque lessive, elle prenait des voisines à témoin. Elle leur disait : "Je crois que j'y suis presque. Je crois que je sais ce que Jack essayait de me dire." Une semaine, elle disait : "Il essayait de me dire que la vie est semblable à un drap propre." La semaine suivante, elle disait : "Je comprends enfin maintenant, il me demandait de le pardonner, c'était un message expliquant que nous avons tous besoin d'être purifiés devant Dieu." Et les voisines, elles se contentaient de lui sourire et d'opiner. Parce que qu'est-ce que vous voulez faire d'autre ? »

Tom Buckley avait terminé son histoire. Il a pris une longue gorgée de bière.

« C'était l'histoire du vieux Bill, en tout cas. À sa santé. »

Quoi ? Mais qu'est-ce que c'était que ça, bon Dieu ? Je m'attendais à ce que tout le monde s'empresse de chercher une excuse pour s'éclipser. Parce qu'alors, pour casser l'ambiance, putain, ça se posait là ! On essayait juste de boire quelques bières tranquilles, merde !

Tom Buckley s'est tourné vers moi : « Et vous, Pete ? Vous connaissez une histoire de *solitude* ? »

Bon, si j'avais pris une minute pour me creuser la tête, j'aurais pu inventer un truc sensass, lardé d'authenticité prolétarienne.

Mais les yeux de Tom Buckley me rendaient nerveux. Bêtement, je suis parti sur le premier truc qui m'est venu à l'esprit. Et une fois lancé, je n'ai pas pu faire marche arrière.

« Un jour, quand j'avais dans les 5 ans, ma mère m'a emmené faire des courses au centre commercial. Je trouvais ça affreusement barbant, bien sûr. Comme je venais de voir *L'Empire contre-attaque*, j'ai rampé sous les portants de robes en me racontant que j'étais Luke Skywalker avec Yoda dans les marais de Dagobah. C'était top. Dans la pénombre, je me tapais un super délire. Mais soudain, j'ai eu l'impression que beaucoup de temps s'était écoulé, et je ne savais pas où était ma mère. J'ai sorti la tête de là, je ne l'ai pas vue, et j'ai flippé comme un fou. »

J'ai bu une gorgée de bière, ce que tout le monde a interprété comme une pause dramatique plutôt que comme une conclusion.

« Et qu'est-ce qui s'est passé ?

— Oh, elle était juste un peu plus loin en train de s'engueuler avec la dame qui s'occupait des retours. Quand elle m'a entendu pleurer, elle est revenue. »

Une certaine fébrilité s'est fait sentir autour de la table. Tom Buckley y a gracieusement mis fin en me donnant une claque dans le dos, annonçant :

« L'enfance a sa part de solitude terrible ! »

N'empêche, je savais par où j'avais péché. J'avais profané la soirée. Ces gens traitaient les histoires comme des sacrements. Ils avaient l'air de me plaindre de ne pas partager leur attitude.

Marianne a pris la parole.

« J'ai eu un petit ami qui travaillait aux Eaux et Forêts. On a rompu – c'est une longue histoire, une autre histoire. Mais bon, un jour, il m'a raconté cette histoire. L'été, les Eaux et Forêts embauchaient des étudiants pour faire des randonnées jusqu'aux tours au fond des bois et prévenir les incendies de forêt, un type par tour. Ils emportaient trois semaines de vivres, des provisions, etc. et ils rejoignaient leur tour. Ils restaient sur place, avec une radio, et appelaient la station s'ils voyaient quoi que ce soit – des éclairs, des départs de feu de broussailles, ce genre de choses. Trois semaines plus tard, les remplaçants partaient les rejoindre pour prendre la relève, et ils rentraient. Bref, ce boulot attirait évidemment toutes sortes de paumés, des solitaires, des philosophes, des poètes, des types qui essayaient de se remettre d'une rupture.

« Mike – mon petit ami – m'a raconté que les types apportaient littéralement des bibliothèques entières de romans, de problèmes d'échecs, de mots croisés, etc., parce qu'ils n'allaient rien avoir à faire que rester plantés là, seuls, pendant trois semaines. Ils apportaient des piles de livres de poche, genre dix bouquins de Nick Boyle. Mais un été arrive un petit mec pâlichon de la côte est, qui pèse cinquante-cinq kilos à tout casser. En l'aidant à se préparer, Mike lui demande ce qu'il a apporté avec lui. Eh bien, tout ce qu'il a pris, c'est les *Feuilles d'herbe* de Walt Whitman. Mike regarde le livre, et en voyant le nombre de pages, il lui dit : "Mon vieux, ce bouquin, il ne va pas te tenir plus de deux jours. Tu vas péter les plombs là-haut." Sérieux comme un pape, le type lui rend son regard, et fait : "Ce livre pourrait suffire à remplir une éternité." Alors bon, Mike se dit que ce n'est pas son boulot de s'assurer que le type ne s'ennuie pas, il lui souhaite bonne chance, il l'envoie en mission.

« Mais c'était l'été où il y a eu des tempêtes de neige phénoménales dans les montagnes, à cause du volcan en Indonésie ou je ne sais plus quoi. La plupart des guetteurs ont entendu ce qui se tramait à la radio, et ils ont quitté leur poste à la première neige. Et dès le deuxième jour, les Eaux et Forêts ont lancé un appel radio à toutes les tours avec ordre de redescendre *illico*. Mais ce petit mec, le gamin pâlichon, sa radio ne marchait pas, et il n'a pas reçu le message. Le troisième jour, c'était carrément le *blizzard*, et ils ont décidé qu'ils feraient mieux d'aller le secourir. Mais au bout de six kilomètres, la neige était vraiment trop drue pour continuer d'avancer. Ils font demi-tour, et ils se disent que le mec va bien être obligé d'attendre que ça passe.

« Il neige pendant une semaine, et comme ça se passe en juin, personne ne s'y était préparé. Puis la neige fond, et il y a des inondations qui rendent les pistes impraticables, et le mois de juillet est déjà là quand ils arrivent enfin à mettre sur pied une équipe de secours pour délivrer ce pauvre gamin coincé dans une tour de guet.

« Mike faisait partie de ceux qui sont montés le chercher. Il se fait un sang d'encre pour le jeune type, ils marchent aussi vite que possible, mais il leur faut quand même un jour et demi pour rejoindre la tour. Toute la journée, ils se demandent comment le petit jeune s'en sera sorti. Finalement, ils arrivent à la tour, ils grimpent à l'échelle, et ils trouvent le jeune type. Il est mort de froid. Mike en faisait encore des cauchemars, parce que le temps qu'ils arrivent, les mouches avaient déjà pris possession du corps. Et le truc bizarre, c'est qu'il y avait une petite hutte à l'intérieur de la tour, il aurait au moins pu s'y abriter un peu. Mais non, le gamin était dehors. Il était dehors, sur la terrasse. Mike m'a dit qu'il était mort comme ça, assis en tailleur, dehors. Et il était affalé sur son exemplaire des *Feuilles d'herbe*. »

Pendant un moment, personne n'a rien dit. Pour ma part, je m'en serais bien gardé, parce que, putain, ça, c'était une histoire, pas de doute.

Tom Buckley a rompu le silence :

« Le dédain et le calme des martyrs. »

Ethan a hoché la tête.

J'ai zappé *Feuilles d'herbe* au lycée, mais je ne cours pas grand risque à parier qu'il s'agissait d'une citation.

Après ça, on a continué à boire. Quelques blagues ont même fusé. Tom Buckley a raconté comment il avait aidé John Cheever à trouver une ruelle pour pisser à Iowa City. Mais moi, je n'ai rien dit, en tout cas. J'étais en proie à une forme vague mais palpable de cafard. Nous avons fait la fermeture.

Dans les nouvelles de la revue *Herbes folles*, les révélations qui atteignent les personnages sont sourdes et subtiles. Je ne sais pas si c'est une règle officielle pour la publication ou juste un accord informel, mais c'est comme ça. On n'enfonce pas le clou. La version *Herbes folles* de mon séjour dans le Montana se terminerait sur moi allongé sur mon lit à l'hôtel, regardant la rediffusion d'un match particulièrement peu mouvementé des Colorado Avalanche en mangeant des chips à l'oignon en sachet parce que j'aurais décidé de donner une autre chance aux chips à l'oignon en sachet.

Pamela McLaughlin, en revanche, met les points sur les I : elle explique pourquoi les gens font ce qu'ils font, à quoi ils pensent, etc. C'est peut-être moins bien, d'un point de vue artistique, mais c'est ce que les gens préfèrent, alors c'est à cette formule que je vais m'en tenir ici :

Couché sur mon lit à l'hôtel, je regardais une rediffusion d'un match particulièrement peu mouvementé des Colorado Avalanche en vérifiant une nouvelle fois que les chips à l'oignon en sachet sont une nourriture infâme. Je repensais à l'histoire de Marianne. Ethan, Marianne, Tom Buckley, tous – ils vivaient là dans ce trou pourri, ils s'emmerdaient tellement qu'ils étaient à ça de s'arracher les cheveux, ils conduisaient des bagnoles avec du scotch pour tenir les vitres, ils se racontaient les histoires abominables qu'ils avaient accumulées, tout ça à cause d'une unique idée. À savoir qu'ils croyaient que camper correctement une histoire, bien la raconter, la faire vivre, était un devoir sacré. Ils avaient l'air de croire qu'en racontant bien une histoire, obscurément, on pouvait sauver le monde. Ou du moins devenir un être meilleur. Et que manquer d'honnêteté en racontant une histoire était sacrilège.

L'histoire que j'avais écrite, indépendamment de sa valeur, n'était certes pas honnête. C'était une imposture. Pour la première fois, je me suis demandé si j'avais commis une forme de crime.

16

Papa ne connaissait pas grand-chose à la nourriture vietnamienne. Son style, c'étaient plutôt saucisses, choucroute et hot-dogs à la mode de Chicago, avec beaucoup de chili. Les plats qu'on ne pouvait pas commander au Bo Merrick's Sports Bar and Grill sur West Addison, ça ne valait pas la peine d'y goûter. Nous étions la seule famille de ma connaissance à déglacer la dinde de Thanksgiving avec de la bière Miller ordinaire.

Mais quand j'ai commencé à grandir, papa a décidé que je devrais peut-être apprendre des rudiments de ma culture d'origine. Dans les Pages jaunes, il a trouvé l'adresse d'un restaurant nommé Pho 54 à Evanston. « Authentique cuisine vietnamienne. » C'est ainsi qu'un dimanche nous sommes partis tous les trois prendre un brunch qui allait se révéler hautement mémorable.

Le serveur nous a accueillis dans un anglais aimable, mais confus. De toute évidence, il se demandait ce que cette petite fille gauche aux cheveux noirs faisait avec le gros monsieur en blouson Bears et la dame aux cheveux blonds permanentés. Un quelconque programme d'échange familial, peut-être.

En ouvrant le menu, papa a immédiatement eu l'air découragé. Je ne l'avais pas vu si dépassé depuis le jour où notre médecin lui avait donné une brochure sur la menstruation.

« Rouleaux de printemps, ça a l'air bien, en hors-d'œuvre », a suggéré maman, toujours prompte à venir à

sa rescousse. Papa en a commandé avec assurance – au moins, c'était un nom anglais.

Le serveur a consciencieusement apporté quatre petites bûchettes enveloppées dans du papier de riz, les a posées sur la table, et s'est éloigné. Il ne se doutait pas que nous ne saurions quoi faire. Grave erreur.

Maman s'est dit que la meilleure solution consistait à garder le sourire sans se laisser démonter. Comme un boucher qui découpe un salami, elle a coupé son rouleau de printemps en tranches, et les a disposées soigneusement sur son assiette.

« Regarde, Dennis, du concombre ! » s'est-elle exclamée, offrant un encouragement plus que bienvenu.

Papa, cependant, ne voulait pas se faire berner. Il savait parfaitement que, vietnamien ou non, personne ne mange du papier.

Alors il a pris un rouleau de printemps et l'a épluché comme une banane. Il a déposé le contenu dans son assiette. Il avait maintenant devant lui un tas irrégulier de crevettes, de concombres et de citronnelle.

« La vache, ils donnent pas des portions très copieuses, hein ? » s'est-il exclamé, visiblement déçu.

Maman s'est pratiquement étranglée d'horreur, et a regardé autour de nous pour vérifier que personne n'avait entendu.

« Dennis ! »

Elle s'est penchée vers lui et a chuchoté :

« Ils font de leur mieux. »

Extrait de *La Polack la plus chanceuse de Chicago*
d'Ellen Krapowsky

J'étais déjà tout près du point de rupture le jour où une émission d'« Oprah » m'a fait pleurer. Bon, je sais, un écrivain qui parle d'« Oprah », c'est comme un pécheur qui parle de Dieu, mais je vous demanderai un peu de clémence sur ce coup-là.

Le vol qui me ramenait de Billings à Boston était un de ces affreux courriers avec étape à Phœnix, si bien que quand j'ai atterri à Logan, le ciel commençait à peine à virer au mauve, et le Dunkin'Donuts n'était même pas encore ouvert. Quand j'ai rallumé mon portable, j'avais un message de Jon Sturges.

« Pete, ici Jonny Sturges. Écoute. Tu vas peut-être recevoir un coup de fil du bureau du procureur. Ces bureaucrates nous harcèlent sur des accusations complètement bidon ; c'est pourquoi je pense déplacer toute l'opération sur une île quelconque. En tout cas, garde ton sang-froid. Je suis sûr que ça va se tasser. Mais, euh, ils ont un peu fouillé les ordinateurs et ils ont ton nom, alors, n'importe, ça va se tasser. »

J'ai dû ranger ça dans la section de mon cerveau réservée aux « Choses qui pourraient se transformer en terrible fléau un jour ou l'autre ».

Quand je suis rentré, Hobart n'était pas dans sa chambre. Dans la cuisine, j'ai trouvé une casserole de purée lyophilisée qui traînait. Apparemment, elle était là depuis plusieurs jours car plusieurs variétés de mouches exotiques non identifiées s'affairaient à la surface. Je me suis fourré au lit sans ôter mon pantalon.

À mon réveil, vers 2 heures et demie de l'après-midi, j'ai trouvé un certain réconfort dans ma télé Panasonic écran plat de 54 pouces.

J'avais investi une portion non négligeable de mon avance dans la bête. *Cendres dans la tornade* ne m'avait pas permis de m'offrir une maison, mais un écran plat de 54 pouces représentait un substitut tout à fait acceptable.

J'ai mis une chaîne HD qui montrait des vues aériennes de la Colombie-Britannique et entrepris de parcourir le courrier qui s'était accumulé.

Il y avait un mot de Polly. « Pete, commençait-elle, et je pouvais l'entendre prononcer ce mot avec la voix nasillarde qu'elle avait adoptée depuis qu'elle m'avait quitté. J'ai vu ton livre l'autre jour dans notre librairie de quartier. [*notre ! Quelle salope !*] J'ai été hyper fière ! J'ai toujours su que tu en étais capable. Je n'ai pas encore eu le temps de le lire – cette histoire de mariage, c'est la folie – mais j'ai hâte. Et je suis très heureuse que tu viennes au mariage. Ce sera super de te revoir. Bien à toi, [*!*] Polly. »

Quel méprisable monstre femelle elle faisait ! Le fait que j'admirais son habileté – le mot pseudo gentil, le ton léger, le rappel du mariage – ne faisait qu'empirer la chose. Une attaque contre-intuitive digne de Sun Tzu. Elle tentait par là de renverser ma victoire, de faire semblant d'être fière (FIÈRE !) de moi, de sorte qu'à son mariage mon succès précoce d'écrivain célèbre paraîtrait ajouter à sa grandeur plutôt que la ternir.

En tout cas, ça m'a secoué, et j'ai honte d'avouer ici que je me suis vengé sur le livreur de pizzas, à qui j'ai donné moins d'un dollar de pourboire, même si j'ai essayé de me racheter quelques semaines plus tard quand j'ai non seulement donné un pourboire excessif, mais commandé des gressins dont je ne voulais même pas.

Tous mes problèmes auraient pu être résolus, ou du moins temporairement éclipsés, par une séance de beuverie diurne avec Derek. Mais il s'était remis à la colle avec sa petite amie de Mount Holyoke, celle qui l'avait pris en pitié lorsqu'il était descendu de son arbre toutes ces années auparavant. Je n'ai pas réussi à l'embrigader.

Alors, tout seul, j'ai mangé ma pizza en zappant sur les chaînes HD.

Sur une télé comme celle-ci, presque tout est captivant. Sur MSNBC, Olbermann trône tel Dieu le Père qui se pencherait dans votre salon avec une pose définitive. Dans les talk-shows en espagnol, on peut voir les détails des décors flageolants, les endroits où ils ont arrêté de peindre ou recourbé les planches. Dans *Couples chic et choc* sur E !, l'image d'Angelina qui remplissait l'écran dominait la pièce comme une statue de l'île de Pâques. En prime, j'avais pris d'excellentes enceintes, de sorte que, dans l'émission sur la pêche au bar, on entendait l'écho désespéré du claquement des nageoires sur le pont métallique du bateau.

J'ai arrêté de zapper pour étudier le visage d'une Asiatique, âgée de 35 ans environ : manifestement, sa maquilleuse avait compté sur une résolution plus floue que celle qu'offrait ma Panasonic, du coup, elle avait sur le front des poches plus luisantes que d'autres. Peu à peu, j'ai réalisé que j'étais en train de regarder « Oprah ».

J'ai coupé le son pour m'amuser à essayer de deviner ce que faisait cette femme sur le plateau. Elle n'était pas tout à fait assez mince pour être une spécialiste des régimes. Elle était trop jeune et insouciante pour être une conseillère matrimoniale. Elle avait l'air trop gaie pour être en train de délivrer des avertissements sur les pédophiles ou des analyses sur le retard scolaire des petits garçons sur les petites filles. Mais Oprah – sur laquelle un travail de maquillage nettement plus équilibré avait été mis en œuvre – écoutait avec une de ses mines sérieuses. Une psychologue de l'amitié, peut-être ? J'ai capitulé et remis le son.

« … et à l'école, est-ce que vos petits camarades vous traitaient différemment ? demandait Oprah.

— Eh bien, quand j'étais toute petite, les enfants étaient juste curieux. Comme mes yeux étaient différents, ils me demandaient si je pouvais tout voir, ou si c'était comme si je plissais les yeux en permanence. "Tu peux voir ce truc là-haut ?" Ouais, je peux », disait la femme asiatique.

Ça a fait rire le public. J'ai ri aussi, parce que je me suis souvenu de John Whitbeck faisant passer un examen oculaire du même type à Chris Pai au CP. Au final, les résultats nous avaient fourni une réfutation scientifique déroutante mais incontestable de notre conception du fonctionnement de l'œil.

« Mais la plupart des gamins me traitaient comme tout le monde. Et j'étais comme tout le monde – les anniversaires, l'école, j'étais une grande fan des Cubs, j'en pinçais pour Kirk Cameron… »

Le public a ri de nouveau.

« Mais comme tout le monde, vous étiez le souffre-douleur d'un autre gamin. Tous les gamins se font brutaliser un jour ou l'autre », a dit Oprah. Elle a regardé le public.

« S'il y en a parmi vous qui n'ont jamais été brutalisés, levez la main. »

La caméra n'a pas capté la chose, mais Oprah a dit :

« Vous n'êtes pas nombreux – c'est que vous étiez sans doute les bourreaux ! »

Tout le monde a ri de nouveau, et Oprah s'est tournée vers son invitée :

« Vous racontez une histoire formidable sur un de ces bourreaux de cour d'école.

— C'est vrai. Il s'appelait Mitchell.

— Mitchell, c'est bien un nom de brute », a noté Oprah. Très finement observé ! J'ai acquiescé d'un rire, en chœur avec le public. C'est vrai, *il y a* des noms prédestinés pour les petites terreurs, et Mitchell en fait indéniablement partie. Pourquoi les gens condamnent-ils leur progéniture de cette manière ?

« Mitchell m'insultait et me pourchassait quand je rentrais de l'école. Alors je me suis plainte à mon père. Mon père, bien sûr, en bon type de Chicago, raconte la chose à ses potes de bistrot. Des costauds, des ouvriers. Et ils élaborent un plan. Un jour, après l'école, Mitchell me suit en m'insultant et en me jetant des brindilles. Mais juste au moment où je cours vers la porte, mon père sort. Je suis en larmes, et Mitchell reste interdit, il essaie de prendre l'air innocent. »

La femme asiatique a fait une imitation comique de Mitchell essayant de prendre l'air innocent.

« Mon père lui dit : "Alors comme ça, t'aimes bien embêter les filles, hein ?" Mitchell secoue la tête. Et mon père fait : "Eh bien, mes amis et moi, on aime bien embêter les petits morveux qui aiment embêter les filles. Tu veux les rencontrer ?" Et de la porte de notre maison surgit environ une douzaine des types de Chicago les plus balèzes, les plus costauds, plus patibulaires les uns que les autres. Et au premier coup d'œil, Mitchell *fond en larmes.* »

Ça a beaucoup plu au public. Ils ont ri à gorge déployée. Moi aussi. Certains spectateurs se sont mis à applaudir. Pas moi, parce que j'étais seul et que ça me semblait déplacé.

« C'est la toute dernière fois qu'il s'en est pris à *moi !* »

Oprah s'est cramponnée au genou de la femme asiatique, façon de dire : « Restons-en là un instant. »

« À notre retour, nous allons *rencontrer le papa d'Ellen* ! »

Oprah a soigneusement scandé ces quatre derniers mots de façon à tenir les spectateurs en haleine pendant les pubs.

Je n'ai même pas changé de chaîne. Peut-être que si je l'avais fait – si seulement j'avais eu la présence d'esprit de retourner jeter un œil à la Colombie-Britannique –, les choses auraient tourné différemment.

« Nous voici de nouveau avec Ellen Krapowski, une Américaine d'origine hmong – je prononce correctement ? »

Ellen a hoché la tête.

« Une Américaine d'origine hmong qui à l'âge de 3 ans » – Oprah prononçait tous ces mots de sa robuste voix de poitrine – « a été adoptée par Bill et Denise Krapowski ici même, dans l'Illinois. De cette expérience, elle a tiré un livre, *La Polack la plus chanceuse de Chicago*. Ellen, vous dites dans votre ouvrage que votre père a été un exemple formidable dans votre enfance.

— Absolument. Il m'a enseigné les valeurs morales et l'importance de réaliser quelque chose qui vous dépasse. Il n'était pas toujours très *bavard* » – là son intonation a fait rire le public – « mais il a fait mon éducation, avant tout, à travers ses actes, et par sa façon d'être toujours là pour nous et de préserver l'unité de la famille en nous faisant toujours sentir que nous étions aimés et protégés. »

C'était une phrase choc. Même moi, j'avais besoin d'une seconde pour m'en remettre. Avant d'enchaîner,

Oprah s'est accordé une pause pour hocher longuement la tête.

« En lisant ce livre, je me suis dit, pour ma part, qu'il fallait que j'en apprenne davantage sur cet homme, ce père qui, à sa drôle de manière – et c'est un livre *très* drôle –, nous enseigne – lui, votre père – ce que signifie d'être père. Alors nous l'avons fait venir ici. Merci d'accueillir… Dennis Krapowski ! »

Un plan sur les spectateurs, les yeux écarquillés et soudain impatients. Les rides et les pupilles dilatées ressortaient à l'écran.

Un homme d'une soixantaine d'années avec une moustache en brosse a fait son entrée. Ses hanches semblaient très légèrement dissymétriques, et il marchait les yeux rivés au sol comme pour suivre la trajectoire invisible établie pendant les répétitions. Mais Oprah s'est levée, l'a réceptionné et lui a donné l'accolade, suivie par Ellen, avant qu'il s'assoie. Inspiré peut-être par le confort de son fauteuil somptueux – ils avaient l'air vraiment très confortables, ces fauteuils, il faut dire – il a grimacé un grand sourire à l'attention des derniers rangs de l'assistance.

« Merci d'être parmi nous…

— Merci, Oprah, moi et tous les gars… »

Le public riait déjà car il avait un accent de Chicago à couper au couteau.

« Ça, c'est un accent de Chicago ! a dit Oprah. Vous venez d'en entendre un échantillon, si vous êtes de passage en ville, préparez-vous. »

Tout le monde a ri.

« Dennis, donc, votre femme et vous saviez que vous ne pouviez pas avoir d'enfants, et vous avez décidé d'adopter.

— Ouais, exact, on est allés dans des agences, savez, remplir des tas de paperasses et tout le tintouin. Puis, par un ami, on a entendu parler de ce programme pour adopter des enfants du Vietnam qui avaient besoin d'un foyer. Et j'avais des potes qu'étaient allés là-bas, vous savez, des types qui étaient au lycée avec moi, et on avait vu les tragédies là-bas, vous savez, à la télé. »

Les trâââ-gé-dies.

« J'en ai parlé à ma femme, et on s'est dit qu'on pourrait essayer. »

Oprah lui a tapoté la jambe, très légèrement.

« Dites-moi, Dennis, comment avez-vous fait pour élever une fille si épatante ? »

Tout le monde a applaudi et Oprah a regardé l'assemblée, hochant la tête comme si les spectateurs eux-mêmes étaient l'écho de ses propres émotions.

« Oh ben, c'est elle qu'a fait le plus gros du boulot ! Mais euh, nous… ma femme et moi, on a décidé qu'on devait l'élever comme tout le monde, alors comme on était là, à Chicago, je l'ai emmenée aux matchs des Bears quand elle était petite, je lui ai appris à manger des saucisses et tout ça, et on a juste essayé de lui montrer que, vous savez, on ne l'a jamais considérée comme différente ni rien. Pour nous, c'était une Krapowski à 100 %, et c'est comme ça qu'on a tâché de l'élever. »

Et maintenant essayez d'imaginer la scène : j'étais assis tout seul, des miettes s'accumulaient désormais dans le carton de pizza ouvert, mais j'avais cessé de manger. Et cet homme, qui faisait probablement quatre-vingt-treize ou quatre-vingt-dix-huit centimètres de haut sur mon écran, qui disait ça. Puis une pause, mes haut-parleurs restituant parfaitement le bruit du silence.

J'ai senti mes yeux se gonfler d'eau salée.

« Dennis, dans le livre Ellen raconte que vous êtes un inconditionnel des Cubs, et que vous essayez d'assister à un maximum de matchs. »

Dennis a hoché la tête.

« Oh oui, je l'ai emmenée à énormément de matchs. Je crois que, la moitié du temps, elle ne venait que pour les pop-corn ! »

Tout le monde a ri, sauf Oprah.

« Nous tous ici, après avoir lu ce livre, nous nous sommes dit : Il faut faire quelque chose pour cet homme, qui a enduré les pleurs nocturnes, les insomnies, qui a emmené sa fille acheter sa *robe pour le bal de prom*, pour l'amour du ciel, quand sa femme était à l'hôpital, cet homme » – elle l'a désigné – « mérite quelque chose. »

Le public a applaudi avec enthousiasme. Et j'ai senti les muscles de ma bouche se contracter, presque malgré moi. Tout le truc, toute la mise en scène, était d'une ringardise qui dépasse l'entendement. Mais, mince, c'est vrai que ce type méritait quelque chose. Il était fantastique.

« Alors nous avons demandé à une amie, Mary Blazek, la directrice des relations publiques des Chicago Cubs, si par hasard elle n'aurait pas un petit quelque chose pour vous, elle aussi. »

Une blonde baraquée vêtue d'un blouson des Cubs est entrée sur le plateau. Quand Mary Blazek a remis une enveloppe à Dennis, mes enceintes ont recueilli le moindre soupir joyeux du public réalisant la portée du geste.

« Nous voulions juste vous remercier de votre soutien, a dit Mary, et du soutien de votre fille, et d'avoir élevé une nouvelle génération de fans des Cubs. Et de la famille des Chicago Cubs à la famille Krapowski, deux générations de supporters, voici un petit témoignage de notre gratitude. »

Dennis a ouvert l'enveloppe, et à l'instant précis où il comprenait de quoi il s'agissait, Oprah a dit :

« Des abonnements, premier rang, juste derrière l'abri des joueurs. Vous allez devoir acheter beaucoup de pop-corn, maintenant, Dennis ! »

Dennis s'est levé et a fait mine de donner l'accolade à Mary Blazek, tellement il était content. Le public n'en pouvait plus de ravissement œcuménique.

Voilà ce qu'il faut retenir de tout cela : plus tard, en buvant des bières avec Derek, j'allais caricaturer toute la chose à gros traits. J'allais faire une version outrée, à la Chris Farley[1], de l'accent de Dennis, et je me dandinerais dans tout le Colonial Boy comme un ours pour imiter sa démarche. Je raconterais comment le parterre de femmes ménopausées en manque affectif avait pété les plombs à la vue d'un crétin recevant un prix pour avoir été un bon père.

Ellen Krapowski, dirions-nous, Derek et moi, s'était sans doute rendu compte du potentiel commercial de son histoire, de son tragique passé hmong à sa nouvelle vie en Amérique, pleine de pizzas à pâte soufflée et de base-ball. Elle avait dû s'associer avec un quelconque packager, qui avait vu que son touchant hommage de cent quatre-vingt-dix pages s'arracherait pour la fête des Pères ET la fête des Mères. Un Nègre avait poli les aspérités en rajoutant une louche de robes du bal de fin d'année et de pop-corn.

Mais en cet instant, tandis que Dennis tenait son abonnement – interdit, il a essayé de serrer la main d'Oprah, qui s'est tournée vers le public en levant les yeux au ciel avant de lui donner une vigoureuse accolade, après quoi Dennis a embrassé Ellen sur le front –, mes joues étaient mouillées. Je pleurais. Je n'avais pas

1. Acteur comique (1964-1997) célèbre notamment pour ses prestations dans *Saturday Night Live* où il interprétait, entre autres, un fan de sport de Chicago à l'accent caricatural.

pleuré depuis la période qui avait suivi le départ de Polly, quand je me roulais sur mon matelas, impuissant comme un bébé phoque. Mais ces larmes-ci témoignaient d'une autre sorte d'impuissance, l'impuissance qui nous frappe tous devant les choses les meilleures, les plus pures sur cette terre. Je pleurais, je *sanglotais*, le visage baigné de larmes comme un pécheur à une convention évangélique.

Cette femme, cette femme asiatique au teint un peu cireux, avait raconté une histoire, une histoire sur les mères, les pères et les filles, une histoire qui illustrait le miracle ordinaire et incroyable que constitue l'éducation d'un enfant. Comment c'était dur, comment votre père avait l'air toqué, comment toute votre enfance avait été terriblement humaine et imparfaite jusqu'au jour, des années plus tard, où vous aviez enfin compris à quel point c'était magique, à quel point vos parents étaient des saints, même quand ils remontaient leur pantalon jusque sous leur cage thoracique, quand il leur arrivait de péter, quand ils ronflaient comme des ogres au bout du couloir.

Avant tout, on pouvait voir tout ça de nos yeux et sentir que c'était vrai. On pouvait éprouver la puissance quasi religieuse d'une histoire vraie.

Presque effrayé, j'ai éteint la télé dans un mouvement de panique et suis sorti acheter de la bière sans même enfiler une veste.

Une minute m'a suffi pour me reprendre. J'ai ri de la façon dont Oprah avait orchestré la démonstration dans une chorégraphie d'une précision digne de Busby Berkeley : même la maladresse de Dennis avait été intégrée au numéro. J'ai imaginé les patrons des Cubs en train de recevoir un coup de fil – sans doute sur un téléphone rouge spécial qu'ils réservaient exclusivement pour Oprah. Flairant le coup juteux, ils avaient sauté sur cette formidable opportunité communicationnelle, et ils avaient dépêché leur attachée de presse, Mary Blazek, laquelle avait probablement suivi un cours sur « Les interactions entre l'entreprise et la communauté » dans son école de commerce et savait comment s'y prendre pour faire passer ses patrons pour de bons citoyens et de bons voisins.

Tout l'objet de l'opération, en fin de compte, le timing, la mise en scène, tout, était de vendre – et c'est une liste réelle, j'ai pris note des pubs qui sont passées – des barres protéinées Special K, des facettes dentaires en porcelaine Lumineers, de l'Oscillococcinum pour la prévention des états grippaux, des pizzas McCain's Extra Cheesy, du Mucinex antitoux pour enfants, du sirop de chocolat de chez Walden's Farm, de la crème Oil of Olay, et les infos locales, qui n'étaient bien sûr elles-mêmes que du « Oprah » de deuxième division. Ce grand moment de communion humaine n'était qu'un stratagème, une ruse éhontée destinée à capter les regards à la seule fin de transformer notre sympathie en espèces sonnantes et trébuchantes au bénéfice des conglomérats de l'industrie alimentaire et des fabricants de dentifrice.

Mais ils avaient raconté une histoire, et ils m'avaient fait pleurer. Ils m'avaient remué jusqu'à quelque centre vibratile profondément enfoui de l'émotion humaine. C'est peut-être là la fameuse « âme » dont j'entends si souvent parler.

17

Écoutez, écoutez. Hé… Écoutez, tout le monde. J'ai des trucs à dire. (*À un inconnu assis à une table sur le devant :*) Vous, fini de mastiquer. Scrunch scrunch scrunch, on dirait un écureuil. Ou un castor. Un castor qui mastique. Oui, merci, faites-le cesser. Salut, alors écoutez. Je m'appelle Pete. Peter Tarslaw. Je connais certains d'entre vous. Les autres, hein, ça fait rien, on va devenir amis. C'est juste que je… vous savez, avec une occasion tellement émouvante, après tout c'est un mariage, je me suis dit à la bonne heure, je vais faire un speech. Pas trop long, c'est le conseil qu'on donne en général, alors je ne vais pas m'étaler. Au passage, je suis écrivain.

Polly et moi – Polly Pawson, celle que vous appelez « la mariée » ou « Polly » – on est sortis ensemble. À la fac. Et vous savez quoi, c'était le pied. La meilleure époque de ma vie. Honnêtement. Tu te rappelles à la fac quand tu ne pouvais pas encore dépasser le stade du pelotage ? (*Là Derek se lève et fait un geste signifiant : "Coupez".)* Non, non. Tu sais, Polly, tu es belle. Tes cheveux noirs, et ta peau… Ça te va à merveille. Et je me réjouis de ton bonheur. James, tu viens d'Australie. Mais c'est pas grave, ça arrive à plein de gens. *(Derek approche, en longeant un mur latéral.*) Je t'ai vu. C'est pas parce que t'es pas dans mon champ de vision. Je vois le *mouvement.* Je suis un dinosaure.

Salut, George. C'est George. On a fait un concours de lancer tous les deux tout à l'heure. J'ai gagné haut la main. Mais il vient d'une culture du boomerang, pas d'une culture du base-ball, alors. Et puis, de toute évidence… vous savez.

Et merci aux Pawson d'avoir payé la facture pour tout ça.

Vous voyez, ce mariage, c'était sincère. C'est ça, le truc. On sent la sincérité. Et vous connaissez peut-être Lincoln, eh bien, si ça se trouve, son fantôme était parmi nous. Vous vous aimez, tous les deux. Et je suis complètement, 100% heureux de votre bonheur, sans rancune.

Alors j'aimerais proposer un toast. À la sincérité (*Derek passe à présent un bras autour de mon épaule et me chuchote à l'oreille d'arrêter*). Non, juste ça, laisse-moi terminer. À la sincérité, et à l'amour. Et à Polly. T'es la fille la plus cool du monde, putain. Sérieusement. Tout le monde le sait maintenant.

Texte d'un speech que j'ai prononcé
à la réception de mariage de Polly Pawson,
reconstitué à partir des souvenirs de témoins

Dignité. C'était le mot d'ordre, en principe. Au mariage de Polly, je suinterais et sécréterais la dignité par les pores de ma peau. Un comportement digne, ce qu'on appelait autrefois la *classe*, constituerait la revanche la plus élégante. Je sentirais l'assurance et le succès à plein nez, les Australiens seraient couverts de honte, les tantes admiratives, les demoiselles d'honneur lascives. Voyant ses invités papillonner autour de l'écrivain célèbre qui avait daigné faire le déplacement, Polly saurait que j'avais gagné.

Un écrivain célèbre de mon calibre ne pouvait pas se rendre au mariage de son ex-petite amie dans le bus de Chinatown, puant comme il l'est de mets exotiques fumés et de Brooklynisme.

Il fallait que je prenne l'express, parce qu'on ne peut pas dire simplement *le train* avec un air de détachement cavalier. Au wagon-restaurant, j'ai bu une Heineken – une bière digne.

J'ai entendu un homme et une femme qui discutaient d'une réunion qu'ils avaient eue à Boston pour présenter un plan marketing à un cabinet de conseil. J'ai réfléchi à la façon dont j'allais ressortir l'anecdote au mariage, enveloppée de l'ironie du sage comme une datte de bacon. *Nous étions en train de traverser le pays des puritains, de Jonathan Edward et de Nathaniel Hawthorne, et ils parlaient de marketing*, dirais-je avec un sourire dont la profondeur dépasserait largement le nombre de mes années.

Bon Dieu, mais j'allais *déchirer* à ce mariage !

La cerise sur le gâteau, c'était mon génial cadeau. Chaque fois que j'en avais assez de me comporter comme un écrivain célèbre qui prend le train, j'y repensais. Elle était sans doute déjà arrivée : la cave électrique sélecte œnophile 28 bouteilles deux compartiments multitempératures.

La cave électrique sélecte œnophile 28 bouteilles deux compartiments multitempératures ne figurant pas sur la liste de Polly, je lui adressais d'emblée un message : les différents articles ringards qu'elle avait choisis elle-même avaient quelque chose de gênant et, pour leur bien, j'avais dû me fier à mon propre goût exquis. En plus, elle était chère, mais c'était le genre d'objets dont la plupart des gens ignorent le prix exact. Polly se poserait la question, mais elle jugerait indigne d'elle de regarder sur Internet. Pendant quelques mois, du moins, après quoi elle craquerait et irait sur Google. Elle apprendrait le prix : ce serait moins cher que ce qu'elle avait imaginé, mais cher quand même. Rien qu'en regardant, elle saurait qu'elle avait perdu.

Mais l'essentiel, c'est que l'objet serait dans sa maison, et il ne serait jamais plein ! Pourquoi des jeunes mariés comme James et Polly seraient-ils jamais à la tête de vingt-huit bouteilles de vin ? Peu à peu, Polly se mettrait à gamberger sur la question. Elle regarderait James, et se demanderait pourquoi il n'était pas le genre de type qui a besoin d'un rangement pour vingt-huit bouteilles de vin. Et elle penserait à moi – son ex-petit ami, l'écrivain célèbre, qui doit tenir pour acquis que tout le monde a besoin d'un rangement pour vingt-huit bouteilles de vin. Elle réaliserait qu'elle était passée à côté du mode de vie attenant à la cave électrique sélecte œnophile 28 bouteilles deux compartiments multitempératures, le mode de vie que j'aurais pu lui offrir.

Lucy m'a retrouvé à Penn Station à New York pour le trajet jusqu'à Washington. Elle avait l'air épuisée par les mois passés à essayer de sauver son boulot chez Ortolan tandis que les Anglais pratiquaient des coupes sombres. Avec un détachement de combattante endurcie, elle m'a annoncé que les chiffres du dernier trimestre étaient tombés : les ventes de *Cendres dans la tornade* étaient en net déclin. Preston Brooks, ce salopard de génie débonnaire, était de retour au sommet avec *Le Petit Déjeuner des veuves*, qu'apparemment la moitié des lecteurs du pays avait jugé bon de glisser sous le sapin.

Mais ce fait n'a pas affecté le moins du monde mes velléités de dignité. En fait, à peine étions-nous sortis de New York que j'avais réussi à intégrer ces données au personnage que j'allais incarner au mariage de Polly. C'était tout à fait logique. Preston Brooks était un auteur strictement *commercial*. Mais moi, Pete Tarslaw, l'écrivain célèbre, j'étais bien au-dessus de ces considérations. Si j'arrivais à faire passer la pilule sans paraître trop lourd, je projetais de glisser en passant aux tantes et aux demoiselles d'honneur que *la plupart* des grands romanciers n'avaient pas été appréciés à leur juste valeur en leur temps.

Pendant que je mettais ma stratégie au point, Lucy s'était endormie sur mon épaule, et de la bave commençait à perler au coin de sa bouche.

Quand le train est entré en gare de Baltimore, elle s'est réveillée en sursaut, l'empreinte de ma veste sur la joue. La sieste avait dû la revigorer, car, pétulante à présent comme n'importe quelle fille qui va à un mariage, elle s'est transformée en moulin à paroles.

« Pete ?

— Mmm ? j'ai répondu, m'exerçant à ma Voix sonore d'Écrivain.

— Je peux te poser une question, en toute honnêteté ?

— Bien sûr. »

L'écrivain célèbre est honnête en toutes circonstances.

« Qu'est-ce que ça te fait, tout ça, tu sais ? Que Polly se marie ? »

D'ordinaire, j'aurais peut-être donné à Lucy une réponse claire et nette. Mais nous étions à moins de quinze heures du mariage. Alors je me suis tourné vers elle, je l'ai regardée dans les yeux, j'ai pris mon visage d'écrivain, et j'ai botté en touche.

Je lui ai fait un laïus sur la façon dont « les gens changent », j'ai concédé qu'« il y a toujours des regrets, des regrets doux-amers », mais que « toute forme d'amour vrai mûrit » en un amour « capable de se réjouir du bonheur de l'autre ».

Elle a si complètement mordu à l'hameçon que quand j'ai eu fini de parler, elle m'a serré affectueusement le bras.

« Je suis si contente de t'entendre parler comme ça, a-t-elle dit, parce qu'en fait Polly m'a demandé si je pensais que c'était une bonne idée de t'inviter. »

Elle m'a de nouveau serré le bras.

« Je lui ai dit que oui. »

Si je lui avais dit la vérité, bien sûr, je lui aurais expliqué que je pensais que Polly était une sorcière cruelle et que si elle croyait s'être montrée plus maligne que moi en dégottant ce James machin, j'avais prouvé que j'étais meilleur qu'elle au jeu de l'escroquerie en écrivant un *livre* à succès – difficile à surpasser, comme arnaque ! –, et je me délectais à l'avance à l'idée de voir Polly humiliée par sa défaite le jour de son mariage.

Quand Lucy et moi sommes allés nous coucher ce soir-là au Radisson de Washington, j'étais persuadé que les choses allaient se dérouler de cette façon.

Mais le lendemain matin j'ai vu les moines bouddhistes.

Nous étions assis, Lucy et moi, sur notre trente et un, dans la navette que le père de Polly avait affrétée pour transporter les invités de l'hôtel à la chapelle. Deux moines bouddhistes sont montés.

Ils avaient tous deux le crâne rasé et des lunettes, et portaient des robes orange couleur sécurité routière. Lucy, bien sûr, a entamé la conversation, et il en est ressorti que c'étaient des amis de la famille de James en Australie. Ils avaient fait le voyage dans le seul but de procéder à une bénédiction lors de la cérémonie.

« C'est la première fois en trois ans que nous sortons du monastère, a confié l'un d'eux à Lucy. Demain, nous allons voir les pandas au National Zoo ! »

J'ai commencé à entrevoir que ce mariage n'allait pas correspondre à mes projections. Parce que, même moi, je ne me croyais pas capable d'impressionner des moines bouddhistes.

On distinguait une inflexion mélodieuse, une joie authentique, dans la voix des gens qui se dirigeaient vers la chapelle. Les femmes se serraient contre leur compagnon et abritaient leurs mains dans la poche de leur pardessus. Lucy a essayé de me faire le coup, mais je l'ai rembarrée : je ne voulais pas risquer que des proies potentielles s'imaginent que nous étions ensemble.

Le mariage se déroulait dans une simple chapelle en bardeaux des années 1840, avec planches toutes simples et bancs blancs. À en croire le programme, c'était la chapelle où Abraham Lincoln avait assisté à l'office en compagnie de plusieurs esclaves affranchis le matin suivant le jour où il avait signé la Déclaration d'émancipation.

Je me suis soudain senti très à l'étroit dans ma veste.

En guise de placeurs, je m'étais attendu à trouver une bande de bourrins chevelus fans des Australian Rules, des copains de James. Mais, bien qu'Australiens, ils n'avaient pas du tout l'air bourrins. Ils étaient tous minces. Et rasés de près. Ils avaient les joues douces, duveteuses. Ils n'avaient rien de chasseurs de dingos. On aurait plutôt dit des potes de chorale. Ils n'agressaient pas les demoiselles d'honneur à coup d'œillades obscènes. Avec des paroles aimables, ils offraient leur bras aux vieilles dames.

Notre placeur, en fait, était littéralement un jeune arriéré – trisomie 21 en bonne et due forme – qui prenait ses responsabilités très au sérieux.

« La mariée ou le marié ? a-t-il demandé à Lucy.

— La mariée. Est-ce que par hasard vous seriez George, le frère de James ?

— Oui, c'est moi George, a-t-il répondu.

— Moi c'est Lucy ! Vous êtes content d'avoir une nouvelle belle-sœur, George ?

— Oui, c'est une belle-sœur extra », a fait George.

Les moines bouddhistes, déjà installés, se sont retournés vers nous en souriant. Lucy s'est tournée vers moi l'air de dire « c'est pas un peu génial ? » et je me suis forcé à sourire du mieux que j'ai pu.

« Voilà James ! » s'est exclamé George.

Et c'est vrai, il était là, devant l'autel, sous mes yeux pour la première fois. Il avait l'air, en un mot, innocent. Comme Macaulay Caulkin, mais avec l'œil plus vif. Ce qu'il y avait de plus viril chez lui, c'étaient ses épaules, qui saillaient généreusement sous son smoking. Je l'ai regardé faire un signe à son petit frère en prenant place.

Comme un Polaroid en train de se développer, le mariage a commencé à se matérialiser pour moi. Mes illusions se sont envolées. J'ai vu le père de Polly, un avocat affligé d'une calvitie irrégulière, distribuer des sourires et des poignées de main en se frayant un chemin dans l'allée. La mère de Polly, ses cheveux teints en noir ramenés en chignon sur le sommet du crâne, une femme qui m'avait autrefois dit en confidence que j'avais l'air d'être « un type formidable », souriait derrière lui dans sa robe bleu roi. Un soir, ils nous avaient emmenés dîner à Legal Seafood, Polly et moi, et Polly m'avait confié ensuite qu'ils m'avaient trouvé « désarmant ».

J'ai vu le petit frère de Polly, un loser de 22 ans qui vivait dans le sous-sol de ses parents et fumait de l'herbe toute la journée. Mais même lui s'était fait une toilette minutieuse, et il avançait au bras de sa grand-mère. Une femme qui m'avait autrefois pincé les joues en me disant que j'avais l'air « d'un jeune Irlandais plein de santé ».

Derek m'a salué d'un chuchotement en se glissant à côté de moi, et il a épousseté le banc avant de laisser s'asseoir sa copine de Mount Holyoke.

Puis le retentissement de l'orgue a fait cesser les bavardages, et nous avons tourné la tête pour voir Polly faire son entrée.

J'épargnerai au lecteur une description niaiseuse de sa beauté. Sa beauté n'était pas l'aspect essentiel. Elle était belle, certes, si belle qu'en la voyant j'ai réalisé en un éclair que quelque part dans mon passé j'avais fichu ma vie en l'air.

Mais bien pire, elle avait l'air réellement, purement heureuse.

Quand nous étions ensemble, j'avais vu Polly simuler beaucoup de choses. Quand notre copine Alaina avait arpenté une scène mal éclairée pendant deux heures dans un one-woman-show sur Dolley Madison d'une nullité phénoménale, j'avais vu Polly lui faire des compliments aussi excessifs que faux sur sa performance « fascinante ». À un professeur d'histoire américaine distingué, je l'avais vue lancer adroitement une allusion à une grossesse imaginaire juste pour échapper à une projection de *Naissance d'une nation*. À ma propre mère, je l'avais vue faire un laïus interminable et parfaitement infondé sur ma remarquable assiduité dans mes études. Quand il s'agissait de feinter quelqu'un, personne ne lui arrivait à la cheville. Elle était extraordinaire. Je l'aimais pour ça.

Mais ce jour-là, tandis qu'elle remontait cette allée, rayonnante, elle ne faisait pas semblant. Je le voyais bien. Et mon cœur s'est brisé une seconde fois.

Le pasteur – une femme – a lu les textes de la cérémonie. Nous avons eu droit à des extraits du Prophète et à la Première Épître aux Corinthiens. Les moines bouddhistes ont psalmodié une bénédiction en tibétain.

La femme pasteur a invité James et Polly à « échanger leurs vœux en les partageant avec leurs amis et leurs proches ».

Ils se sont regardés dans les yeux.

« Moi, James, a-t-il dit avec un accent australien plus sonore et distingué que je ne l'aurais pensé, je fais le vœu de ne pas passer *tous* mes dimanches matin à regarder le rugby et le cricket sur SkyTV. »

Rires joyeux de l'assemblée.

« Je fais le vœu de ne pas oublier de rouler à droite. »

Rires joyeux.

« Je fais le vœu de ne pas trop râler quand tu mets Britney Spears. »

Nouveaux rires. Puis c'est devenu sérieux.

« Je fais le vœu de te soutenir, Polly, dans tout ce que tu entreprendras. Je fais le vœu de te protéger, Polly, toi et tout ce qui t'est précieux. Je fais le vœu de t'écouter, de prendre soin de toi, d'être avec toi, dans le sommeil et dans la veille, pour être ton réconfort et ta force. Je fais le vœu de t'aimer, Polly, dans tout ce que tu es, dans la maladie et dans la santé, jusqu'à ce que la mort nous sépare. Je fais le vœu de te consacrer ma vie, Polly, de sorte que nous puissions inventer une nouvelle vie ensemble. »

Lucy s'est tamponné les yeux, qu'elle avait rouges comme des betteraves.

« Moi, Polly, je fais le vœu d'*essayer*, au moins, d'aimer le Vegemite[1] », a-t-elle dit.

Rires joyeux, cathartiques, de gorges nouées par l'émotion. « Je fais le vœu d'apprécier les accomplissements culturels de l'Australie, comme Kylie Minogue, Kat and Kim et INXS. »

Rires détendus.

« Je fais le vœu de ne pas insister systématiquement sur la supériorité *écrasante* de la Budweiser sur la Victoria Bitter. »

Rires, bravos sporadiques et sifflets amicaux, fusant dans une limite sonore raisonnable.

« Je fais le vœu de te soutenir, James, dans toutes tes entreprises. Je fais le vœu de te soulager, James, dans tous les soucis et les inquiétudes. Je fais le vœu de t'écouter, de prendre soin de toi, d'être avec toi,

1. Pâte à tartiner à la levure de bière au goût prononcé typiquement australienne. *(N.d.T.)*

dans le sommeil et dans la veille, pour être ton réconfort… »

Là la voix de Polly s'est étranglée et elle s'est essuyé les yeux. Elle a repris son souffle, et a lâché un rire doux. On sentait l'assemblée qui la soutenait de toutes ses forces. Elle a repris, la voix chevrotante :

« Je fais le vœu de t'aimer, James, dans tout ce que tu es, dans la maladie et la santé, jusqu'à ce que la mort nous sépare. »

Elle a repris son souffle, puis a retrouvé une voix calme et ferme.

« Je fais le vœu de te consacrer ma vie, James, de sorte que nous puissions inventer une nouvelle vie ensemble. »

Un Australien a lancé un « Hourrah ! » distingué, et l'assemblée a éclaté en acclamations joyeuses. Lucy a salement amoché la manche de sa robe en essuyant les larmes et la morve sur son visage.

Avec les mois passés à travailler sur *Cendres dans la tornade*, j'étais devenu expert dans la manipulation d'émotions. À présent, confronté à la réalité de la chose, j'étais anéanti.

Il y a plusieurs choses que j'aurais pu faire à partir de là. J'aurais pu me repentir pour tout. J'aurais pu tomber à genoux et prier Dieu et Abraham Lincoln de laver mes mensonges et de me laisser tout recommencer à zéro. J'aurais pu prendre à part la femme pasteur, soulager ma conscience de tout ce que j'avais fait depuis que j'avais perdu Polly, et lui demander comment vivre une vie authentique et juste. J'aurais pu profiter d'un instant de flottement pour me présenter à James, lui serrer la main, et le féliciter d'avoir été le meilleur. J'aurais pu aller trouver les parents de Polly, les remercier d'avoir été si gentils à mon égard, et leur donner l'accolade pour les féliciter d'avoir élevé une fille si merveilleuse. J'aurais pu me tourner vers Lucy, avec ses joues écarlates, lui dire qu'elle était la personne la plus douce et la plus gentille que j'aie jamais rencontrée, et la demander en mariage.

Au lieu de ça, je suis sorti de la chapelle comme une flèche, je me suis introduit, sous prétexte d'une « urgence médicale », dans la Daewoo de location d'un cousin de Polly que j'avais rencontré des années plus tôt à un barbecue, j'ai parcouru en silence la route jusqu'au Radisson, je me suis arrêté à la réception où j'ai acheté une boîte de huit cachets contre la grippe que j'ai vidée aussi sec, je me suis rendu dans la salle de bal et j'ai expliqué au barman que j'étais « avec la famille » et que ça ne posait pas de problème de commencer à me servir en avance, l'encourageant de surcroît à y aller franco sur les doses.

CHOSES QUE J'AI FAITES OU SUIS CENSÉ AVOIR FAITES À LA RÉCEPTION DE MARIAGE DE POLLY

- Arrêté la serveuse qui promenait des plateaux de hors-d'œuvre, raflé dix crevettes que j'ai fourrées dans un gobelet en plastique avant de lui intimer d'aller « faire le plein, et que ça saute ».
- Demandé à une des demoiselles d'honneur de Polly, prof d'anglais en lycée, qui, d'Hemingway, de Shakespeare et de Mark Twain, était « le pire menteur ». Suggéré que s'ils étaient vivants, tous autant qu'ils étaient, ils écriraient des slogans publicitaires pour vendre des voitures.
- Accosté la femme pasteur en lui demandant depuis combien de temps on ordonnait des femmes.
- Proposé à George, le frère de James, de faire un

concours de lancer de crevettes dans le parking. L'ai battu en atteignant cinq pare-brise en six lancers contre trois pour lui.

- Donné l'accolade à la mère de Polly, prolongé ladite accolade pendant nettement plus d'une minute, bien après qu'elle a commencé de manifester des signes évidents de malaise.
- Raconté l'histoire de Derek et de la fille de Mount Holyoke aux moines bouddhistes, en y ajoutant des détails égrillards de mon cru, et invité au final la fille de Mount Holyoke à nous rejoindre pour nous éclairer à l'aide d'une démonstration physique.
- Déclaré à Derek que je n'avais pas envie de me battre avec lui mais que je le ferais si nécessaire.
- Interpellé un groupe d'Australiens et donné une conférence sur le thème : « Abe Lincoln l'honnête homme : le héros barbu. »
- Informé mes voisins de table, au dîner, que j'aurais sans doute pu coucher avec la mère de Polly.
- Signifié à Lucy que ses tentatives de me faire taire étaient « cryptofascistes ».
- Décrété que j'étais un cuisinier amateur doué. En guise de démonstration, renversé de la vodka sur le bar sauvage de Lucy. Lorsqu'elle a protesté, proclamé que son palais était « grossier ».
- Déclaré au barman récalcitrant qu'il était un « mufle » et que je voulais me battre avec lui.
- Demandé à la demoiselle d'honneur-prof si elle pensait que je pouvais battre Josh Holt Cready dans une bagarre à coups de poing.
- Après avoir déballé plusieurs fausses pistes, trouvé la cave électrique sélecte œnophile 28 bouteilles deux compartiments multitempératures. L'ai portée dehors. L'ai explosée contre une poubelle.

- Retourné à l'intérieur. Vomi discrètement dans une serviette en papier. Décidé de faire partager quelques brèves remarques et convaincu le DJ de me passer le micro.

À ce qu'on m'a raconté, mon speech s'est terminé quand le DJ a lancé un morceau super fort pour couvrir mes cris de protestation tandis que Derek et Lucy me conduisaient vers l'entrée. Là, j'ai échappé à leur emprise et je me suis précipité dehors. J'ai pris le contrôle d'un des bus qui faisaient la navette avec l'hôtel et je l'ai conduit en boucles saccadées à travers le parking jusqu'à heurter un trottoir.

Le lendemain, je me suis réveillé dans la baignoire de ma chambre d'hôtel.

Les poissons sont parfois atteints d'une maladie qu'on appelle l'exophtalmie : des gaz accumulés dans leur corps font saillir leurs yeux jusqu'à l'explosion. C'était ce qui m'arrivait. Mes bras étaient aussi faibles et tremblants que ceux d'un centenaire impotent aux veines ressorties et il m'a fallu d'impressionnants efforts de volonté et une force surhumaine pour m'arracher aux immondices qui souillaient mes vêtements. Mon cerveau se tortillait et se convulsait comme s'il essayait de se défaire d'un nœud complexe. J'avais l'impression que mes entrailles avaient été réduites à un hochet morbide que mes muscles internes essayaient de propulser dehors à intervalles convulsifs. Ma meilleure défense consistait à essayer de retomber dans le cirage à chaque fois qu'un nouvel assaut de nausée atteignait son sommet de violence.

Ces affres ne constituaient qu'un seul degré de ma punition. L'interminable trajet du retour à Boston a été ponctué par les réminiscences de Lucy qui, avec le calme des grands traumatisés, relatait une bassesse après l'autre par moi commise. J'avais peine à préserver l'unité de ma conscience pendant des laps de temps suffisamment longs pour l'écouter.

Pour ma part, je n'avais que deux souvenirs très distincts, des bribes aléatoires qui s'étaient préservées je ne sais comment – le film Zapruder de l'esprit ivre.

Le premier était le suivant : vautré dans un coin de la salle de bal, je suçotais un citron vert en regardant Lucy et Polly qui discutaient sur la piste. Polly s'était approchée. Absorbé par mon citron vert, j'avais fait semblant de ne pas remarquer qu'elle relevait sa robe de mariée pour s'agenouiller près de moi et me toucher la joue.

« Pete, avait-elle dit, va te coucher, je t'en prie.

— Bon mariage, je lui ai dit.

— Je t'en prie. Laisse-les te raccompagner. »

Puis elle s'était éloignée.

Le deuxième : comme je longeais le couloir, avec Derek qui me tenait le bras comme un maton bourru tandis que j'interprétais une version fort lacunaire de la ballade sentimentale irlandaise « The Foggy Dew », nous étions passés devant deux femmes entre deux âges qui fumaient en cachette.

« Est-ce que c'est le type qui a écrit un livre ? avait demandé la première, persuadée que j'avais le cerveau trop embrumé pour l'entendre.

— Ouais, avait répondu l'autre, les écrivains et la boisson…

— Eh bien, laisse-moi te dire, avait répondu la première. Je l'ai lu. Et il n'était pas suffisamment bon pour excuser un *tel* comportement. »

18

« D'aucuns pensent qu'à 85 ans on est trop vieux pour être clown de rodéo. Ils prétendent qu'un type de cet âge-là devrait raccrocher sa veste à rayures orange et laisser tomber cette activité consistant à divertir les enfants et à éloigner les taureaux des cow-boys tombés à terre. Eh bien, c'est que d'aucuns n'ont pas rencontré Earl Teacup, qui déclare qu'à 85 ans… il commence juste. »

« Léonard de Vinci, Claude Monet, Paul Cézanne… Autrefois, si l'on voulait être peintre, il fallait avoir deux mains. Mais lorsqu'un accident a changé la vie de Betsy Billinger, elle n'a pas renoncé à son rêve de s'exprimer à travers l'art. En fait, elle a décidé de redoubler d'ardeur dans la poursuite de son objectif. Et les résultats ? Le moins qu'on puisse dire, c'est qu'ils sont… colorés. »

« Elles ne parlent pas beaucoup. Elles mangent cinq cents kilos de crevettes par jour. Elles vivent jusqu'à huit cents mètres sous la surface de l'eau, et vous ne risquez pas de trouver un maillot de bain à leur taille au supermarché du coin. Mais quand il s'agit de romance, il s'avère qu'elles ont quelques bonnes idées. Les baleines bleues n'ont pas toujours été réputées pour leur vie amoureuse. Mais un groupe de chercheurs s'est consacré à l'étude de la façon dont les baleines s'accouplent. Ils ont découvert que les baleines célibataires… ont quelques leçons à donner aux célibataires de notre espèce. »

« Les roses, la vanille, les cookies sortant du four : voici quelques odeurs que nous connaissons tous. Mais qu'en est-il de l'aulne rouge, de l'aubépine ou des bananes plantains brûlées ? Ce ne sont là que quelques-unes des odeurs que les concurrents doivent reconnaître dans le Championnat du monde de l'odorat. Si vous cherchez l'événement de l'année… fiez-vous à votre nez. »

Introductions à des rubriques de Tinsley Honig
dans le magazine d'actualité
d'ABC « Dépêches », retranscrites par l'auteur
(les trois petits points indiquent des pauses dramatiques)

C'est ici que commencent les événements que vous, lecteur, aurez peut-être suivis. Je suis désolé d'avoir mis si longtemps à en arriver là, puisque ces événements constituent le véritable feu d'artifice de mon histoire, et la raison, sans nul doute, pour laquelle vous avez acheté ce livre au départ. Mais maintenant que je vous ai exposé le contexte, j'espère avoir un peu moins l'air d'un salopard fini.

Quand j'ai appris que Tinsley Honig voulait m'interviewer, j'étais dans un bain tiède, la peau fripée comme une vieille prune. Il flottait dans l'eau une quantité de poils pubiens et de copeaux de savon ramollis largement supérieure au seuil de tolérance en la matière d'un être normalement constitué.

Cette image – ma chair ridée, mon expression hébétée, le téléphone en équilibre précaire sur le rebord de la baignoire – illustre très fidèlement toute la période qui a suivi le mariage.

C'est alors que David Borer et Lucy ont appelé avec la formidable nouvelle.

« Vous ne comprenez pas l'importance de la chose ! a dit Borer. Un écrivain n'est *rien* tant qu'il n'est pas passé à la télé. »

La télé ! Et avec Tinsley Honig, pas moins ! Elle allait me consacrer un portrait dans « Dépêches ». Avec un peu de chance, je me retrouverais entre un reportage sur les pédophiles à l'ancienne mode qui se servent encore de radios amateurs pour attirer leurs proies et un sujet sur des enfants afghans qui réapprennent à jouer au foot après avoir été déchiquetés par des mines antipersonnel.

« Votre livre va recommencer à se vendre, a dit Borer. Ici, on parle déjà de tirer une édition spéciale "Dépêches", avec en bonus un DVD de l'émission. Bref, ils ont beaucoup de mauvaises idées dans les bureaux, mais ce qui compte, c'est que c'est une très, très bonne nouvelle. »

Tout le mérite revenait à Lucy. Une fille de son cours de poterie vivait en colocation avec une des assistantes de Tinsley. C'est ainsi que le livre s'était faufilé entre les mains de cet ange du journalisme télévisé aux tresses auburn et au visage de porcelaine. C'était assez logique. J'avais le profil type du bon sujet : un jeune type qui écrit un roman sensible, qui peut peut-être sauver la culture pour la génération textos. En plus, ma photo officielle me donnait l'air télégénique.

Toute l'impression que « ma vie s'était écroulée sur moi » s'est évanouie. Il était même difficile d'imaginer que j'avais jamais pensé une chose pareille. Ma prestation au mariage de Polly me semblait à présent une puérile fredaine située dans un passé reculé.

J'ai jeté un œil circulaire sur ma salle de bains, avec ses serviettes à rayures colorées de chez Target[1] et l'évier encrassé par la mousse à raser. Tinsley ne pouvait pas me filmer ici. Ça ne le ferait pas du tout. Et si Hobart entrait, avec sa tignasse échevelée, et se mettait à préparer de la purée lyophilisée juste au moment où

1. Deuxième plus importante chaîne de grande distribution américaine, derrière Walmart.

Tinsley s'apprêtait à me demander, devant la caméra, comment j'avais appris à ressentir si profondément les choses ?

Par chance, j'avais un plan de secours. Nous allions faire l'interview chez tante Evelyn. La cabane à sucre, les érables, la maison en pierre du pays – *ça*, c'était une maison d'écrivain. J'allais faire semblant de vivre là-bas.

Un truc dont on ne se rend pas compte lorsqu'on voit ces sujets à la télé, c'est la vitesse à laquelle on les met en boîte. Je n'ai absolument pas eu le temps de me préparer.

J'ai gaspillé le temps de mon trajet en bus jusque chez tante Evelyn. Ce temps, j'aurais pu l'employer à échafauder le plan de toute l'interview, à inventer des anecdotes, des plaisanteries fines, des jeux de physionomie. Mais je l'ai passé intégralement à méditer sur la flambée de mes ventes après l'interview et à me demander si je ferais mieux d'acheter un appartement à New York ou de passer directement à la maison en bord de mer.

Je suis arrivé à l'heure du dîner. Tante Evelyn avait préparé de redoutables saucisses au fenouil – elle était dans une phase méchamment carnivore –, ce qui a contribué à me distraire aussi.

Le lendemain matin, un mardi, la productrice du sujet et le cameraman de « Dépêches » sont arrivés à 7 heures. Ils se sont pointés dans un van : apparemment ils étaient partis de New York avant le lever du jour. Il était difficile d'imaginer de quoi ils avaient parlé en route.

Le cameraman, qui s'appelait Skee ou peut-être Skeet, était maigre comme un vampire. Il avait l'air sans âge, comme souvent les noceurs passé un certain stade, mais on l'aurait également dit en rogne depuis le milieu des années 1970 au moins. Il avait la peau livide, le genre de peau qu'on imagine à un fossoyeur dickensien.

La productrice, Michelle, avait dans les 30 ans et portait deux écharpes en même temps – ça semble difficile à croire, mais j'ai vérifié. Sa caractéristique la plus frappante, toutefois, était un terrifiant rire nerveux dont le son pouvait facilement se confondre avec celui de sanglots hystériques.

Skee et Michelle se sont servis du cantaloup et du bacon fumé au bois d'érable qu'avait sortis tante Evelyn. Michelle a expliqué le déroulement de la journée, ponctuant ses phrases d'accès de rire-sanglot. Elle allait me « pré-interviewer », a-t-elle expliqué. Tinsley n'aimait pas se charger du travail préparatoire : elle préférait laisser la caméra capturer la spontanéité de la première rencontre.

« Pose pas de questions à Tinsley sur ses cheveux, a prévenu Skee, la bouche pleine de cantaloup et de bacon. Elle est archi-susceptible sur le sujet, la garce. »

Michelle a lâché un rire-sanglot sonore et lui a pressé l'épaule.

« Et elle va pas te regarder. Pas dans les yeux en tout cas. T'en fais pas pour ça, a-t-il continué. T'as qu'à la regarder juste au-dessus de l'oreille gauche. L'effet sera le même à l'écran. »

Il a extirpé un morceau de bacon récalcitrant d'entre ses dents avec son petit doigt.

« OK ! » a fait Michelle avec un grand sourire béat.

« Elle va insister pour sonner à la porte, a dit Skee. Alors allons faire le cadre. Le temps qu'elle arrive, les arbres vont absorber toute la lumière. Ça sera comme de filmer une putain de galerie des miroirs. »

Nous avons fait le tour des lieux en quête de décors, tandis que Michelle me posait des questions-tests.

« Est-ce que ça a été difficile d'écrire un roman ? »

La question m'a complètement désarçonné.

« Je suis désolée, mais c'est une question qu'elle est susceptible de poser, franchement. »

Rire-sanglot nerveux.

Dans le petit bois à l'abandon, il y avait un reliquat de charrue en acier, rouillé et à demi enterré, laissé par un fermier quelconque un siècle auparavant. Peut-être que je pourrais prendre ça pour point de départ, dire quelque chose de profond sur le passage du temps ?

« Nan, a dit Skee. Elle viendra pas jusque-là. Elle voudra pas se salir les bottes.

— Mais avec Preston Brooks, elle s'est baladée autour d'un étang », j'ai protesté.

Skee m'a décoché un sourire sardonique.

« C'est que lui, c'est lui, et toi, c'est toi. Et elle, c'est Tinsley. Et je peux te l'assurer : elle va pas sortir se couvrir les bottes de merde, et si elle faisait ce genre de trucs, je serais sans doute bien placé pour le savoir. »

Michelle nous a regardés tour à tour, puis elle a lâché son rire-sanglot, pour montrer que tout cela se faisait avec un bon esprit. Mais sa réaction trahissait également le fait qu'elle était aussi effrayée que moi par ce dingue efflanqué.

« Pourquoi pensez-vous que nous avons si peur des tornades ? » a demandé Michelle en guise de question-test tandis que nous contournions la maison pour rejoindre la cabane à sucre.

« Je suis désolée. J'essaie simplement de vous préparer.

— Non, c'est bon, c'est bon. »

J'ai pris mon plus beau masque d'écrivain.

« Les tornades représentent une sorte de chaos, j'ai

dit, de ma plus belle voix d'écrivain. Une sorte de bouillonnement et de chaos qui nous terrifie tous. Je crois que mon roman, au fond, est une tentative d'apporter un peu de sens là-dedans. De tirer un peu d'ordre, un peu de poésie de cette folie bouillonnante que nous appelons la vie. »

Michelle m'a serré le bras.

« Formidable ! »

« Écoute bien, a dit Skee. Quand tu t'apprêtes à dire ce genre de machin, tu te colles près de Tinsley pour que je puisse mettre ses cheveux dans le champ. Parce que c'est le genre de truc qu'ils voudront utiliser, mais si ses cheveux ne sont pas dans le champ et que son visage est coupé, elle va me prendre la tête, elle va prendre la tête des monteurs. *Ma* vie va devenir un vrai putain d'enfer et *eux* seront coincés devant leur table jusqu'à 2 heures du matin à essayer en vain de la glisser dans le bout à bout et ça va me retomber sur la gueule, tout ça parce que t'as gaspillé ta meilleure came sur un plan où il y a pas ses cheveux ! Alors tu dégaines pas ce genre de tirade sur un plan où je vous filme de dos, OK ? Tu attends, et on le chopera quand je vous filme de face, ou avec un mur en fond. OK ? »

J'ai hoché la tête.

« Tiens, on va répéter. Redis-moi ça, a-t-il dit, et il a hissé sa caméra sur son épaule.

— Euh, les tornades sont une espèce de chaos…

Nan. Tu vois, là, ce que j'ai derrière toi, c'est la bagnole, OK ? Et Michelle, qui fait Tinsley, elle n'est même pas encore dans le champ. Alors tu attends, là, je lèverai la main au moment où tu dois commencer à parler, comme ça, tu sauras que j'ai tout dans le champ. »

On a recommencé, avec Michelle dans le cadre.

« Les tornades sont une sorte de chaos, une sorte de

bouillonnement et de désordre dont nous avons tous peur…

— Rapproche-toi d'elle, OK ? Jusqu'à presque te frotter contre ses nichons. »

Je me suis glissé plus près de Michelle.

« Je crois que mon roman, au fond, est une tentative de…

— Allez, approche-toi vraiment, sois pas timide.

— Une tentative d'apporter du sens à tout ça », j'ai continué, me frottant presque contre les seins de Michelle.

À cette distance, mes mots semblaient nettement plus stupides. J'ai senti ma voix faiblir.

« De tirer un peu d'ordre, un peu de poésie de ce tourbillon de folie qu'on appelle la vie.

— Bien, parfait, tu vois, ce plan-là, je l'ai, et je serai pas obligé de me coltiner les jérémiades des types de la salle de montage sous prétexte que leur femme leur a hurlé dessus parce qu'ils n'ont pas pu rentrer avant 4 heures et demie du mat. »

Rire-sanglot de Michelle.

La dernière séquence que nous avons répétée prenait place dans la chambre d'ami : je me suis assis sur le lit avec Michelle dans le rôle de Tinsley, puis sur une chaise en osier avec l'exemplaire de *Cœurs de glace et graisse de baleine* de tante Evelyn bien en évidence à côté de moi.

« La littérature, ça ne semble peut-être pas sexy, me suis-je exercé à dire de façon à laisser entendre que la littérature était sexy *à mort*, mais elle a le pouvoir de nous sauver.

— Excellent ! » a approuvé Michelle.

Skee a souri, découvrant ses dents jaunies.

« Mon vieux, j'ai entendu un paquet de conneries dans ce goût-là, mais faut reconnaître que t'es dans les tout meilleurs. Il y a des types, ils essaient d'expliquer ce qu'ils font dans le moindre petit détail. Ils se prennent les pieds dans les pédales à essayer de chercher le mot juste ou je sais pas quoi. T'as envie de leur dire : "Écoute, raconte n'importe quoi, facilite-moi la vie, qu'on en finisse." Et toi, c'est ce que tu fais direct. Ces conneries-là, "la littérature a le pouvoir de nous sauver" et tout le bordel ? C'est pile le genre de truc qui facilite la vie des monteurs.

— Très bien ! a fait Michelle, regardant sa montre. Faut qu'on aille retrouver le reste de l'équipe, et on revient – on tourne dans deux heures ! »

Elle m'a tapoté le genou.

« Vous allez être super ! »

Skee a attendu qu'elle sorte.

« Écoute, a-t-il dit en remballant sa caméra. Elle ne te dira pas ça, mais une dernière chose : Tinsley n'a pas lu ton livre. Rien de personnel, elle n'en lit aucun. Mais t'avise pas de la piéger en parlant d'un épisode précis de l'intrigue. J'ai vu des mecs lui faire le coup, ça ralentit tout le processus, putain, et ça la fout grave en rogne. Contente-toi de sortir ton baratin sur la littérature et compagnie. Et débrouille-toi pour que ses cheveux soient dans le champ. »

Je n'ai pas eu une minute pour y réfléchir à tête reposée. Dans la cuisine, la coiffeuse-maquilleuse m'a pomponné. À travers les rideaux, je devinais Tinsley, plus menue que je ne l'aurais cru. Puis ils ont ajusté les lumières et m'ont posté près de l'entrée. Par-dessous la porte, j'ai vu s'approcher les projecteurs.

« On y va », a dit Skee, et j'ai entendu un bruit de piétinement sur le pas de la porte.

« Bon, on est OK ? a fait la voix de Tinsley.

— Oui, vas-y. La sonnette est sur la droite », a

répondu Michelle. La sonnette a retenti. Et comme prévu, j'ai ouvert la porte pour ce qui allait être le premier plan.

À cette distance, avec le maquillage appuyé, sous cet éclairage, le visage de Tinsley ne ressemblait pas du tout à de la porcelaine. Ses traits semblaient extrêmement distordus, comme un masque rituel des Haïdas du Pacifique Nord-Ouest. Ça m'a désarçonné.

Derrière elle se pressait une petite phalange de gens – un perchman, un jeune type qui tenait un rectangle de plastique censé réfléchir la lumière, et Michelle au fond avec un bloc-notes.

Et juste en face de moi, presque coincé entre nous, se tenait Skee, les yeux cachés par sa caméra, la bouche tordue par l'effort.

Dans une situation comme celle-ci, on ne réfléchit pas. Tout se passe au-delà de la conscience. On est pris de court avant de pouvoir se raccrocher à une idée.

C'est pourquoi au début, je me suis contenté de gestes machinaux. J'ai serré la main de Tinsley, et elle m'a posé des questions dont je ne me souviens même pas. J'ai balbutié des réponses sans savoir ce que je disais. Les mots sortaient de ma bouche avant que je n'aie le temps de les soumettre à la moindre analyse, mais comme j'étais réglé par défaut sur « langue de bois », je sortais au moins des foutaises semi-pertinentes.

C'est comme ça que ça s'est passé au début, en tout cas. On nous a filmés, Tinsley et moi, en train de marcher dans l'allée. Le seul son dont je me souviens, c'est celui des graviers qui crissaient.

Par contre, dans la deuxième séquence, une séquence que nous avions répétée, j'étais censé être assis à mon bureau dans la cabane à sucre, mon ordinateur devant moi, et faire semblant d'écrire. Une espèce de dramatisation de l'écriture de mon roman, un peu comme dans les « Enquêtes impossibles ». Lors de la répétition, ça ne m'avait posé aucun problème.

Mais à l'instant fatidique – j'étais assis là, et Skee était accroupi juste à côté de moi, filmant mes sourcils froncés en contre-plongée – j'ai su que je ne pouvais pas continuer. L'Xpo, les doigts de Pamela McLaughlin schématisant un meurtre sur une serviette en papier, la maison à deux piscines de Miller Westly, le public du Montana, Marianne, le guetteur congelé, *Feuilles d'herbe*, le mariage, Polly me touchant la joue, Margaret qui nous observait par une fenêtre du premier étage, tout cela a joué un rôle, j'en suis sûr, comme autant de pièces de l'édifice. Jusqu'à ce que soudain, assis à ce bureau, faisant semblant d'écrire, je sente toute la structure s'effondrer à l'intérieur de moi.

On m'a demandé si j'avais pété les plombs, si Tinsley avait fait quelque chose qui m'avait agacé, ou si j'étais juste de mauvais poil ce jour-là. Mais c'était tout le contraire. Soudain, j'ai ressenti une sorte de calme morne et résigné.

Dans un premier temps, personne n'a rien remarqué. Skee a mis sa séquence en boîte, Tinsley et l'équipe sont sortis, Michelle m'a emmené dans le verger, et m'a posté devant l'érable que nous avions sélectionné plus tôt. Nous avions demandé à tante Evelyn de l'entuber et tout ça. C'était une bonne métaphore, nous en étions convenus sur le moment. J'ai attendu qu'ils règlent l'éclairage et que Tinsley se fasse faire une retouche de maquillage.

Puis le tournage a repris.

« Moteur.

— OK, sur Tinsley. »

Elle s'est penchée en avant pour que ses cheveux

soient dans le cadre. Je sentais Skee respirer entre ses dents jaunies par-dessus mon épaule.

« Est-ce que l'écriture coule de vous, Pete, comme la sève de ces arbres ? a demandé Tinsley.

— Hein ?

— Est-ce qu'écrire un roman revient en fait à creuser au plus profond de soi pour en extraire les mots ? »

Je n'ai rien dit d'abord. Tinsley a réessayé.

« Quand vous écrivez, est-ce que vous sentez les mots couler de vous comme la sève d'un érable ? »

J'ai regardé Tinsley. Peut-être voulait-elle vraiment savoir si l'écriture coulait comme de la sève. Peut-être pas. Ça n'avait pas d'importance. Dans un cas comme dans l'autre, j'ai décidé de ne pas lui mentir.

« Non. Sérieusement, écoutez. »

Ma posture s'est relâchée. Mes muscles se sont détendus. Le soulagement m'a envahi.

« Écoutez, je voulais écrire un livre qui marche. Et j'ai fait, vous savez, une espèce d'étude de la question. J'avais lu un livre de Preston Brooks, celui avec la gamine qui a le cancer, le type qui sillonne l'Irlande et tout et tout, et je me suis dit : *OK, parfait. Si c'est ça qu'ils veulent, super. Je vais bourrer mon livre d'eau de rose, vous savez, des promesses, des mélodies qu'on devine au loin, des amours perdues*. Tous ces trucs. Et, ouais, franchement, une fois que j'ai décidé ça, que j'allais écrire, vous savez, le bouquin le plus bidon, le plus guimauve de tous les temps, ouais, je dirais que c'est venu assez facilement. Si j'étais coincé, pas de problème, je mettais un Français agonisant ou un immigrant portant un bébé dans un sac de provisions, n'importe quelle connerie du genre. Un chien qui meurt sur la route. C'est assez facile d'inventer ce style de foutaises, une fois que vous êtes déterminé. Alors, ouais, j'imagine qu'on peut dire que ça a coulé comme du sirop. Ce n'est pas comme si j'étais James Joyce, à m'escrimer sur chaque mot. Faut donner aux gens ce qu'ils veulent. Si ce qu'ils veulent, c'est de la merde, très bien. Vous êtes servis. Tout ça, c'est de la connerie en boîte, de toute façon. Alors oui. Du sirop, ou comme vous dites. »

La seule raison pour laquelle je sais que c'est exactement ce que j'ai dit, c'est que je l'ai vu à la télé une semaine après.

19

TINSLEY HONIG : Est-ce que ça a été difficile d'écrire un livre ?

PETE TARSLAW : Difficile ? Pas vraiment. Enfin, c'est monstrueusement chiant de devoir taper tous les mots. Et il faut quand même que ça ait vaguement du sens, ce qui rend la chose délicate. Mais le gros morceau, c'est surtout de déterminer ce que les lecteurs veulent entendre. Et ça, c'est pas compliqué : il suffit de consulter la liste des best-sellers. Les lecteurs – ou les gens qui achètent des livres, en tout cas – sont hyper simples. Un peu débiles, même, dans leurs goûts. Ils aiment la Seconde Guerre mondiale, les catastrophes naturelles, les amours perdues. C'est pas dur d'inventer ce genre de trucs. Un jeu d'enfants, en fait.

TINSLEY HONIG : Un jeu d'enfants ?

PETE TARSLAW : Eh bien, enfin, pas à ce point-là quand même. Il a quand même fallu que j'aligne tous les mots.

TINSLEY HONIG : Alors l'écriture proprement dite a été l'étape la plus difficile.

PETE TARSLAW : Ouais… Rester assis à son bureau et taper tout ça.

TINSLEY HONIG : Comment êtes-vous parvenu à vous forcer à rester à votre bureau ?

PETE TARSLAW : Heu, eh bien, oh, je pensais au fric que j'allais me faire. Au prestige.

TINSLEY HONIG : Hmm.

PETE TARSLAW : Dommage que personne ne m'ait prévenu que les livres, c'est pas une affaire juteuse !

TINSLEY HONIG : [rire discret]

TINSLEY HONIG : Quelles seraient selon vous vos sources d'inspiration littéraires majeures ?

PETE TARSLAW : Preston Brooks. Vous le connaissez, ce type ? Ah oui, vous l'avez interviewé. Oui… vous comprenez, ça crève les yeux, ce type est un charlatan, il écrit des bouquins d'une ringardise et d'une débilité abyssales. Eh bien, en lisant ce type, en le voyant parler, je me suis dit : oui, pas de doute, je peux y arriver. Je suppose qu'on ne peut pas vraiment parler « d'inspiration ». Mais enfin… vous voyez ce que je veux dire. Il est tellement nul, j'ai pensé, si ce mec peut le faire, je peux le faire.

TINSLEY HONIG : [désignant les érables] La campagne ici est vraiment magnifique. Est-ce que vous avez tenté d'introduire ces paysages dans votre livre ?

PETE TARSLAW : Non. Enfin…

TINSLEY HONIG : Les arbres, les torrents…

PETE TARSLAW : Non. Enfin… j'aurais pu, sans doute. Mais je me suis dit : il y a très peu d'habitants dans le Vermont, ça fait pas tant de lecteurs que ça. Et dans le coin, la campagne, elle est assez compliquée, vous comprenez ? Il y a des promontoires rocheux, des trucs comme ça, partout. Une plaine, ou un champ, c'est vachement plus facile à décrire. Suffit de dire : « La prairie luxuriante, dorée et immense » et les gens pigent. Tout de suite ça en jette plus.

Extraits de la retranscription de l'épisode 217 de
« Dépêches »,
diffusé le 06/05/08 sur ABC

La façon dont ce genre de micro-événement fait boule de neige représente une énigme intéressante qui exigerait un sociologue plus qualifié que moi – les phénomènes Internet ? les polémiques culturelles ? – : non seulement je ne suis pas impartial, mais j'ai observé le développement de toute l'affaire depuis le bureau local de FedEx-Kinko's[1].

Pour lire les commentaires des blogs, les articles des sites de *Slate, Salon* et du *Weekly Standard* – même l'*Huffington Post*, où le connard de Wings a exprimé une opinion – au bureau local de FedEx-Kinko's, je devais passer ma carte de crédit dans la petite machine, et faire imprimer une clef d'accès Kinko's avant de m'asseoir dans une chaise inconfortable et regarder s'envoler mes minutes à vingt-cinq cents pièce en suivant la joute rhétorique sur la question de savoir si j'étais un être maléfique ou juste un incompris.

Je ne pouvais pas me servir de mon propre ordinateur car des types de la police d'État s'étaient présentés à ma porte pour le confisquer le matin même de la diffusion du sujet sur moi dans « Dépêches ».

Je n'étais même pas là ; j'étais tellement nerveux ce matin-là que je m'étais levé tôt et j'étais sorti manger

1. Boutique de la compagnie de transport international FedEx.

des pancakes dans un café. Les agents avaient eu affaire à Hobart. Ils avaient présenté un mandat et lui avaient expliqué que j'étais un « suspect potentiel » dans le cadre de « l'enquête en cours sur Jonathan Sturges ». Après quoi ils avaient saisi mon ordinateur et pris congé.

Quand je suis rentré, Hobart était en panique. Il n'a pas arrêté de s'étrangler avec sa salive en tentant de m'expliquer ce qui venait de se passer. Mais je l'ai fait taire et lui ai dit de se calmer. Comme il ne connaissait pas Sturges, toute l'affaire le choquait plus que moi.

Quand la saisie de votre ordinateur par la police d'État est seulement n° 2 sur la liste des calamités qui s'abattent sur vous au cours d'une semaine donnée, c'est une mauvaise semaine. Mais je ne disposais pas d'un surplus énergie mentale à consacrer aux risques d'une inculpation, car j'étais sur le point de devenir une polémique de la culture populaire à moi tout seul.

Avec le recul, ça semble très logique : un jeune écrivain passe à la télé et dézingue la littérature à coups de sarcasmes radicaux. Bien sûr que ça a fait du bruit. La seule raison pour laquelle ça n'en ait pas fait davantage, c'est que je n'étais pas plus connu. N'empêche, ça m'a pris par surprise.

Comme toutes les polémiques, celle-ci s'est développée par étapes bien définies.

1. Le déclencheur

Mon interview dans « Dépêches ». Tinsley m'a présenté de la façon suivante :

« *Cendres dans la tornade*, un best-seller sur une grand-mère, un fugitif improbable et un amour perdu, a touché le cœur des lecteurs dans tout le pays. C'est une histoire pleine de tendresse et de formules bien troussées. »

Pas de problème jusque-là.

« Mais l'auteur du livre, un jeune homme du nom de Pete Tarslaw, a une conception de l'écriture qu'on peut dire… loin d'être traditionnelle. J'ai rendu visite à Pete dans la ferme de production de sirop d'érable de sa famille dans le Vermont, où il m'a parlé de la vérité, de la fiction… et de ses rivaux littéraires. »

Si vous avez regardé sur YouTube la séquence relayée un peu partout, vous savez ce qui a suivi : la séquence d'ouverture où je démolis Preston Brooks, les contrechamps sur Tinsley qui hoche la tête, la série de morceaux de bravoure où je développe mes différentes théories.

Mes réserves, quand j'ai regardé l'émission pour la première fois, ont été principalement d'ordre esthétique : ma voix était bien plus geignarde que je n'aime à le penser, mon pantalon avait l'air beaucoup trop court, alors qu'il ne l'est pas.

Hobart avait regardé avec moi.

« Qu'est-ce que t'en as pensé ?

— Tu étais génial, carrément », a-t-il dit.

Il semblait nerveux, ce qui m'a incliné à croire que j'avais vraiment été génial.

« Au fait, à propos de ces types de la police d'État…

— Hobart, sérieusement, t'en fais pas pour ça. C'est mon abruti de patron. C'est rien. Je viens de me faire interviewer par Tinsley Honig !

— Ouais, t'as raison. C'est… c'est incroyable. »

Puis mon téléphone a sonné. C'était ma mère, pleine de la fierté pure et naïve de n'importe quelle mère en la circonstance. J'ai absorbé les ondes positives et me suis persuadé que c'était également ainsi que le reste du monde allait prendre la chose.

Si la télé était encore l'affaire d'un passage unique, que l'on voit lors de sa diffusion ou manque pour toujours, une fois les signaux enfuis sans retour possible dans les galaxies lointaines, l'histoire se serait arrêtée là.

2. Le scandale

Retracer le phénomène après coup, c'est comme d'essayer de reconstituer les origines d'une affreuse maladie tropicale : on retrouve des cas précoces, des liens, des connexions, et des zones où la maladie se propage de façon particulièrement virulente, mais le point de départ à proprement parler se perd.

N'empêche, voici à peu près comment ça s'est déroulé. Quelques individus tenant des blogs littéraires ont vu mon interview. Dans leurs mansardes encombrées d'exemplaires écornés des *Essais* d'Emerson et de *Roland Barthes par Roland Barthes*, ils se sont essuyé les mains sur leurs tee-shirts Powell's Bookstore[1] et ils ont entrepris de donner leur avis sur ce que j'avais dit à Tinsley.

Je ne sais comment, un clip de l'interview a été posté sur YouTube. Les blogueurs disposaient désormais d'un lien à inclure dans leurs posts. Ce qui a accru le nombre des vautours autosatisfaits qui se sont assis à leurs bureaux dégueulasses pour donner leur point de vue sur la « Polémique Tarslaw ».

Ce qui les dérangeait, pour la plupart, c'était ma franchise dissonante, la façon dont j'avais admis sans

1. Importante chaîne de librairies indépendantes basée à Portland.

détour que je pensais que l'écriture n'était rien de plus qu'une escroquerie.

Mais d'autres blogueurs se sont mis à suggérer que toutes mes déclarations étaient sans doute sarcastiques. Et cet argument a entretenu l'affaire.

La polémique se résumait aux questions suivantes : Qu'est-ce que mes déclarations signifiaient pour la fiction ? Est-ce que je les pensais vraiment ? Est-ce que ça avait une importance ? Très vite, les gens se sont perdus dans des labyrinthes postmodernes de leur propre invention, et ma franchise élémentaire s'est soudain muée en énigme.

3. Réaction

La prochaine fois qu'une polémique se déclenche, cherchez à observer cette phase. C'est la plus facile à repérer : le stade où suffisamment de gens se querellent et font du bruit sur un sujet quelconque pour que des journalistes arrogants décident qu'ils feraient bien de se pencher sur la question.

Cette phase s'est mise en branle le lendemain matin, alors que je dormais encore. À 9 heures, j'ai entendu sonner mon portable : j'ai vu que c'était David Borer, mais j'ai supposé qu'il appelait pour me féliciter et je l'ai laissé partir sur messagerie. Il a continué d'appeler, et j'ai pensé : *Ça va, mon vieux, j'ai pigé, tu trouves que je suis formidable*. Ce n'est que vers 14 heures que j'ai entendu son message sur « les stratégies de limitation des dégâts ».

ÉCOLES DE PENSÉE SUR MON INTERVIEW AVEC TINSLEY

- **L'École Tarslaw-est-un-salopard-fini**, illustrée à merveille par un brûlot de deux mille mots dans le magazine en ligne *L'Illusion dramatique : Au cours de son interview dans l'émission « d'actualités » « Dépêches » d'hier soir, le romancier Pete Tarslaw a dévoilé la nature profonde du monde de l'édition. Les remarques de Tarslaw l'ont montré sous son vrai jour d'incarnation du cynisme : il reconnaît manipuler la confiance du lecteur avec la même désinvolture que Dick Cheney a manipulé le renseignement avant la guerre. Comme les pédophiles vus dans le premier sujet de l'émission, Tarslaw a froidement décrit ses méthodes déplorables, tandis que la présentatrice manucurée (?) approuvait joyeusement. C'était le plus récent signal de l'ampleur de notre chute.*
- **L'École Tout-est-de-la-faute-de-Tinsley**, qui a vu le jour sur le forum de Quiliraverra.com : *Voilà qu'on a enfin un type prêt à dire ce que nous pensons tous tout haut de la fiction de masse, qui est sur le point de révéler la mascarade à laquelle se livrent les auteurs de best-sellers depuis des années, et Tinzy* (sic) *se met à lui poser des questions sur la fabrication du sirop d'érable !*

Cette école ne faisait pas pour autant preuve d'indulgence à mon égard. Elle comportait même une sous-section, versée dans les théories conspirationnistes, qui suggérait que la seule raison pour laquelle j'étais passé à la télé plutôt que, mettons, Alice Munro, c'était que les tenants de la pensée dominante savaient que je ne risquais pas de dire quelque chose de trop « intelligent » qui semblerait condescendant aux fidèles téléspectateurs.

- **L'École Tarslaw-est-un-trublion-postmoderne**, exprimée dans Slate par « La Lectrice », Meg Bierst : *L'interview de Pete Tarslaw dans le magazine d'actualités d'ABC « Dépêches » d'hier soir est déjà en passe de devenir une légende littéraire. Les critiques se sont empressés de dénoncer le « cynisme » supposé de Tarslaw.*

  Ils ont tort. C'est vrai, l'honnêteté de Tarslaw – au sujet de ses méthodes d'écriture, de son mépris des lecteurs et des autres écrivains – était choquante. Mais c'était bien là le but. Tarslaw est celui que le monde des lettres attendait : un authentique farceur. Ses réactions sont exactement celles que méritent des questions ineptes : des saillies subtiles qui crèvent la ridicule bulle de hype qui entoure les jeunes auteurs. Tarslaw est rien moins que le Borat de la fiction de masse.

  Bon, elle se sentait obligée de nuancer ses éloges sur la fin : *Dommage que Tarslaw ne soit pas aussi intéressant en livre qu'en interview.* Mais quand même.

Malheureusement, la première école semblait l'emporter. Le stade 4 de la polémique a commencé.

4. Contacts avec la presse

Sept heures, à quelque chose près, c'est le temps qu'il doit falloir à un reporter pour boire un café, s'enfiler un bagel, naviguer sur Internet, tomber sur un sujet, décider de le traiter et trouver le numéro de portable de quelqu'un, car c'est vers 16 heures que j'ai reçu la première salve d'une longue série d'appels.

J'étais rentré, je commençais à me calmer, j'ai décroché. C'était une femme, qui s'est présentée comme une reporter de Fox News. Ils ont été les premiers, et le mérite leur revient. La journaliste, en plus, a eu la finesse de faire semblant d'être de mon côté.

« C'est dingue, toute cette affaire, hein ? Qu'est-ce que ça vous fait, tous ces écrivains qui vous attaquent ? »

Elle a dit *écrivains* sur le ton qu'une ado de 15 ans emploie pour dire *parents*.

D'instinct, j'ai recouru à la méthode Pawson.

« Heu... [toux]... vous savez... [bruit de respiration, montant dans les aigus presque jusqu'au sanglot, puis redescendant d'un coup, comme si je me contenais courageusement]... avant de parler de ça... je crois qu'il faut que je rentre passer un peu de temps chez moi. »

Ça ne marchait pas aussi bien sur les journalistes que sur les professeurs. Elle a continué de me harceler, alors j'ai marmonné « Je suis désolé » et raccroché. Après une série de NUMÉROS INCONNUS, j'ai pris l'un des appels de David Borer.

« Mon vieux, c'est pas bon. Pas bon du tout. Mon téléphone n'arrête pas de sonner... on se croirait dans un sous-marin qui coule, ici ! Faut limiter la casse, mon vieux, faut limiter la casse.

— Vraiment ? Enfin quoi, c'était seulement une interview.

— Mon vieux, ici, ça cause conseils juridiques. Conseils juridiques ! On est en train de vous rédiger des excuses.

— Des excuses pour quoi ? Tout ce que j'ai dit était vrai.

— Ça vient de la direction. Je n'ai aucun contrôle

là-dessus. Ça me dépasse, maintenant on est au niveau *national.* Ils passent des coups de fil à droite à gauche. Vous allez peut-être devoir faire vos excuses à Oprah.

— Qu'est-ce que je lui ai fait ?

— Elle est juste… c'est à elle qu'on présente ses excuses. »

Pourquoi les gens étaient-ils tellement en colère contre moi ? Juste à cause d'une interview où j'avais dit la vérité ? Alors comme ça, j'avais écrit un roman bidon et j'en avais fait l'aveu à Tinsley Honig, qu'est-ce que ça pouvait bien foutre ?

La jalousie entrait en ligne de compte. Les écrivains d'opérette qui dans leurs fantasmes secrets s'imaginaient en train de faire des déclarations authentiques, profondes et *littéraires* à Tinsley Honig étaient furieux que *moi* j'aie eu la chance de le faire et que je l'aie sabotée.

Si la chose s'était déroulée comme une polémique classique, nous serions entrés dans le cinquième stade, les excuses, suivies du sixième et dernier stade, la conclusion éditoriale, où les grandes voix du dogmatisme donneraient leur avis définitif sur ce que l'affaire nous apprenait des mœurs contemporaines.

Mais il existe un cas où une polémique se complique – où elle dévie de sa trajectoire et se retrouve propulsée sur un terrain moins prévisible. C'est le suivant : quand elle commence à rapporter de l'argent à quelqu'un.

Le lendemain matin, de retour à Kinko's, sur l'inspiration du moment, je me suis connecté à un autre site – le seul site qui compte vraiment.

Amazon. Et là, c'était l'envolée.

Quelques jours auparavant, les ventes de *Cendres dans la tornade* se situaient quelque part au-dessus de la 16 000e place. Mais là, tout d'un coup, je tournais autour de la 63e.

Borer m'a rappelé. Cette fois, il n'a pas parlé de *limiter la casse*. Il a parlé de *stratégies d'endiguement*.

L'après-midi même, plus personne ne parlait d'*excuses*. On parlait de *déclarations*.

Ce n'est pas que les gens avaient cessé de m'enfoncer. De retour à Kinko's, j'ai lu un post à mon sujet sur le blog de Josh Holt Cready. Il disait : « Peter [*sic*] Tarslaw a peut-être écrit. Mais ce n'est pas un écrivain. Il ne sait rien de l'écriture. De ce qu'elle signifie. De ce qu'elle exige. »

Ce soir-là, NPR[1] a fait un sujet sur l'affaire. Leurs journalistes faisaient partie des appels que j'avais esquivés, mais ils s'étaient débrouillés pour obtenir une citation de Preston Brooks en personne. « Je ne regarde pas beaucoup la télévision. Et je ne connais pas ce Tar-loo. À mon avis, c'est un jeune homme et comme la plupart des jeunes gens il parle à tort et à travers. C'est excusable. Mais les écrivains sont des espèces de moines. Et entre nous, nous devrions nous traiter comme des moines. Ce type ne m'a pas traité très gentiment, à ce que j'entends. Un écrivain honnête ne devrait s'en prendre à personne de la sorte. »

Bien sûr ! Je n'en revenais pas de n'y avoir pas pensé plus tôt. J'avais lancé une querelle littéraire !

J'allais revenir sur la liste des best-sellers ! Mon poste à la fac était assuré ! Et dans une boîte super, avec ça ! Quelle université ne voudrait pas d'une authentique figure controversée de la littérature sur son campus ? Et les femmes ! Les femmes m'aimeraient pour la même raison qu'elles envoient des propositions

1. Radio publique.

de mariage aux *serial killers* ! J'aurais été incompris ! Mais sans avoir tué personne !

Borer, les conseillers juridiques et les responsables de la pub ont dû piger eux aussi.

« Vieux, on a trouvé la réponse. Premier mouvement : le Salon du livre de Malte. C'est pas énorme, mais Preston Brooks sera là. Vous et lui, à une table ronde, vous répondez à des questions, vous échangez des idées, vous vous rentrez dedans.

— Preston Brooks.

— En personne. Rien que vous deux. Honnêtement, vous savez ce qu'on pense maintenant, entre vous et moi ? Attisez ce bordel. Entretenez le buzz. Je ne comprends pas comment ça marche, vous ne comprenez pas comment ça marche, Lucy – Lucy, tu comprends comment ça marche ? »

Elle a pris le combiné : « Non. »

« Personne ne comprend ces choses. Mais ça fait écouler des bouquins. Et écouler des bouquins, c'est bon pour nous. Allez là-bas. Et, honnêtement, on avait des excuses, on avait une déclaration, mais on en a discuté. Le mieux, c'est que vous vous lâchiez.

— Aller à Malte et me lâcher.

— Ouaip… non, attendez. C'est à Marfa. C'est une petite ville du Texas. »

Marfa, Texas. J'ai regardé sur un plan. À l'autre bout du pays, dans l'ouest du Texas. Moi et Preston Brooks. Duel littéraire au Far West.

20

Les assiettes s'entrechoquaient sur le plan de travail, avec leurs monticules d'œufs. Le cliquetis mélodieux des glaçons dans les verres et la cascade du café dans les mugs, les « Bonjour Ida ! », les « T'as vu le match ? » et les « Charles, ne joue pas avec ça ! » se mêlaient dans une symphonie de l'ordinaire. Un dîner. L'Amérique. Un matin ordinaire. Un établissement qui s'appelait Al's, à juste un mile du cimetière, un mile bordé d'arbres sur Archer Avenue. Et au-dessus de cette scène, la lune, où l'humanité venait de poser le pied.

À une table, un groupe de femmes. Dans leurs habits du dimanche, elles avaient l'air de revenir de l'église.

Peut-être la serveuse, si elle avait pris le temps de se poser la question, aurait-elle deviné ce qu'elles étaient. D'où elles venaient. Un enterrement. Un drapeau. Vingt ans d'enterrements. D'embrassades. De lettres tachées de larmes. De joies intimes. D'appels nocturnes. Une serveuse sait toujours deviner ces choses-là.

Mais si c'était le cas, elle n'en dit rien. Elle disposa les assiettes. Lança : « Bon appétit, mesdames. »

Myra considéra la sienne. Le courant safrané des œufs qui coulait sous le pont de bacon.

Et, sur le bord de l'assiette, un quartier de pomme. Lorsque Myra le regarda, le fit jouer dans son assiette avec une fourchette, il se mit à ressembler à un autre quartier, un quartier de plan, de jungle et de rivages qui s'accrochait au flanc de l'Asie.

« Mange, dit Helena, se penchant vers elle. Mange, Myra, il faut que tu manges.

– Je vais manger, dit Myra. Je vais manger.

– J'aime cet endroit, dit Nellie, c'est bon, c'est calme. » Elle parlait avec gratitude sous le rebord de son chapeau d'église, sa couronne, la lueur qui illuminait sa peau acajou.

« La nourriture, c'est un réconfort, dit Ruth, avec sa façon bien à elle de dire ce que vous ressentiez, de dire ce qui était le plus vrai. La nourriture, c'est un réconfort, dit-elle, Dieu soit loué pour ça, si ce n'est que pour ça. »

Myra leva les yeux sur elles. « Les amies, aussi, dit-elle. Les amies, aussi. »

Elles lui rendirent son regard, puis se regardèrent tour à tour. L'une après l'autre.

Elles tournèrent de nouveau leurs regards vers la nouvelle veuve. Et n'ajoutèrent rien. Ce n'était pas la peine.

Myra baissa de nouveau les yeux sur son assiette, sur les œufs coulants, le pont de bacon. Et ce quartier de pomme. Ce fin quartier qui ressemblait tant à cet endroit qu'elle n'avait jamais vu. Le quartier de terre, de douleur et de courage où son mari était tombé à terre. Et retourné à la terre.

Le quartier nommé Viêtnam.

Extrait du *Petit Déjeuner des veuves*, de Preston Brooks

Le Frito Chili Cheese Crunch Hungr-Buster est un cheeseburger couvert d'une épaisse motte de chili lardée de chips Fritos. La viande, c'est de la pâtée de bœuf, malaxée et réduite à une consistance lisse, qui n'a plus grand-chose à voir avec l'animal, après tous ces stades de transformation. C'est une caricature française de ce que mangent les Américains et une caricature américaine de ce que mangent les Texans.

C'est ce que j'ai commandé au Dairy Queen de Marfa à 4 heures de l'après-midi. J'ai empoigné ce gloubi-boulga à deux mains, faisant gicler sur mes doigts des traînées d'huile d'un orange bizarre.

C'était une nourriture de guerrier. Une nourriture de combat. Une nourriture redoutable.

Marfa est un endroit intéressant. Pour s'y rendre, il faut prendre l'avion jusqu'à El Paso, ville qui semble triste au premier abord – aussi marron et lugubre qu'un vieux carton abandonné. Mais ensuite, vous regardez la ville mexicaine de Juarez, de l'autre côté du fleuve. Un aperçu lointain de *cet* endroit suffit à vous donner envie de planter des roses sur la tombe des fondateurs d'El Paso en signe de gratitude.

Puis il faut prendre une voiture et rouler pendant trois heures à travers le Texas occidental, cap vers le sud. En rase campagne, vous dépassez quantité de choses intéressantes. Ravines, ravins, mesas et buttes.

Portails de ranches rouillés et maisons en contrebas au toit effondré. Citernes plantées parmi la sauge sauvage. Ombres qui se déplacent le long des crêtes. Paysages lunaires constellés de cratères. Tous ces trucs de western.

Vous verrez peut-être, comme moi, un dix-huit roues avec un autocollant : DIEU A CRÉÉ LE TEXAS POUR DONNER QUELQUE CHOSE À FAIRE AUX CAMIONNEURS. Slogan ingénieux, même si on peut le trouver douteux d'un point de vue théologique.

Sur cette route qui va vers le sud, bordée de ranches vides et desséchés, vous commencerez à croiser des fourgons de la patrouille frontalière, ornés de joyeuses rayures vertes et blanches qui peuvent vous faire oublier le sinistre des détails pratiques de la géopolitique complexe qui est à l'œuvre.

Puis vient Marfa proprement dite, qui a tout de « Friday Night Lights[1] »-ville. C'est en toute confiance que j'emploierais l'expression « battue par le vent » pour la décrire. On la croirait désertée ; c'est probablement à ça que ressembleront les villes après l'apocalypse, comme dans les films, juste avant que les gens s'aperçoivent que leur patelin est infesté de zombies.

Les couleurs passées du panneau de l'Holiday Inn des années 1950 abandonné lui confèrent une élégance rétro si parfaite que c'est à se demander s'il n'a pas été inventé spécialement pour une pochette d'album par un petit branleur quelconque. Au-dessus des larges rues, il y a un grand château d'eau avec écrit MARFA en lettres capitales. Un palais de justice ouvragé règne sur une place vide. Toutes les quelques heures, un train de

1. Série américaine sur un entraîneur de football dans une petite ville du Texas.

marchandises traverse bruyamment la ville avec son sifflet réglé sur solitude maximale.

Marfa est célèbre pour ses lumières mystérieuses, des corps célestes dansants qui apparaissent la nuit. En fait, il s'agit simplement des reflets des phares de voiture, mais tout le monde les traite comme les visions de Lourdes.

Mais la ville est également devenue une oasis artistique. Un artiste conceptuel a racheté un ancien quartier de cavalerie où on gardait les prisonniers de guerre allemands pendant la Seconde Guerre mondiale pour le transformer en musée d'art contemporain, la Chinati Foundation. Évidemment, le type a laissé les inscriptions en allemand sur les murs. Le musée attire un genre particulier de public européen qui ne sourit jamais, et des reporters du *New York Times*. À côté, les devantures désolées se convertissent en galeries minimalistes à une rapidité alarmante. Marfa possède les piliers jumeaux d'une oasis artistique : une bonne librairie et une radio publique. La ville a un certain cachet d'authenticité, sans doute inventé, et une histoire d'origine littéraire, par-dessus le marché. Marfa a été baptisé par la femme d'un magnat du chemin de fer dans les années 1880, à l'époque où les magnats du chemin de fer et leurs femmes remplissaient les cartes au gré de leur fantaisie. Elle avait terminé *Les Frères Karamazov*, qui venait de sortir, et elle a donné à ce point sur la carte le nom du personnage de la servante.

Je n'ai jamais lu *Les Frères Karamazov*. J'en ai entendu le plus grand bien. Cela témoigne des valeurs culturelles plus élevées qui régnaient dans les années 1880 que ce soit là la lecture de la femme d'un magnat du chemin de fer à l'époque. De nos jours, les femmes des magnats du chemin de fer lisent probablement Preston Brooks. Mais l'essentiel, c'est que c'est la ville idéale pour un salon du livre.

Mieux encore, c'était un terrain parfait pour moi.

À Marfa, des cow-boys ridés côtoient des intellectuels exilés. Les vachers du Texas, soit les individus au monde qui s'en laissent le moins conter, trouvent un terrain d'entente avec les hipsters si las de la culture populaire qu'ils sont venus s'installer dans le désert.

Ces deux publics distincts devraient se ranger à mon avis sur Preston Brooks. Les cow-boys savent reconnaître un type bidon au premier coup d'œil. Et les intellectuels seraient à même d'apprécier le canular postmoderne consistant à écrire un roman populaire bidon.

J'ai mangé chez Dairy Queen, car Dairy Queen, c'est la nourriture du peuple. Et (dans ma logique certes confuse) j'étais sur le point de devenir le champion du peuple.

Aux premiers temps de ma carrière d'écrivain, mon ambition était simple : apprendre la combine, me faire du fric, épater les femmes, et basta. Je cherchais à imiter Preston. Mais à présent, les événements bizarres et les voyages étranges de mes derniers mois, sans compter l'exaltante polémique de la dernière semaine, m'avaient précipité dans un rôle nouveau et plus prestigieux. Ne vous en déplaise, ce que j'avais accompli en était venu à représenter une plus grande idée – les gens cherchaient encore à définir laquelle. Mais une chose, au moins, était claire : je n'étais plus un écrivain ordinaire.

Demain, j'allais démolir Preston.

Je le ferais voir sous son vrai jour. Avec ses folklorismes réchauffés, sa chemise à carreaux et sa barbe poivre et sel, il allait essayer de duper les lecteurs comme il l'avait fait de si nombreuses fois. Mais je serais là ! Je démonterais son baratin ! Il resterait sans voix, tremblant et honteux. Ça allait être grandiose.

En guise de préparatif, j'avais acheté un exemplaire du *Petit Déjeuner des veuves*. Je l'ai feuilleté en mangeant. C'était aussi ridicule que je l'avais espéré : des enfants courageux à des enterrements, de tendres amitiés féminines, de la neige qui tombe sur des têtes fièrement dressées : *Une nostalgie chatoyante qui traversait les années... L'adagio du clairon résonna au-dessus de la tombe... Les mains caleuses dansèrent sur ses épaules... La mémoire muait et s'écoulait comme la neige qui fond sur le flanc d'une montagne inondée de soleil.*

Je me sentais prêt.

Bon, je ne veux surtout pas entamer une bataille juridique avec Dairy Queen. Permettez-moi donc de souligner ici que corrélation n'est pas synonyme de causalité. C'était peut-être le voyage, c'était peut-être un autre truc que j'avais mangé ce jour-là. Je n'accuse ni Dairy Queen ni aucune de ses filiales des développements fâcheux qui sont intervenus. La fille derrière le comptoir portait des gants en plastique clair, donc je sais que les précautions sanitaires de base ont été observées.

Mais le fait est que, une heure environ après avoir fini mon Hungr-Buster, j'ai commencé à me sentir très mal en point.

De retour au Thunderbird Hotel, je me suis tourné et retourné sur le lit pendant un moment. Puis je me suis allongé sur la peau de vache posée au sol et j'ai essayé de calmer un peu mes crampes d'estomac par des massages. Je me suis appliqué un gant de toilette sur le ventre. Ça n'a pas marché.

Il y avait en ville des visiteurs venus pour le salon

du livre, ainsi que des journalistes, sans doute. J'avais projeté de passer la soirée à m'en mettre quelques-uns dans la poche par une offensive de charme en buvant des Shiner Bocks et en écoutant du Lucinda Williams[1], deux choses sur lesquelles toutes les strates de la population pouvaient s'accorder.

Mais à présent, c'était hors de question. Je me suis assommé à coups d'Actifed.

Il était environ 10 heures quand sa voix m'a réveillé. Elle était trop lointaine pour que je discerne le moindre mot, mais je l'ai reconnue à la cadence, au grasseyement. Il devait être de l'autre côté du parking au revêtement de graviers noirs, à côté du foyer. Son rire cassant résonnait dans l'air nocturne, et je l'imaginais très bien comme il était sans doute : les bras croisés, en chandail, dispensant des aphorismes pour un demi-cercle d'admirateurs serviles.

Preston Brooks, derrière la porte, à quelques mètres de moi. J'ai eu beau me rendormir, mon sommeil a été perturbé par d'alarmantes visions qui apparaissaient et disparaissaient à toute vitesse : Preston dans un tank écrasant la niche d'un chien. Une minuscule version de moi perdue dans sa barbe comme un randonneur dans une forêt. Preston engloutissant Hungr-Buster sur Hungr-Buster par une bouche sur son front. Des trucs déstabilisants, si bien que le matin j'avais une mine de déterré.

1. Respectivement marque de bière et chanteuse de country-folk populaire.

L'arène

À La Compagnie des livres de Marfa, les tables de livres avaient été repoussées contre les murs et l'espace ainsi dégagé était rempli par des rangées de chaises pliantes. Une simple table en bois avec deux micros, deux verres et un seul pichet d'eau était disposée devant.

L'assistance

Les spectateurs étaient en train de s'installer quand je suis arrivé sur place. Et ils appartenaient aux deux catégories. On avait les pâlichons aux bras fluets. Mais on avait aussi des femmes aux épaules larges avec des bras qui avaient l'air d'avoir soulevé leur pesant de sacs de grains. Les Texans du cru et les élégants en exil. Et les mixtes : au premier rang, un vieil homme musclé, le genre de type qui écrivait peut-être de la poésie, mais qui n'en était pas moins fier de savoir isoler une maison, s'est penché vers sa compagne aux mollets épais. Il lui a dit : « Ça devrait donner, celui-ci. » Plusieurs personnes tapaient sur leur ordinateur portable.

Pour me calmer, j'ai parcouru l'assistance du regard et sélectionné ma cible. Elle avait les cheveux d'une espèce de blond foncé, et avec sa jupe fauve elle était trop habillée pour le matin, ce qui m'a plu. Elle était jeune mais portait sur le visage une expression de lassitude vague, comme si des histoires d'amours passionnées et compliquées l'avaient épuisée. La tête en arrière, elle buvait de l'eau dans une bouteille en plastique qu'elle tenait avec une mollesse sensuelle.

Avant-match

Preston n'était pas là quand je suis arrivé. Je me suis maudit d'être venu si tôt. Belle démonstration de force que de me faire arriver le premier.

Le modérateur, Ted, une espèce d'animateur de la radio locale, me connaissait de vue. C'était un jeune type qui avait l'air de bouffer beaucoup de cochonneries tout en sachant qu'il ne devrait pas. Il s'est approché et m'a serré la main en me remerciant d'être venu.

« Je pense vraiment que ça va être une discussion féconde », a-t-il dit.

Puis, enthousiaste, il a ajouté :

« Ne vous gênez pas pour vous lâcher autant que vous voulez. J'ai dit la même chose à Preston – je vous laisse la bride sur le cou. On verra où nous mène la conversation. »

Il m'a conduit à la table et m'a installé. J'ai vu qu'au fond de la salle quelqu'un installait une caméra.

« J'espère que ça ne vous dérange pas : on va filmer, ça passera à la télé régionale. »

L'arrivée de mon opposant

Preston Brooks était un maître dans l'art de faire son entrée.

Pendant une bonne minute, il est resté planté dans l'embrasure de la porte. Complètement immobile.

Puis il a commencé à regarder autour de lui. Lentement, comme un alligator.

Bien sûr, c'était du cinéma. Il attendait que les gens le remarquent. Et au bout de quelques secondes, ils l'ont remarqué.

Un type du public a bondi sur ses pieds – il a, littéralement, sauté de sa chaise – en montrant la scène du doigt. Preston Brooks l'a remercié d'un hochement de tête, comme si le type lui rendait un service inestimable en montrant la scène du doigt.

Il s'est avancé à grandes enjambées. J'ai essayé de prendre un air décontracté. Le mec de la radio lui a glissé quelques mots que je n'ai pu entendre par-dessus le murmure de la salle qui se remplissait.

La présence de Preston, quand il a pris place, m'a paru à la fois terrifiante et ridicule. Il a agrippé la chaise à deux mains comme si c'était un serpent qu'il s'apprêtait à étrangler, puis il s'est assis.

Une partie de moi avait envie de se pencher vers lui pour tout lui expliquer. Toute l'histoire, comment j'étais arrivé là. Il avait l'air plus faible qu'à la télé, plus petit. Je voyais ses épaules se soulever avec sa respiration. J'avais presque l'impression de sentir son haleine, une faible odeur de cuir et de pommes.

Ne sachant que faire d'autre, je me suis servi un verre d'eau. Preston a sorti un carnet en cuir de la poche de sa chemise et a noté quelque chose. Il l'a souligné emphatiquement, trois fois. Puis il a croisé les bras et regardé droit devant lui. J'ai fait de même. J'ai regardé droit dans la caméra, et j'ai déploré sa présence.

Mes nerfs ont fait filer le reste des préliminaires en un éclair. J'ai jeté un coup d'œil sur Jupe fauve et j'ai vu qu'elle me rendait mon regard. Puis le temps de dire ouf, Ted s'est lancé dans son introduction. Il n'a pas présenté la chose comme un débat ni rien : il s'est contenté de nous décrire comme « deux auteurs très différents avec deux points de vue très différents » avant de nous remercier tous les deux de notre venue.

Coup d'envoi

Ted s'est tourné vers moi.

« Pete, c'est avec vous que nous allons démarrer cet échange. Vous avez exposé un point de vue intéressant et éminemment polémique sur Preston Brooks dans une récente interview télévisée – certains d'entre vous l'ont peut-être vue. Alors permettez-moi de vous poser la question suivante : en quoi ses romans diffèrent-ils des vôtres, d'après vous ? »

Si ce n'est pas déjà fait, regardez la vidéo. Je suis sûr qu'on la trouve encore quelque part.

À l'image, ma réaction semble pleine d'assurance. Je radote un peu, et je gesticule trop de la main gauche. Ma voix, bizarrement, est une octave trop haut. Mais dans l'ensemble, je dis ce que j'avais l'intention de dire :

Je dis que j'ai beaucoup de respect pour M. Brooks – je l'appelle comme ça à dessein, pour lui donner l'air d'un vieux prof barbant. De toute évidence, je dis, ce n'est pas rien d'avoir écrit tous ces best-sellers, il faut lui reconnaître ça.

Puis j'ajoute qu'il est excellent dans sa partie. Il est absolument excellent pour ce qui s'agit d'écrire, savez, des livres boursouflés qu'aiment, savez, les femmes, les personnes âgées, tout ça.

Qu'il est magistral, vraiment magistral pour ce qui est d'écrire des phrases qui font lyriques et épiques. Que c'est un génie, vraiment, pour ce qui est d'inventer des intrigues qui font pleurer les lecteurs et leur donnent l'impression de ressentir des émotions profondes. Je le compare aux types qui rédigent les messages des cartes de vœux ou des slogans pour la lessive, et j'affirme qu'ils sont tous vraiment excellents dans l'art de manipuler les gens.

Et que bon, qui peut lui jeter la pierre ? Je m'en garderais bien. C'est ce que veulent les gens, et il est le meilleur sur ce terrain.

J'ai dit qu'il m'avait vraiment inspiré, tout son, savez, son numéro. Je dis que je l'ai étudié, carrément, avant de me mettre à écrire *Cendres dans la tornade*.

Mais je dis que, c'est clair, franchement, ses livres sont un peu ridicules. Sans déconner, des leprechauns ? Des pères d'enfants cancéreux ? Katrina ? Et tous ces enterrements ? Et puis quoi, encore, sans déc. C'est un petit peu *too much*.

Je regardais ma cible à présent, la femme en jupe fauve. J'ai cru deviner un sourire. Alors bon, je me suis peut-être un peu emballé.

Sur la vidéo, on peut repérer le moment exact où je lui réponds par un demi-sourire.

J'ai décidé de conclure sur une note positive : j'ai dit que, l'un dans l'autre, Preston méritait « une certaine forme de respect » pour ce qu'il fait. Après tout, « c'est un brillant escroc au sommet de son art ».

Le son de l'enregistrement n'est pas suffisamment bon pour restituer ça. Mais quand j'ai prononcé ces mots, on aurait pu entendre l'air qui sortait de la pièce. On a presque pu sentir le mouvement de recul horrifié de l'assistance.

Puis un par un, les spectateurs s'avancent de nouveau sur leur siège. Car ils réalisent que Preston est sur le point de se déchaîner sur moi. Ted a tripoté son micro, mais n'a pas pu intervenir à temps pour l'arrêter avec une question.

Fait étrange : quand j'y repense maintenant, au moment où je me suis renfoncé dans ma chaise en buvant un peu d'eau, laissant les mots *escroc* suspendus dans l'air, je ne saurais dire si je pensais vraiment ce que je venais de dire.

Pas de doute, je pensais que je le pensais. Mais le pensais-je vraiment ? Ou est-ce que je cabotais sur une carapace d'auto-aveuglement que j'étais trop lâche pour regarder ?

Si l'on m'avait drogué en cet instant, administré un quelconque sérum de vérité, est-ce que j'aurais dit la même chose ?

Honnêtement, je n'en ai aucune idée. Je ne parviens pas à m'en souvenir.

Preston se déchaîne

Il a toussé. Il a pris son temps. Il a gardé les bras croisés.

« Jusqu'à il y a une semaine », a-t-il dit – et il a prononcé ces mots, et tous ceux qui ont suivi, avec une extrême précision. Une extrême clarté. Comme un prof de latin distingué. Mais il ne s'adressait pas au public. Ses yeux étaient braqués sur moi, il ne parlait qu'à moi. Sa voix de papier froissé tranchait l'air comme une lame.

« Jusqu'à il y a une semaine, je n'avais jamais entendu parler de vous, Pete Tarslaw. Je n'avais jamais entendu parler de vous ni lu votre livre. Mais des amis m'ont parlé de vous. Ils m'ont raconté que vous aviez écrit un livre. Puis que vous étiez passé à la télévision et que vous aviez fait une espèce de *canular*. Alors j'ai regardé votre émission. C'est ma fille qui me l'a montrée. Elle avait l'air de trouver la chose très drôle. Un jeune homme qui se moque du vieux chnoque. Eh bien, je ne suis pas un ennemi de la joie. J'aime bien rigoler. Mais je n'ai vraiment pas du tout goûté cette plaisanterie-là. Ce qu'il m'a semblé, Pete Tarslaw, c'est que vous êtes un jeune homme qui raconte à tort et à travers des idioties sur l'écriture. Une chose dont vous ne connaissez pas le premier mot. »

Ses mots, ou du moins le son de ses mots, me faisaient de l'effet. Pour tenter de donner le change, j'ai gratifié le public d'un sourire sarcastique.

Personne ne me l'a rendu.

« Vous pensez que je suis un escroc. Vous pensez que je suis une espèce de pisseur de copies qui écrit dans le seul but de fourguer sa poudre de perlimpinpin. Eh bien, je trouve ça dommage, vraiment dommage. Mais je ne suis pas surpris. »

Là, Preston a détourné les yeux de moi pour la première fois. Il a étudié ses chaussures pendant un moment, puis regardé l'assistance. Il savait ménager ses effets. Ted, assurément, ne bougeait pas d'un iota.

« Vous savez, mes filles m'ont parlé d'une nouvelle drogue qui s'appelle l'ecstasy. Imaginez un peu. L'extase. La sensation. La sensation que j'ai découverte en contemplant une aube sur Shenandoah, ou *La Tempesta* de Giorgione, la sensation que j'ai éprouvée en regardant la femme que je venais d'épouser, eh bien, les gens se la procurent à l'aide d'une drogue, dorénavant. »

Il a laissé ça en suspens. J'ai cru voir là une opportunité. Alors je me suis penché sur mon micro et j'ai fait ma **première blague :**

« Je ne vois pas vraiment le rapport », j'ai dit.

Personne n'a ri.

Preston Brooks a laissé à la salle le temps de ne-pas-rire.

« Je vais vous expliquer, a-t-il dit. Je vais vous expliquer le rapport. À ce qu'il me semble, vous êtes pareil à beaucoup de jeunes hommes. Et ce n'est pas un crime.

J'ai été jeune et ignorant, moi aussi. Alors peut-être que vous êtes jeune, et ignorant. Peut-être que vous n'avez jamais rien fait de pénible. Peut-être que vous n'avez jamais transpiré. Ni observé une vie gâchée à l'autre bout d'un comptoir. Ni vu l'inquiétude dans les yeux d'un père dans un couloir d'hôpital.

« Peut-être que vous n'avez jamais posé la main sur les pieds, les orteils froids, mis les doigts entre les orteils froids de votre femme, qui est morte, seule, avant que vous ne puissiez arriver. Vous touchez le métal sur le lit à roulettes, vous touchez ses orteils, et tout est froid à présent.

« Peut-être que vous n'avez jamais entendu les coups de feu – clicclic… BOUM, clicclic… BOUM – qu'on tire au-dessus d'un cercueil enveloppé dans un drapeau.

« Peut-être que vous n'avez jamais vu un vieillard en Louisiane, assis sur un toit en goudron rafistolé. Qui pleure, un homme adulte, qui pleure, un homme qui a vu une flopée de misères en son temps, elles sont inscrites sur son visage, qui pleure sur un chien noyé comme un petit enfant.

« Peut-être que vous n'avez jamais senti autour de votre petit doigt et de votre annulaire la pression de la menotte d'une fillette qui essaie de tirer de vous une ration supplémentaire de quelque chose, d'amour, peut-être.

« Peut-être que vous n'avez jamais vécu dans une ville où l'on entend en permanence la plainte monocorde des derricks, et où la relation de dépendance entre les habitants est aussi profonde et nécessaire que celle des animaux sur un récif.

« Peut-être que vous n'avez jamais connu cette angoisse, cette angoisse pure, tenaillante, qui vous paralyse quand les factures s'empilent sur la table de la cuisine à tel point que vous n'osez plus ouvrir les enveloppes, et par-dessus le marché votre foutue bagnole est en panne, alors vous allez devoir faire trois heures et demie en bus, dans le bus de la prison, endurer la honte du bus de la prison pour aller voir votre fils qui est derrière les barreaux, simplement pour pouvoir vous asseoir face à lui et le regarder vous mentir, le regarder vous raconter que ce n'est "pas si terrible" à l'intérieur, quand vous pouvez lire dans ses yeux que chaque jour est pour votre garçon une mort lente et douloureuse. Une mort semblable à la mort de Jésus lui-même. Et vous ne savez pas quoi faire à part cogner les murs à vous en faire saigner les mains. »

Il a soufflé un instant.

« Peut-être que vous n'êtes jamais resté assis à un bar, avec quatre whiskys dans le ventre, et toute votre vie anéantie derrière vous, mais vous restez là, les joues dégoulinantes de larmes, pour essayer d'écrire une phrase vraie SUR UNE SERVIETTE EN PAPIER. »

Cette partie est montée crescendo. Quand il a terminé, il s'est laissé retomber dans sa chaise une petite minute, les yeux humides, et il a laissé passer un moment, comme pour se regonfler d'indignation.

« Eh bien, moi, j'ai ressenti ces choses. Ou des choses du même ordre. J'ai ressenti ces choses. J'ai entendu ces choses. Et mes lecteurs aussi. Mais vous pensez que je suis un escroc. »

Il a décroisé ses bras et les a allongés sur la table, paumes en l'air.

« La vérité, c'est que je ne suis pas surpris. Triste, oui. Mais pas surpris. Votre génération est comme ça. »

Il s'est tourné vers l'assistance et a souri.

« Vous me pardonnerez ces mots – *votre génération*. On dirait un vieux bonhomme qui mange un demi-sandwich au thon à un arrêt de bus. À la bonne heure…

Je suis un vieux bonhomme. Peut-être pas à un arrêt de bus. Peut-être que je n'ai pas de sandwich au thon. »

Il a laissé le temps au public de rire un moment. Puis il s'en est de nouveau pris à moi.

J'en ai connu, des petits malins comme vous, qui n'ont pour seul Dieu que leur propre roublardise. Vous cherchez toujours la fausseté en toutes choses. Vous êtes accoutumés à la fausseté. Vous avez grandi avec la télévision, cette machine à mensonges. Rien d'étonnant à ce que vous voyiez des menteurs partout. Pour vous, c'est un sport. Vous faites la chasse aux prêtres, aux poètes, aux policiers, aux romanciers, aussi. Et quand vous en tenez un, vous le roulez dans la boue et vous en faites une affaire d'État. La vérité, c'est qu'on vous a abusés. Vous avez eu la vie trop facile. Vous n'avez jamais rien fait de pénible. Des sacrifices qui n'étaient pas les vôtres ont levé pour vous tous les obstacles. »

Là, je ne sais pas ce qui m'est passé par la tête. Toujours est-il que je me suis de nouveau penché en avant pour placer ma **deuxième blague.** J'ai honte de la rapporter ici, mais elle est sur la vidéo, alors autant y aller carrément.

« Notre génération, elle aussi, a souffert, j'ai dit. Vous oubliez la bulle technologique ? »

Personne n'a ri.

Après huit secondes pleines, Preston a esquissé un sourire.

« Des blagues. Bon, très bien. C'est normal que les jeunes fassent des blagues. »

Je pensais que peut-être il allait me lâcher. Mais non. Il m'a montré du doigt.

« Peut-être pensez-vous que toute chose authentique est forcément une blague. Mais vous avez tort, sacrément tort. Peut-être pensez-vous que je prends la vie trop au sérieux. Mais là encore, vous avez tort. Vous avez écrit votre petit bouquin, *Cendres dans la tornade*, comme une espèce de blague. Et mon Dieu, les livres, ce n'est pas des blagues. Les livres sauvent des vies. Des gens perdent la vie pour des livres. Alors vous feriez fichtrement bien d'y réfléchir à deux fois avant de vous en moquer. Vous avez écrit des mots que vous saviez mensongers. Que vous saviez mauvais. C'est le pire crime qui soit. C'est un crime contre les lecteurs. C'est un crime contre la littérature. C'est un crime contre tout individu doté d'un cœur, d'un esprit, et de deux sous de compassion. Vous avez écrit votre livre pour faire une blague. Pour tromper les gens. Pour épater quelques filles et vous faire un peu de pognon. Comme un garnement qui singe le principal pour déclencher quelques rires. Très bien. Mais laissez-moi vous dire pourquoi j'ai écrit mes livres. En 1653, l'Angleterre était en pleine déliquescence. Des jeunes gens dans votre genre couraient en tous sens pour démolir les églises, fracasser les autels. En ricanant. En salissant tout. Mais la même année, dans une petite ville du nom de Stanton Harold, un homme a bâti une église. Il y a une plaque dans cette église. Je l'ai vue. Et voilà ce qu'elle dit. »

Preston Brooks a fermé les yeux et commencé à déclamer. Si vous n'avez pas vu la vidéo, et que vous vous demandez ce que ça a donné, lisez le paragraphe suivant d'une voix de prêcheur tonitruante, avec lenteur et précision :

« "En l'année 1653, tandis que dans tout le pays toutes choses sacrées étaient détruites ou profanées, cette église a été édifiée par Robert Shirley, dont le mérite exceptionnel est d'avoir fait le meilleur au pire moment, et d'avoir espéré en des temps calamiteux." Faire le meilleur au pire moment, a dit Preston. Espérer en des temps calamiteux. C'est pour cela que j'écris, jeune homme. Est-ce que mes efforts sont suffisants ? Est-ce que mes livres sont assez bons ? Assez vrais ? Est-ce qu'ils arrivent à exprimer ce que ça fait d'être une veuve qui a perdu son mari dans une guerre stupide ? Ou une prof qui voit sa classe inondée par l'eau des marécages ? Non. Bon Dieu, non. Mais chaque jour, je m'installe devant ma machine à écrire. Et je fais de mon mieux. Pouvez-vous en dire autant ? »

Il a marqué une pause.

Ma **troisième blague :** « Eh bien, non, je ne me sers pas d'une machine à écrire. »

Personne n'a ri.

Preston a pris une inspiration par le nez.

« Je fais de mon mieux. Parce que je suis écrivain. Et c'est ça, le métier d'un écrivain. C'est ça, le métier d'un être humain. Essayer d'exprimer cette folie qu'on appelle le monde. Cette joie et cette tristesse qu'on appelle la vie. Oui, monsieur, j'écris. Et si vous pensez que tout mon travail est une espèce de combine, ou une espèce de sottise, eh bien, laissez-moi vous dire la chose suivante en des termes que vous comprendrez : si vous pensez que je suis un vieux bonhomme stupide qui croit encore en des absurdités comme la vérité, l'amour, la beauté, l'honneur, la fierté, la tristesse et la joie, *eh bien, vous avez fichtrement raison.* »

Alors, OK. Si l'on m'avait laissé quelques secondes, si Ted était intervenu, s'il y avait eu une page de pub ou un truc dans ce goût-là, j'aurais pu penser à une réaction. J'aurais pu rendre les coups. Je parie que j'aurais même pu faire une quatrième blague, et une bonne, cette fois.

J'aurais pu regagner les faveurs de l'assistance. Je le sais.

Mais je n'ai pas eu le temps.

Avant de pouvoir penser, avant de pouvoir faire un geste, avant de pouvoir décider de l'expression qui convenait et de m'appliquer à la prendre, j'ai entendu.

Une rumeur a commencé à s'élever du fond de la pièce. Les bribes sonores se sont dilatées, rassemblées et renforcées.

Ce n'est pas que j'ai eu du mal à y croire au départ. Mais il a fallu quelques secondes décisives à mes neurones pour propager le signal et me faire comprendre ce que ça signifiait. Mon corps a capté le premier, à vrai dire, car soudain ma peau s'est inondée de sueur.

Le public était en délire. Des applaudissements tonitruants, euphoriques, fougueux.

J'ai levé les yeux sur les visages, qui m'ont aveuglé comme des flashes. Parmi eux, toutefois, j'ai repéré la fille à la jupe fauve : elle tapait dans ses mains, applaudissant aussi vite et vigoureusement qu'elle le pouvait.

Ils étaient avec lui. Tous. Les cow-boys, les intellectuels, tout le monde.

Une idée m'a alors traversé l'esprit : *Peut-être que le problème, ce n'était pas Preston Brooks. Ni les gens qui l'aimaient. Peut-être que le problème, c'était moi.*

Une sensation affreuse, terrassante, m'a tordu le ventre.

Le Dairy Queen n'y était pour rien.

21

« Tu te rappelles la fois où nous sommes allés à la vieille église presbytérienne ? demanda Grand-Mère. L'église de Gethsémani ? Dans ce défilé montagneux qu'ils appellent un village ?

— Oui, dit Silas. Je me rappelle. J'avais joué dans les rhododendrons. Je me racontais que c'était une grotte. Une grotte de pirates où j'enterrais un trésor.

— C'est vrai, fit Grand-Mère, et elle sourit. C'est vrai. Tu te rappelles pourquoi on était montés là-bas ?

— Pour l'enterrement », dit Silas. Il se rappelait.

Il se rappelait le contact des vieilles mains pleines de chagrin, pressées sur le sommet de son crâne. Se rappelait la vision des lugubres hochements de tête échangés en se croisant dans les allées et les rangées. Se rappelait le goût du sirop d'érable, versé sur les pancakes d'un petit déjeuner de deuil.

« Pour l'enterrement de ma cousine, dit-il.

— C'est ça, fit Grand-Mère. Pauvre petite. Pauvre petite, brûlée vive, dans un incendie. Cercueil fermé, quelle tristesse. Un si joli visage. Je n'ai jamais pu entendre "Amazing Grace" tout à fait de la même façon, pas après qu'elle est partie. Cette voix qu'elle avait. Ce visage.

— Mais le chœur l'avait chanté quand même, dit Silas.

— C'est vrai, approuva Grand-Mère. Ils l'ont chanté. Et tu te rappelles ce que tu m'as dit, quand ils ont fini de chanter ?

— J'ai dit que ça me faisait trembler le cœur.

— C'est ça, c'est ça. Ça te faisait trembler le cœur. Et tu te rappelles, Silas, ce que je t'ai répondu quand tu as dit ça ?

— Tu as dit… et Silas tremblait, à l'évocation du souvenir qui lui revenait. Tu m'as dit que c'est comme ça qu'on sait qu'une chose est vraie. Tu as dit que c'est comme ça qu'on sait qu'une chose est vraie pour de bon. Quand elle fait remuer notre cœur à l'intérieur de nous. C'est là qu'on sait qu'elle est vraie. »

Extrait de *Cendres dans la tornade*,
de Pete Tarslaw

Un truc à savoir sur le bureau du procureur à Boston, c'est qu'on y sert du bon café, torréfié dans le Massachusetts, il me semble. Tante Evelyn, qui m'avait accompagné, ne m'y a pas semblé sensible, mais il faut dire qu'elle a le palais très délicat.

On nous a fait asseoir dans les fauteuils bleus moelleux d'un petit vestibule, ce qui ôtait un peu de sévérité à la procédure. Il y avait même des magazines, rien de très excitant toutefois : *L'Avocat du Massachusetts*, etc. Au bout d'environ quinze minutes d'attente, j'ai fait mine d'en attraper un, mais tante Evelyn a secoué la tête en me jetant un regard sévère. Et c'est vrai, ça n'aurait pas arrangé mon cas si j'avais été en train de feuilleter négligemment *L'Avocat du Massachusetts* quand les magistrats sont arrivés.

Heureusement pour moi, tante Evelyn avait retrouvé sa niaque. Elle était arrivée à notre réunion vêtue d'un tailleur d'avocate en laine grise d'âge indéterminé. Le jabot en dentelle blanche ne l'adoucissait absolument pas, elle ressemblait à une tortionnaire est-allemande.

Vous vous demandez peut-être pourquoi les rouages de la justice fédérale s'étaient emballés au point de rendre indispensable que ma tante descende du Vermont en tailleur.

Et aujourd'hui encore, certains détails m'échappent. Toujours est-il que, en passant quelques coups de fil, tante Evelyn avait appris que, pas de doute, la situation présentait un degré de gravité justifiant le port du tailleur.

COMMENT NOUS NOUS SOMMES RETROUVÉS LÀ

Une vieille Italienne qui vivait dans une résidence médicalisée à Chelmsford a reçu au courrier une pochette d'information sur une société d'investissement du nom de Via Appia.

Elle avait déjà entendu parler des fonds de pension, et cette présentation émaillée de références à la Rome antique respirait l'intelligence, ça lui avait inspiré confiance.

Elle leur avait donc envoyé tout son argent, ce qui ne représentait pas grand-chose. Via Appia avait tout investi dans une compagnie de nourriture de poissons rouges, sans s'inquiéter des réglementations et des papiers nécessaires. L'argent n'était jamais revenu.

Cette infortune aurait pu frapper exclusivement cette pauvre femme, sauf que son fils, en l'occurrence, était membre du Sénat de l'État du Massachusetts et directeur du Comité des transports.

Le président du Comité avait donc appelé l'attorney général, pour s'entendre répondre à sa profonde indignation qu'escroquer des personnes âgées de cette façon-là n'était pas vraiment un crime, en tout cas pas dans leur État. Il avait alors appelé le gouverneur en proférant des menaces irresponsables au sujet des investissements routiers. Et le gouverneur avait appelé le procureur.

Cette suite de coups de téléphone a abouti à la traque de Jon Sturges par la police. Qui s'y est prise avec une telle balourdise que Jon Sturges est parti s'installer aux îles Caïman. Toutefois, il n'a pas perdu trop de temps à faire sa valise.

Du coup les flics ont trouvé des talons de chèque et autres documents qui les ont conduits à mon ordinateur, lequel contenait précisément la lettre reçue par la vieille dame de Chelmsford. Elle avait été adressée à deux cent mille pensionnaires de maisons de retraite, ce qui en faisait presque certainement mon texte le plus lu.

Pour être honnête, après ce qui m'était arrivé au Texas, j'étais dans un tel état d'hébétude que tout cela ne me touchait guère. Je ne me rappelle pas vraiment avoir ressenti la moindre émotion violente, dans un sens ni dans l'autre.

Peut-être une partie de moi se réjouissait-elle, comme on se réjouit lorsqu'on reçoit une punition que l'on sait méritée.

Peut-être que c'était ça qui donnait si bon goût à mon café.

Finalement la magistrate est sortie nous chercher. Elle n'avait vraiment rien d'intimidant. Elle a dit s'appeler Carolyn, elle avait 30 ans à tout casser. Elle nous a conduits dans une salle de conférence parfaitement anonyme. Là nous attendait un autre magistrat, Mike. C'était une armoire à glace, mais il semblait tenir sa carrure d'une fréquentation excessive de la salle de gym plutôt que d'une propension aux combats à poings nus.

Un magnétophone était préparé sur la table, aussi. Tante Evelyn a sorti le sien et l'a posé à côté du leur. « J'imagine que personne n'y voit d'objection ? » Ça a eu l'air d'intimider Mike et Carolyn, mais ils n'ont pas protesté.

Après quoi un ping-pong juridique s'est engagé entre Mike et Carolyn d'un côté et tante Evelyn de l'autre.

Elle m'avait fermement dissuadé de m'en mêler, et j'ai obéi. S'ils intégraient tous ces blablas préliminaires dans *New York police judiciaire*, chaque épisode durerait neuf heures.

Puis Mike a obtenu l'autorisation de m'adresser la parole.

« Monsieur Tarslaw, nous ne voulons pas gonfler plus que nécessaire l'importance de notre affaire. Je peux vous affirmer tout à fait explicitement que notre but est d'inculper M. Sturges. Pas vous, ni M. Mausbaumer.

— M. Mausbaumer ?

— Hobart Mausbaumer. C'est votre colocataire, n'est-ce pas ?

— Oui, Hobart. Il n'a rien à voir dans tout ça. »

Carolyn a ouvert un dossier et a tendu un papier à Mike, qui l'a examiné.

« Le 6 mai 2008, lorsque nos agents ont visité le 1815 Lindsay Street, appartement 5, pour exécuter un mandat de saisie sur votre ordinateur, M. Mausbaumer les a informés spontanément qu'il vous avait fourni un médicament, le Reutical, dont la mise en vente n'est pas encore prévue. Il a alors été informé de ses droits légaux et a refusé l'assistance d'un avocat. »

Mike a levé les yeux.

« Il est décrit ici comme *affolé et très agité*.

— Bon Dieu, Hobart ! »

Tante Evelyn n'a pas cédé.

« J'aimerais établir clairement qu'il s'agit d'une information nouvelle. Nous sommes ici pour discuter d'une offre dans une inculpation de fraude postale…

— Écoutez, nous n'avons rien à voir avec le ministère de la Santé. Le Reutical, ce n'est pas notre affaire. Vous connaissez la pression que nous subissons. Nous voulons simplement en finir avec ceci de façon à pouvoir poursuivre M. Sturges. »

Puis c'est reparti pour un round de discussions juridiques. Sérieusement, si *New York police judiciaire* était ne serait-ce qu'un tant soit peu conforme à la réalité, ce serait d'une monotonie terrible.

Le résultat final de toutes ces palabres a été que j'ai dû répondre à quelques questions. Connaissais-je M. Jonathan Sturges ? Avais-je été employé par Via Apple Funds ? Avais-je rédigé des documents au nom de Via Apple Mutual Funds ? Etc. Il n'y en a qu'une qui m'a désarçonné.

« Connaissez-vous M. Hoshi Tanaka ?

— Attendez… qui ça ?

— M. Hoshi Tanaka. C'est l'associé de M. Sturges.

— C'est un Japonais qui va la fac de Wharton ?

— L'adresse dont je dispose est le 65, 34e Rue Nord, appartement 6, Philadelphie.

— Mince.

— Vous le connaissez ?

— Non… Je veux dire, non, je ne l'ai jamais rencontré. J'ai écrit sa lettre de motivation pour son école de commerce. »

Encore des palabres juridiques. Carolyn a tendu un document à tante Evelyn. Elle l'a lu attentivement. Je l'ai signé.

Au final, j'ai été condamné à six mois d'assignation à résidence. Mais, béni soit le Seigneur pour l'existence de tante Evelyn, je n'étais pas obligé de porter un bracelet à la cheville.

La résidence à laquelle j'étais assigné était en fait un nouvel appartement. M'éloigner d'Hobart semblait judicieux.

Alors j'ai acheté un deux pièces à Revere Beach. Je

l'avais, ma vue sur l'Atlantique, en définitive. Cela dit, si vous êtes déjà allé à Revere Beach, vous vous rendrez compte que ce n'était pas exactement le genre de demeure de rêve que l'on voit en dernière page du *New York Times*. Revere Beach est une de ces stations balnéaires fanées qui ne ressemble plus en rien aux cartes postales encadrées vieilles de cent ans qui la décorent. Sur la plage, des mouettes trapues, gavées de mauvaises graisses, picorent un parterre de capotes usagées et de grilles de loto déchirés, et des emballages en plastique claquent au vent, coincés dans les fentes des bancs en bois. Un peu plus loin, il y a une piste de courses de lévriers, Wonderland, l'endroit du monde au nom le plus ironique, un repaire de dégénérés qui n'ont pas les moyens de se payer un ticket de bus jusqu'au casino indien.

N'empêche, j'ai payé mon deux pièces comptant, en cash, parce que *Cendres dans la tornade* continuait de se vendre.

« Toute publicité est bonne à prendre », dit-on : il y avait de quoi faire. La riposte de Preston a été rediffusée dans « Fresh Air[1] », et on m'a dit, bien que je n'aie pas pu l'écouter, que ce salopard était passé à « Charlie Rose ». Une fois divulguée la dimension criminelle, la machine s'est relancée et tout le monde en a redemandé. Mon nom est devenu une référence incontournable pour les experts qui dissertaient sur la vacuité de ma génération et la démolition des valeurs.

L'affaire faisait rage aussi sur Internet. Lorsque quelqu'un a découvert que j'avais plagié des passages de *Cœurs de glace et graisse de baleine*, j'ai arrêté, par pur épuisement, de chercher mon nom sur Google. La

1. Émission de la radio publique diffusée dans tout le pays, avec 4,5 millions d'auditeurs.

maison d'édition a dû virer David Boyer pour la nullité de sa préparation de copie quand ça s'est su, et ce qu'il est devenu, je n'en ai aucune idée. Lucy a hérité de son job. Et par-dessus le marché, elle a sympathisé avec Josh Holt Cready dans une soirée.

Mes chèques de droits d'auteur ont encore augmenté après la sortie de l'article dans *Vanity Fair*. Je ne peux pas leur en vouloir : un jeune prodige littéraire se révèle un escroc dans une affaire de fonds de pension, ça ne pouvait que cartonner. Mais je n'ai pas été emballé par la personne qu'ils ont choisie pour l'écrire. À l'évidence, je ne suis pas un expert en matière d'éthique, mais si Pamela McLaughlin se mêle de faire une « enquête de fond » sur mon cas, elle devrait au moins mentionner notre nuit passionnée au W.

Mais qu'importe ça faisait vendre des livres. La situation n'était pas si terrible, au fond. Je regardais tranquillement la télé. Le Kelly's Roast Beef se trouvait dans le périmètre de six cents mètres où j'étais libre d'aller et venir, alors je mangeais beaucoup de leurs fameux beignets de palourdes.

Tante Evelyn croyait toujours en moi. À tel point qu'en négociant la peine, elle a réussi à y faire figurer une « clause d'exception ». Si je voulais quitter mon domicile « à des fins légitimes d'éducation », je n'avais qu'à envoyer une requête à Carolyn.

Je ne m'en suis servi qu'une fois, et c'était pour me rendre à mon *alma mater*.

L'université de Grandby avait débauché d'Oxford, à grands frais et à grand bruit, le professeur britannique de littérature anglaise Michael Mintz.

Vous l'avez peut-être déjà vu sur *Fox News*. Il a les cheveux longs, il porte toujours un foulard et il est très beau gosse. Sa grande idée, l'idée qui lui a valu toute cette attention, c'est *la critique de libre marché*.

En substance, il ne croit pas au mérite littéraire ou équivalents. Selon lui, le seul critère de la valeur d'un livre, ou de n'importe quelle œuvre d'art, c'est sa popularité. « Toute autre méthode, dit-il, n'est rien de plus que de l'élitisme. »

Lorsqu'il est arrivé à Grandby, il m'a envoyé un mot très gentil. Il disait qu'il était impressionné par « mon sens du marché » et m'a invité à venir déjeuner avec lui.

MON DÉJEUNER AVEC MICHAEL MINTZ

Je lui ai donné rendez-vous à Stackers, en souvenir du bon vieux temps. Nous avons tous deux commandé un menu Meaty Meat et il a plongé les dents dans son burger avec une énergie maniaque toute britannique.

Il m'a expliqué qu'il était désormais chargé du cours d'anglais 10B, cours que j'avais suivi moi-même. Je lui ai demandé s'ils en étaient déjà à *Middlemarch*.

« Oh non, a-t-il fait. On l'a complètement éliminé du programme. Nous lisons *Le Journal de Penelope Smoot*. Un livre extraordinaire. Dans les années 1870 il s'est vendu trois fois plus que *Middlemarch*. C'est le point de vue d'une servante sur sa cruelle maîtresse, une espèce de *Diable s'habille en Prada* d'époque. »

Il a posé son sandwich et joint les mains.

« La question que je pose aux étudiants, c'est : pourquoi ? Pourquoi un livre devient-il si populaire ? Qu'est-ce qu'il touche ? Parce que ce sont les gens qui sont les juges des livres. Pas les universitaires. Pas les critiques. Les gens. »

Ce thème l'a plongé dans une profonde agitation. Il

est parti dans une diatribe contre la stupidité des universitaires.

« Pourquoi devrions-nous nous fier aux lubies sublimes et passagères d'une élite autoproclamée ? disait-il. Il y a cent ans, les "intellectuels" nous auraient enlisés corps et âme dans les vers latins et l'anthropologie raciste. Moi je dis, bazardons la théorie. Regardons ce qui est quantifiable. Ce qui peut se mesurer. Ce que veut le peuple. Un romancier "sous-estimé", ça n'existe pas. Ça ne coûte pas cher de produire un livre, ça ne coûte pas cher d'acheter un livre, il s'agit d'un libre marché presque parfait, parfaitement efficace, qui se régule de lui-même. »

Il a continué dans cette veine pendant un bon moment.

« Mais c'est là une idée qui échappe complètement aux universitaires. Essayez de dire ça à Harold Bloom[1] dans cet asile de fous qu'ils tiennent à New Haven. Est-ce que vous saviez qu'une frange du corps enseignant de Grandby a été indignée – indignée – quand ils m'ont embauché ? Et pourquoi ? Parce que je coûtais cher ! Eh bien, absolument ! J'excelle dans mon domaine, et nous sommes dans une économie de marché. C'est pour ça que je suis venu aux États-Unis au départ. Je ne vais pas venir à l'œil, si ? Mais les universitaires, bien sûr, ne sont pas habitués à être en compétition dans une économie de ce type. Tandis que vous, je pense, vous saisissez de quoi il retourne. »

La raison pour laquelle il m'avait invité, en définitive, c'est qu'il voulait que je fasse don de mes papiers à Grandby.

« Nous allons constituer un nouveau fonds

1. Célèbre critique et professeur à l'université de Yale (à New Haven).

d'archives sur toute l'affaire. C'est l'avenir des études littéraires. Le mobile marchand. Le long terme. La prise de bénéfices. »

Puis il s'est mis à parler de Melville.

« Prenez Melville, a-t-il dit. Pourquoi écrivait-il ? *Pour l'argent.* Une seule et unique raison : l'argent.

— Mais est-ce que *Moby Dick* n'a pas été un four ?

— Si, bien sûr. Nous n'étudions pas *Moby Dick* dans mon cours, a-t-il dit. Nous étudions *Taïpi*. Énorme succès à l'époque. Plein de cannibales. Écoutez, a-t-il dit, le roman était autrefois une forme populiste mais, de nos jours, il est pareil à l'opéra, maintenu artificiellement en vie par une poignée de mécènes fortunés. Il ne peut pas subvenir à ses propres besoins. S'il n'y avait pas les Guggenheim et les MacArthur, Thomas Pynchon serait obligé d'écrire pour *Les Experts : Miami*, et Cormac McCarthy serait croupier à une table de black-jack. »

Mintz a poursuivi. Il était surexcité.

« Mais ce qui n'est pas mort, c'est *les histoires*. De grâce ! Racontez-moi une histoire ! Tout le monde est demandeur. Regardez les tabloïds – Britney, Hazel Hollis, etc.– elles racontent une histoire !

« Ce que vous devriez faire maintenant, bien sûr, a-t-il ajouté, c'est écrire vos mémoires. De loin le genre le plus populaire de notre époque. Rien ne lui arrive à la cheville. Le roman est dans les choux. »

Alors c'est ce que j'ai décidé de faire. J'ai décidé d'écrire mes mémoires.

Mais j'ai résolu de les rendre aussi vraies que possible. J'allais raconter les choses telles qu'elles s'étaient passées. J'irais à l'essentiel aussi efficacement que possible, en éliminant les transitions que j'avais appris à plâtrer à coups de mensonges. Pour raconter mon histoire, je serais forcé d'inclure quelques exemples de blabla, mais je les séparerais clairement du corps du texte.

Et voilà. J'ai même réussi à inclure une histoire de meurtre.

Mes excuses à ceux qui ne s'en sortent pas aussi bien. Mais mon sort n'est pas plus enviable que celui de n'importe qui.

Michael Mintz avait raison : les gens sont friands d'histoires vécues. Si je vous révélais le montant de l'avance que j'ai touchée pour écrire cette chose, vous vomiriez de dégoût.

J'en ai rédigé la plus grande partie chez Sree, après la fin de mon assignation à résidence. Je prenais la 93 et bavardais un moment avec Sree. On parlait de *SOS Fantômes*. Il m'a appris que le vieux type à la parka des Patriots était mort. Je commandais les beignets de poisson et me mettais à taper.

Pendant le temps qu'il m'a fallu pour écrire ceci, je n'ai lu que deux livres.

Le premier, je l'ai trouvé un jour dans un supermarché. Il s'appelait *Les Nombreuses Passions des Bloodsweep*. Sur la couverture, on peut voir Xenia et Eustacia, les sœurs Bloodsweep, toutes deux dotées d'un décolleté impressionnant, dans l'étreinte respective du capitaine Topwater et de Fermenteen Adanock. Si ce livre soutient la comparaison avec d'autres du même genre, je n'en sais rien, mais il renferme des phrases exquises, telles que : *C'était là, dans l'abri au toit branlant, entre les fourches et les tas de sphaigne, repoussée contre les planches de chêne qui craquaient, que Lady Xenia avait pour la première fois vu fleurir le bourgeon de sa féminité, éprouvé la première douleur de la femme, et trouvé pour la première fois son seul remède efficace, les bras d'un garçon, noués de formations musculeuses taillées par son labeur.*

Mais l'important, c'était que ce livre était écrit par mon ancienne collègue, Alice Dwyer, et j'aimerais me racheter de mes farces puériles en le recommandant ici.

Le second livre que j'ai lu était celui que Lucy m'avait offert il y a bien longtemps : *Pékin*, de Bill Lattimore.

Pékin suit deux personnages. Le premier est un chasseur-cueilleur qui parcourt une vallée il y a 300 000 ans. Le second est un paléontologue américain basé en Chine, Charles Naughton, qui découvre le premier crâne humain en 1937. C'est l'histoire du fossile connu sous l'appellation d'Homme de Pékin.

J'avais entendu parler de l'Homme de Pékin, en passant, dans un cours quelconque. Mais quand j'ai eu fini de lire *Pékin*, j'ai éprouvé le besoin de le balancer à l'autre bout de la pièce, pour l'éloigner de moi, comme s'il était radioactif.

À tel point il était puissant. C'était peut-être la malédiction qui m'était réservée tout spécialement qui me permettait de me rendre compte de la qualité de ce livre.

Le livre retrace l'histoire de l'homme sans nom, qui est devenu un fossile. Mais il ne s'arrête pas au niveau du *Clan de l'Ours des cavernes*[1], le langage possède une résonance époustouflante, c'est comme si on était en train de lire son propre rêve. *Pékin* raconte aussi l'histoire de Naughton, qui déterre ce fossile, des millénaires plus tard, juste avant l'invasion japonaise. Ce sont deux histoires minuscules, foncièrement, mais, je ne sais comment, leur enchevêtrement nous livre une coupe de la totalité de l'expérience humaine.

1. Livre de la populaire série romanesque *Les Enfants de la Terre* de Jean Auel.

C'est un livre sur la quête, et la perte. C'est un livre sur les rapports entre les humains, la façon dont nous sommes tous inextricablement liés les uns aux autres. Avec quelle peine, quel désespoir, quel entêtement nous nous frayons un chemin sur cette terre. Il y a des scènes dans ce livre, des phrases mêmes, qui me semblent plus vraies que mes propres souvenirs : l'homme qui ressent dans sa gorge une brûlure que son enfant éprouve également. Naughton qui transforme la poussière sur ses mains en boue en se versant un filet d'eau sur les bras. Le livre parle de la peur et du saisissement. De la façon dont on doit apprendre à se contenter de son sort. De la façon dont nous sommes tous affligés d'un idéal de perfection dans un monde si anarchique. De la façon dont il n'y a jamais assez de quoi que ce soit. Il s'agit principalement de scènes simples, minuscules. Il y a bien l'invasion japonaise, mais elle se présente sous la forme d'une jeep déglinguée, avec un officier efflanqué qui s'efforce de cacher la gravité de son état. Il y a un tigre, mais on l'aperçoit par fragments, à travers un frémissement sur la peau, et quand on finit par l'abattre, son cadavre est suspendu au soleil et se fait picorer par les oiseaux et les mouches, jusqu'à ce que sa chair gluante se dessèche et parte en poussière. On sent les pouces qui butent sur les cailloux, et l'on ne peut éviter d'éprouver cette angoisse, ce poids que nous portons tous sur nos épaules, et l'on sent cette obstination désespérée à continuer de creuser, à vaincre l'obstacle, à transcender la terre. Comme s'il pouvait exister autre chose que la terre.

On se perd dans le style, mais pas parce qu'il est forcé. Il ne l'est pas. Le sujet central – et j'y ai réfléchi pendant une journée entière, assis dans un bar de Wonderland –, c'est comment les violences que nous nous infligeons les uns aux autres commencent par des broutilles mais deviennent fatalité. Le sujet, c'est le genre de créatures que nous sommes et la façon dont nous sommes devenus ainsi. D'une façon ou d'une autre, ces personnages de fiction qui n'existent que sous forme de mots sur une page paraissent savoir mieux que moi comment l'on doit mener sa vie. Que la seule façon de vivre, c'est de se perdre.

Je ne saurais même pas le décrire comme il faut. Et je ne me donnerai pas la peine d'en reproduire un extrait ici. Allez l'acheter.

J'aurais aimé avoir écrit un aussi bon livre.

Imprimé en France par

MAURY-IMPRIMEUR
à Malesherbes (Loiret)
en janvier 2013

POCKET – 12, avenue d'Italie – 75627 Paris Cedex 13

N° d'impression : 177971
Dépôt légal : janvier 2013
S21674/01